O CONTADOR DE HISTÓRIAS
E OUTROS TEXTOS

edição brasileira© Hedra 2020
organização© e posfácio Patrícia Lavelle
tradução© Georg Otte, Marcelo Backes, Patrícia Lavelle

coordenação científica e editorial da Coleção W.Benjamin Amon Pinho
supervisão técnica e de tradução Francisco Pinheiro Machado
revisão de tradução Francisco Pinheiro Machado,
Amon Pinho,
Patrícia Lavelle,
Blima Carvalho Otte

preparação de originais Amon Pinho
edição Jorge Sallum
coedição Felipe Musetti, Suzana Salama
editor assistente Paulo Henrique Pompermaier
revisão Luiza Brandino, José Eduardo S. Góes
capa Lucas Kröeff
ISBN 978-85-7715-627-6

Grafia atualizada segundo o Acordo Ortográfico da Língua Portuguesa de 1990, em vigor no Brasil desde 2009.

Direitos reservados em língua portuguesa somente para o Brasil

sobre o fomento à tradução A tradução desta obra recebeu o apoio do Goethe-Institut, que é financiado pelo Ministério de Relações Exteriores da Alemanha.

EDITORA HEDRA LTDA.
R. Fradique Coutinho, 1.139 (subsolo)
05416-011, São Paulo-SP, Brasil
Telefone/Fax +55 11 3097 8304

editora@hedra.com.br
www.hedra.com.br

Foi feito o depósito legal.

O CONTADOR DE HISTÓRIAS
E OUTROS TEXTOS
Walter Benjamin

Patrícia Lavelle (*organização e posfácio*)
Georg Otte, Marcelo Backes, Patrícia Lavelle (*tradução*)

DIREÇÃO DA COLEÇÃO W.BENJAMIN
Amon Pinho
Francisco Pinheiro Machado

2ª edição

hedra

São Paulo_2020

Walter Benjamin (1892-1940) foi um filósofo, crítico literário, tradutor (de Baudelaire, Proust e Balzac, entre outros) e também um ficcionista alemão. Estudou filosofia num ambiente dominado pelo neokantismo, em Berlim, Freiburg, Munique e Berna, onde defendeu tese de doutorado sobre os primeiros românticos alemães. Durante o seu exílio em Paris, nos anos trinta, foi ligado ao Instituto de Pesquisa Social, embrião da chamada Escola de Frankfurt. Entre seus interlocutores e amigos, encontram-se personalidades marcantes do século XX como Theodor W. Adorno, Hannah Arendt, Bertolt Brecht e Gershom Scholem.

O contador de histórias e outros textos propõe uma nova tradução anotada do clássico ensaio no qual Walter Benjamin esboça a figura do contador de histórias a partir de um comentário crítico do contista russo Nikolai Leskov; reúne também a pouco conhecida produção ficcional do próprio ensaísta, trazendo o conjunto de seus contos, alguns inéditos em português. O volume inclui ainda peças que Benjamin produziu para o rádio, deslocando a arte tradicional de contar histórias para a cena moderna, e textos híbridos, onde o crítico faz obra de ficção ou o contador de histórias filosofa.

Patrícia Lavelle é Professora do Departamento de Letras da PUC-Rio, atuando no Programa de Pós-graduação em Literatura, Cultura e Contemporaneidade. É também Pesquisadora Associada à EHESS-Paris, onde defendeu doutorado em Filosofia e deu aulas. Sua tese foi publicada em livro: *Religion et histoire. Sur le concept d'expérience chez Walter Benjamin*. Paris: Cerf, col. Passages, 2008. Entre outros volumes coletivos, organizou *Walter Benjamin*. Paris: L'Herne, col. Cahiers de l'Herne, 2013.

Georg Otte é Professor Titular na Faculdade de Letras da Universidade Federal de Minas Gerais. Tem experiência na área de Letras, com ênfase em Teoria Literária, dedicando-se ao estudo dos seguintes temas: Walter Benjamin, Hans Blumenberg, Estética e Cultura, Mito e Modernidade.

Marcelo Backes é escritor e tradutor, doutor em Germanística e Romanística pela Universidade de Freiburg e professor na Casa do Saber do Rio de Janeiro. Verteu mais de 30 obras da literatura alemã. Na Hedra, publicou a sua tradução de *Explosão: romance de etnologia*, de Hubert Fichte.

Coleção Walter Benjamin é um projeto acadêmico-editorial que envolve pesquisa, tradução e publicação de obras e textos seletos desse importante filósofo, crítico literário e historiador da cultura judeu-alemão, em volumes organizados por estudiosos versados em diferentes aspectos de sua obra, vida e pensamento.

Amon Pinho é Professor Associado na Universidade Federal de Uberlândia e Pesquisador Associado no Centro de Filosofia da Universidade de Lisboa. Tem experiência nas áreas de História e Filosofia, com ênfase em Teoria da História e História da Filosofia Contemporânea. Entre os seus temas de eleição, dedica-se ao estudo da vida e obra de Walter Benjamin.

Francisco De Ambrosis Pinheiro Machado é Professor Associado na Escola de Filosofia, Letras e Ciências Humanas da Universidade Federal de São Paulo (UNIFESP). Pesquisa sobre filosofia da história, teoria crítica da cultura e estética na obra dos autores vinculados à Teoria Crítica, sobretudo, Walter Benjamin.

Sumário

Abreviaturas 9
Sobre a Coleção Walter Benjamin
Amon Pinho e Francisco Pinheiro Machado 11

ENSAIO 17
O contador de histórias 19

CONTOS 59
O lenço 61
A viagem do Mascote 69
O anoitecer da viagem 75
A sebe de cactos 81
Histórias da solidão 91
Quatro histórias 95
A morte do pai 101
Palácio D...Y 105
«Inscrito na poeira movediça» 111
O segundo eu 121
Rastelli conta... 125
Por que o elefante se chama «elefante» 129
Como o barco foi inventado e por que
ele se chama «barco» 131
Uma história estranha, de quando ainda
não havia humanos 133
Mysłowitz – Braunschweig – Marselha 135

O CONTADOR DE HISTÓRIAS NO RÁDIO. . . . 149

No minuto exato 151
Caspar Hauser 155
O Coração Gelado 165
A Berlim demoníaca 209

CONTO E CRÍTICA 217

Conversa assistindo ao corso..................... 219
A mão de ouro................................ 231
Jakob Job, *Nápoles. Imagens de viagem e esboços*....... 241
Anedotas desconhecidas de Kant.................. 247

POSFÁCIO. 257
O crítico e o contador de histórias, *por Patrícia Lavelle* . . 259

Abreviaturas

      G.S.   *Gesammelte Schriften* [Escritos Reunidos]
      G.B.   *Gesammelte Briefe* [Correspondência Reunida]
 N. de W.B. Nota de Walter Benjamin
     N. E.   Nota Editorial (Patrícia Lavelle, Amon Pinho e Francisco Pinheiro Machado)
     N. T.   Nota do Tradutor (Patrícia Lavelle ou Georg Otte)

Coligir, traduzir, editar W. Benjamin
Notas sobre uma coleção que inicia

AMON PINHO *&*
FRANCISCO PINHEIRO MACHADO

Pela casa editorial Hedra e por este *O contador de histórias e outros textos*, a Coleção Walter Benjamin principia *hic et nunc* a sua publicação. Seu propósito: somar-se às iniciativas que se têm destacado pelo compromisso de contribuir efetivamente para um apuramento crescente na recepção da obra e da vida de Walter Benedix Schönflies Benjamin (1892–1940). Seu projeto: ir-se compondo em volumes organizados por estudiosos experimentados no pensar benjaminiano, orientados invariavelmente pelo critério basilar de, em judiciosas traduções, disponibilizar ao público leitor interessado obras ou textos seletos de Walter Benjamin; os mais como os menos conhecidos, já editados ou ainda inéditos no Brasil, não obstante, por certo, sempre relevantes para um conhecimento matizado e substantivo do postumamente aclamado pensador judeu-alemão.

Em *O contador de histórias e outros textos*, cuja organização e posfácio à Patrícia Lavelle se devem, os leitores encontrarão, logo à partida, uma nova tradução do célebre ensaio de Benjamin sobre o escritor russo Nikolai Leskov (1831–1895). E na sequência dessas reflexões acerca dos contadores de histórias e do declínio secular da sua arte de contar — *pari passu* ao esgarçamento da completude de sentido de que pode ser dotada a experiência (*Erfahrung*) do mundo e da vida —, certamente se surpreenderão com os contos redigidos por um Benjamin ele mesmo contador de histórias, suas narrativas radiofônicas, seus contos enquanto crítica, isto é, enquanto exercício conjugado de criticismo literário. Mas não "só". Em tais contos e narrativas, igualmente se depararão com noções, temas e questões recorrentes na ensaística benjaminiana mais notabilizada e que nessas páginas, complementarmente, de forma esclarecedora e original se prolongam. De noções como "estado de exceção" e "presença de espírito" aos temas da *flânerie* e da fisiognomonia — a arte de conhecer o caráter de um indivíduo, ou mesmo de uma cidade, por meio da observação interpretativa das suas feições; ou da questão do esfacelamento das sociedades tradicionais, do seu meio artesanal e do *taedium vitae* que o caracteriza — em suas articulações com o processo de enfraquecimento da faculdade de intercambiar experiências nos quadros das ascendentes sociedades industriais —, aos experimentos com haxixe e à embriaguez do surreal, do mítico e do maravilhoso, nos limiares de uma existência em potencial reencantada, apenas para pontuarmos alguns exemplos.

Como seria de se esperar em edições dessa natureza, os textos que compõem o presente volume foram todos vertidos dos originais em alemão — nas traduções realizadas por Georg Otte, Marcelo Backes e Patrícia Lavelle —, sendo que no ensaio sobre Leskov, optou Patrícia Lavelle, logo quando este livro começou a tomar forma, em 2014, por traduzir *Erzähler* não mais por "narrador", conforme até ali mormente ocorria, mas por "contador de histórias", nisso acompanhando aspectos da recepção francófona (com *conteur*) e, poderíamos acrescentar, anglófona (com *storyteller*) do referido ensaio.

A esse respeito, observemos a título de breve nota que, embora cientes das vantagens e limitações próprias a cada uma dessas duas alternativas translacionais, seria de interesse notarmos as pertinências etimológica — desde *Erzähler*[1] — e histórico-antropológica da opção por "contador de histórias", bem como, e ainda mais, o que há de revelador no seguinte trecho de um bilhete de Benjamin, escrito em francês e destinado ao filósofo alemão, exilado como ele em Paris, Paul Ludwig Landsberg (1901-1944), em missiva de dezembro de 1939, que portava duas versões, a alemã e a francesa, do ensaio acerca de Leskov: "Voilà 'le narrateur' (mais il faudrait bien plutôt traduire: Le conteur)".[2]

---

1. Para uma aproximação de caráter etimológico do substantivo "*Erzähler*", requer-se inicialmente a consideração do verbo "*zählen*", cujo significado primeiro é o de "contar" no sentido de "fazer conta", "computar", "enumerar", "calcular". E também a de termos a ele ligados, tais como "*Zähler*" ("contador", pessoa ou dispositivo), "*zahlen*" ("pagar"), "*Zahler*" ("pagador") e "*Zahl*" ("número", "algarismo"), todos pertencentes, de um modo ou de outro, a um campo semântico próprio ao universo, digamos, contabilístico. Conexo a esse campo semântico de que "*zählen*" é o núcleo, não obstante dele se demarcando por deslocamento, está o verbo "*erzählen*", que também significa "contar", porém não mais por meio de números, e sim por meio de palavras, no sentido de contar ou relatar um enredo, um caso, uma história. De onde, finalmente, o sentido fundamental de "*Erzähler*" como contador de enredos, de tramas, intrigas, casos, histórias — factuais, míticas ou ficcionais.

2. "Eis 'o narrador' (mas seria preciso de preferência traduzir: O contador de histórias)". Cf. Walter Benjamin, *Gesammelte Briefe*, vol. VI. Edição de Christoph Gödde e Henri Lonitz. Frankfurt a. M.: Suhrkamp, 2000, p. 367.

Com o objetivo de propiciar uma maior interação entre o conteúdo do livro e seu público leitor, foram apensas, enquanto aparato crítico aos escritos aqui coligidos, notas informativas e explicativas da organizadora e dos tradutores deste volume, bem como dos diretores da Coleção Walter Benjamin, tendo igualmente cabido, no que concerne aos diretores da coleção, a dupla e cuidadosa tarefa de uma revisão de tradução e preparação de originais, não apenas com a finalidade de proporcionar ajustes e aperfeiçoamentos no volume em si, como com a de estabelecer, desde já e projetivamente, uma uniformização formal e terminológica (léxico-conceitual) entre os volumes que comporão o conjunto desta iniciativa editorial.

A esse propósito, aliás, pensamos que de outro modo não poderia ser, haja vista a aspiração que esta coleção despretensiosamente porta de poder fazer jus à recepção brasileira, e também portuguesa, cada vez mais apurada, maturada e rigorosa de que tem sido objeto a obra de Walter Benjamin. Recepção no seio da qual, gradualmente, se foi estabelecendo e fixando um vocabulário ou léxico em português dos termos e conceitos benjaminianos, em atenta observância das particularidades do universo terminológico próprio aos originais em alemão.

Coligir, traduzir e editar Walter Benjamin, sim, mas — e a despeito de incidentais imperfeições — criteriosa e criticamente, sem deixar-se levar por tentações de fito meramente mercadológico que dele e do inconformismo característico de seu pensamento poderiam fazer nada mais do que um reificado e domesticado produto de consumo cultural, inclusive neste contexto ainda recente de entrada da obra do autor em domínio público.

Às pessoas e instituições que contribuíram de modo significativo para o acontecer deste livro e o inaugurar

SOBRE A COLEÇÃO

da coleção, gostaríamos de manifestar, à guisa de conclusão, os nossos agradecimentos. Ao Instituto Goethe, nas pessoas de Bethe Ferreira de Souza (sucursal São Paulo) e Andreas Schmohl (*Head Office* Munique), pela subvenção às translações do alemão para o português, dentro do Programa de Fomento à Tradução de Livros Alemães em Língua Estrangeira. À Pró-Reitoria de Pesquisa e Pós-Graduação da Universidade Federal de Uberlândia em articulação com o Programa de Pós-Graduação em História, nas pessoas dos Professores Doutores Alexandre Walmott Borges e Jean Luiz Neves Abreu, respectivamente, pelo apoio concedido à presente edição, nos quadros do Programa de Auxílio Financeiro às Atividades Científicas, de Pesquisa e Inovação Tecnológica. Por fim, à Editora Hedra, por meio do seu diretor geral Jorge Sallum e editor Felipe Musetti, pela parceria, generosidade, sensibilidade e inteligência editoriais. Ao abrigo dessa casa editora cujo nome remete sempre à beleza reverdecente das heras, a Coleção Walter Benjamin foi concebida e gestada. Vemos agora o seu primeiro rebento nascer.

Ensaio

O contador de histórias
Considerações sobre a obra de Nikolai Leskov[*]

I

Embora seu nome soe familiar, o contador de histórias não está mais presente entre nós em sua eficácia viva. Ele é para nós algo já longínquo, e fica cada vez mais distante. Apresentar um Leskov[1] como contador não significa trazê-lo para mais perto de nós, mas aumentar a

---

[*]. Tradução de Patrícia Lavelle a partir do original alemão "Der Erzähler. Betrachtungen zum Werk Nikolai Lesskows" em cotejamento com a versão francesa desse mesmo ensaio, realizada pelo próprio Benjamin e intitulada "Le Narrateur. Réflexions à propos de l'œuvre de Nicolas Lesskov", in Walter Benjamin, *Gesammelte Schriften* [a partir daqui, GS], vol. II, tomos 2 e 3. Edição de Rolf Tiedemann e Hermann Schweppenhäuser. Frankfurt a. M.: Suhrkamp, 1991, pp. 438–465 e 1290–1309, respectivamente. Escrito entre fins de março/inícios de abril e julho de 1936, o ensaio sobre Leskov destinava-se à revista *Orient und Okzident*, editada pelo teólogo Fritz Lieb, onde foi publicado em outubro do mesmo ano. Provavelmente entre julho e outubro de 1936, ou entre este período e 1939, Benjamin trabalhou numa versão francesa, porventura para *Europe*, mas o texto não pôde ser publicado pois a revista parou de circular. Essa versão francesa, que foi confiada à Adrienne Monnier, personagem influente no meio literário parisiense, seria publicada somente em 1952, no *Mercure de France*. [N. E.]

1. Nikolai Leskov nasceu em 1831 na província de Oriol e morreu em 1895 em São Petersburgo. Ele tinha em comum com Tolstói seus interesses e simpatias pelos camponeses e, com Dostoiévski, a sua ori-

distância que nos separa dele. Se o consideramos com um certo distanciamento, os traços grandes e simples que caracterizam o contador de histórias nele ganham relevo. Melhor dizendo, aparecem tal como um rosto humano ou um corpo de animal podem aparecer num rochedo para alguém que os examine a uma boa distância e do ponto de vista adequado. Essa distância e este ponto de vista são impostos por uma experiência que fazemos quase diariamente. Ela nos diz que a arte de contar histórias se aproxima de seu fim. Torna-se cada vez mais raro encontrarmos pessoas que ainda sabem contar alguma coisa. Cada vez mais frequentemente generaliza-se o embaraço quando, num grupo, alguém pede uma história. É como se tivéssemos sido privados de uma faculdade que nos parecia inalienável, e era a mais segura entre todas: a faculdade de trocar experiências.

Uma causa desse fenômeno é clara: a cotação da experiência caiu. E parece que continuará a cair infinitamente. Basta olharmos os jornais para constatarmos que ela atingiu um novo nível, ainda mais baixo, e que não apenas a imagem do mundo exterior mas também a do mundo moral sofreram da noite para o dia alterações que nunca antes nos teriam parecido possíveis. Com a Guerra Mundial, começou a tornar-se manifesto um processo que desde en-

---

entação religiosa. Mas, precisamente aqueles escritos cuja expressão é fundamental e doutrinária, os romances de sua juventude, podem ser considerados como a parte mais efêmera de sua obra. A importância de Leskov repousa sobre os contos que pertencem a uma fase mais tardia de sua produção. Desde o final da guerra, muitas tentativas foram empreendidas no sentido de tornar esses contos conhecidos no círculo linguístico alemão. Ao lado das pequenas antologias da Editora Musarion e da Editora Georg Müller, encontra-se, principalmente, a coletânea em nove volumes da Editora C. H. Beck. [N. de W.B.]

tão não encontrou repouso. Não reparamos que, quando a guerra acabou, os soldados voltaram mudos dos campos de batalha? Não mais ricos, mas mais pobres em experiências comunicáveis. O que se difundiu dez anos depois, com a enxurrada de livros sobre a guerra, não tinha nada a ver com uma experiência passada de boca em boca. E não havia nada de estranho nisso. Pois nunca experiências foram tão fundamentalmente desmentidas quanto a experiência estratégica, pela guerra de trincheira, a experiência econômica, pela inflação, a experiência corporal, pela batalha com armamentos pesados e com aviões, e a experiência ética, pelos detentores do poder. Uma geração que ainda fora à escola num bonde puxado por cavalos se achava a céu aberto numa paisagem em que nada permanecera inalterado, a não ser as nuvens, e abaixo delas, num campo de forças cheio de tensões e explosões destrutivas, o minúsculo, frágil corpo humano.

II

A experiência que se transmite oralmente é a fonte da qual beberam todos os contadores de histórias. E entre os que as escreveram, os melhores são aqueles cujos escritos menos se afastam da fala dos muitos contadores anônimos. Entre estes últimos, além disso, há dois grupos que se interpenetram de diversas maneiras. A figura do contador só adquire sua plena corporeidade se o apresentamos sob os traços de ambos. "Quem viaja muito, tem sempre muito o que contar", diz a voz do povo, que representa o contador de histórias como aquele que vem de longe. Mas também é com prazer que ouvimos os casos daquele que ficou na sua terra, ganhando honestamente sua vida, e conhece suas histórias e tradições. Se quisermos apresentar esses dois grupos através de seus representantes arcaicos, um se encarna no camponês sedentário e o outro no marinheiro mercador. De fato, essas duas formas de vida constituíram, de certo modo, sua própria linhagem de contadores de histórias. Cada uma delas manteve algumas de suas características durante séculos. Assim, entre os contadores alemães modernos, Hebel e Gotthelf pertencem à primeira enquanto Sealsfield e Gerstäcker vêm da segunda.[2] No entanto, tais linhagens, como foi dito, correspondem apenas a tipos fundamentais. A real extensão do reino das narrativas, em toda sua dimensão histórica, não é pensável se não levamos em conta a íntima interpenetração desses dois tipos arcaicos. Uma tal interpenetração foi particularmente favorecida pelas corporações de artesãos da Idade Média. O mestre sedentário e o aprendiz itinerante trabalhavam juntos no mesmo ateliê; e cada mestre fora aprendiz itinerante antes de se estabelecer em sua terra ou no estrangeiro. Se camponeses e marinheiros foram os antigos mestres da narrativa, o artesanato foi sua melhor escola. Nele, se associava o saber que vem de longe, trazido para casa por aquele que

---

2. Johann Peter Hebel (1760–1826), filho de camponeses, foi teólogo e professor. Poeta de expressão alemã e dialetal, escreveu também contos em prosa. Jeremias Gotthelf (1797–1854), pseudônimo do escritor suíço de expressão alemã Albert Bitzius. Filho de pastor, foi também pastor além de romancista. Procurou descrever o impacto da modernização na sociedade camponesa. Charles Sealsfield (1793–1864), pseudônimo de Carl Anton Postl, jornalista e escritor de origem austríaca, naturalizado americano. Friedrich Gerstäcker (1816–1872), viajante e novelista alemão, tornou-se conhecido por seus livros sobre o continente americano. [N. T.]

viajou muito, com o saber do passado tal como é confiado, preferencialmente, ao sedentário.[3]

III

Leskov está em casa no longínquo, seja este espacial ou temporal. Ele pertenceu à Igreja Ortodoxa e foi um homem de sinceros interesses religiosos. Mas ele foi também um sincero opositor da burocracia eclesiástica. Como suas relações com o funcionalismo secular não eram melhores, as posições oficiais que obteve não duraram muito. Para sua produção, o posto de agente russo de uma empresa inglesa, ocupado por muito tempo, foi provavelmente o mais útil. Viajou pela Rússia inteira a serviço dessa empresa, e tais viagens formaram tanto sua inteligência do mundo[4] quanto seu conhecimento da situação russa. Desse modo, teve a possibilidade de entrar em contato com as seitas implantadas no campo, que deixaram traços em seus contos. Nas lendas russas, Leskov[5] encontrou aliados em sua luta contra a burocracia ortodoxa. Escreveu uma série de contos lendários em cujo centro se apresenta o justo, raramente um asceta, com mais frequência um homem simples e ativo, que torna-se um santo da maneira mais natural do mundo. A exaltação mística não é assunto para

---

3. Na versão em francês, a seguinte passagem foi acrescida ao final do parágrafo: "É assim que se constitui esse personagem do contador de histórias que, como bem disse Jean Cassou, 'dá o tom do relato e de sua realidade, aquele perto do qual o leitor ... gosta de se refugiar fraternalmente e de encontrar a medida, a escala dos sentimentos e dos fatos humanos normais'." [N. T.]

4. "(...) sua experiência dos homens", na variante da versão francesa. [N. T.]

5. "Leskov, que não escondia suas simpatias sectárias", conforme acréscimo feito por Benjamin na versão francesa. [N. T.]

Leskov. Por mais que às vezes se entregasse com prazer ao maravilhoso, mantinha-o, de preferência, mesmo em questões de piedade, no quadro de uma sólida naturalidade. Ele via seu modelo no homem acostumado a tratar de coisas terrenas sem se prender demasiadamente a elas, e adotava, no domínio secular, uma atitude semelhante a essa. Combina com esse seu modo de ser o fato de ter começado a escrever tarde, aos 29 anos. Isso se deu durante suas viagens comerciais. Seu primeiro trabalho publicado se intitulava: *Por que em Kiev os livros são tão caros?*, uma longa série de escritos sobre a classe trabalhadora, alcoolismo, os médicos da polícia e comerciários desempregados precede seus contos.

IV

O interesse prático é um traço característico de muitos contadores natos. Mais duradouro do que em Leskov, podemos reconhecê-lo por exemplo em Gotthelf, que dava conselhos de agronomia aos seus camponeses; também se encontra em Nodier, que se preocupava com os perigos da iluminação a gás; e Hebel, que transmitia aos seus leitores pequenas informações de ciência natural na *Caixinha de tesouros*,[6] pertence igualmente a esse grupo. Tudo isso esclarece sobre as características da verdadeira narrativa. Ela traz em si, abertamente ou de modo secreto, sua utilidade. Tal utilidade pode aparecer aqui numa moral, ali numa recomendação prática, ou ainda num provérbio ou numa regra de vida — em cada um desses casos, o contador de histórias é um homem que sabe dar conselhos

---

6. Referência à coletânea de contos de Johann Peter Hebel (1760–1826), intitulada *Caixinha de tesouros do amigo renano das famílias* (*Schatzkästlein des Rheinischen Hausfreundes*). [N. T.]

aos seus ouvintes. Mas se hoje em dia "saber aconselhar" começa a soar antiquado aos ouvidos, isso se deve à perda progressiva da comunicabilidade da experiência. Por isso não sabemos mais dar conselhos, nem a nós mesmos nem aos outros. Conselho é menos a resposta a uma pergunta do que uma sugestão de continuação para uma história (que está se desenrolando). Para poder obtê-lo, é preciso primeiro ser capaz de contá-la. (Sem considerar que um ser humano só se abre a um conselho quando deixa que sua situação se expresse em palavras.) Conselho, entretecido na matéria da vida vivida, é sabedoria. A arte de contar se aproxima de seu fim pois o lado épico da verdade, a sabedoria, está se extinguindo. Mas esse processo vem de longe. E nada seria mais insensato do que considerá-lo como um "sinal de decadência" e ainda menos de "decadência moderna". Ao contrário, esse processo é antes um fenômeno ligado às forças produtivas, seculares e históricas, que expulsa aos poucos o conto do domínio da palavra viva, ao mesmo tempo que confere uma nova beleza ao que está desaparecendo.[7]

V

O primeiro indício de um processo que culmina no declínio da narrativa é o aparecimento do romance no início da época moderna. O que distingue o romance do conto (e da epopeia num sentido estrito) é sua ligação essencial com o livro. A difusão do romance só se tornou

---

7. Na variante da versão francesa: "Trata-se mais propriamente de um fenômeno consistindo em forças seculares que pouco a pouco separaram o contador de histórias do domínio da palavra viva para confiná-lo na literatura. Esse fenômeno nos tornou, ao mesmo tempo, mais sensíveis à beleza de um gênero que se vai." [N. T.]

possível com a invenção da imprensa. A transmissão oral, patrimônio da épica, é de natureza diferente daquela que caracteriza o romance. O que distingue o romance em comparação com todas as outras formas de prosa — contos de fada, lendas, e mesmo novelas — é que nem provém da tradição oral nem a ela conduz. Isso o distingue em primeiro lugar do conto. O contador de histórias tira o que ele conta da sua própria experiência ou da que lhe foi relatada por outros. E ele, por sua vez, o transforma em experiência para aqueles que escutam sua história. O romancista isola-se. O lugar de nascimento do romance é o indivíduo em sua solidão: aquele que não é capaz de expor suas preocupações mais altas de modo exemplar, é ele mesmo carente de conselhos e não sabe dá-los. Escrever um romance significa exacerbar o incomensurável na apresentação de uma vida humana. De dentro da plenitude da vida, e através da apresentação de tal plenitude, o romance aprofunda a ausência de conselho dos viventes. O primeiro grande livro desse gênero, *Dom Quixote*, ensina como a grandeza de alma, a coragem e a generosidade de um dos mais nobres heróis — o próprio *Dom Quixote* — foram completamente abandonadas pelo bom conselho e não contém mais a menor centelha de sabedoria.[8] Quando ao longo dos séculos, aqui e ali, procurou-se incutir ensinamentos no romance — e talvez da maneira mais consistente n'*Os Anos de peregrinação de Wilhelm Meister* —, tais tentativas sempre acabaram por transformar a própria forma do romance. Por outro lado, o romance de formação não contraria de modo algum a estrutura fun-

---

8. Na versão francesa, o capítulo termina em "*la moindre étincelle de sagesse*", "a menor centelha de sabedoria". A sequência final do capítulo, que consta no original alemão, foi eliminada pelo autor. [N. T.]

damental do romance. Integrando o processo de vida da sociedade no desenvolvimento de uma pessoa, ele justifica as ordens que condicionam o primeiro do modo mais fraco. Sua legitimação encontra-se em desaprumo com sua realidade. Precisamente no romance de formação, o que é insuficiente torna-se evento.

VI

Devemos pensar a mutação das formas épicas em ritmos comparáveis aos das transformações que se operaram na superfície terrestre ao longo de milhares de séculos. Dificilmente outras formas de comunicação humana se desenvolveram mais lentamente e se perderam mais lentamente. O romance, cujos primórdios remontam à Antiguidade, levou centenas de anos até encontrar na burguesia nascente os elementos de que precisava para florescer. Quando esses elementos entraram em cena, o conto começou lentamente a se refugiar no domínio do arcaico; se apropriou de diversas maneiras do novo conteúdo, embora não fosse propriamente condicionado por ele. Por outro lado, reconhecemos que com o apogeu da burguesia — da qual a imprensa constitui um dos mais importantes instrumentos no capitalismo avançado — apareceu uma forma de comunicação que, embora suas origens sejam muito antigas, nunca antes influenciara a forma épica. Agora o faz. E torna-se visível que ela se opõe ao conto de modo não menos estranho, mas muito mais ameaçador que o romance, além de provocar uma crise no próprio romance. Essa nova forma de comunicação é a informação.

Villemessant, o fundador do *Figaro*, descreveu a essência da informação com uma célebre fórmula: "Para os meus leitores", dizia, "o incêndio num sótão do *Quartier*

Latin é mais importante do que uma revolução em Madri". Essa expressão mostra de modo claro e sucinto que a informação sobre os acontecimentos próximos encontra hoje audiência muito maior do que a mensagem que vem de longe. A mensagem que vinha de longe — seja espacialmente, de terras estrangeiras, seja temporalmente, da tradição — dispunha de uma autoridade que lhe fornecia validade mesmo onde não fora submetida ao controle. Mas a informação reclama verificação imediata. Em primeiro lugar, ela precisa ser "compreensível em si e para si". Frequentemente não é mais exata do que relatos dos séculos anteriores. Entretanto, enquanto estes podiam lançar mão do maravilhoso, a informação deve soar plausível. Por isso ela é irreconciliável com o espírito do conto. Se a arte de contar tornou-se hoje rara, a difusão da informação desempenhou um papel decisivo em tal situação.

Cada manhã nos informa acerca das novidades do globo terrestre. E mesmo assim somos pobres em histórias dignas de nota. A razão é que nenhum fato mais nos atinge sem estar cercado de explicações. Em outras palavras: com isso, quase nada mais do que acontece vem a favor do conto, quase tudo se torna informação. A metade da arte de contar está em despojar de explicações a história contada. Leskov é mestre nisso (basta pensar em textos como "A fraude" ou "A águia branca").[9] Ele conta o extraordinário, o maravilhoso com a maior exatidão, mas

---

9. Ambos se encontram traduzidos para o português, tendo sido editados na coletânea intitulada *A Fraude e outras histórias*. Tradução de Denise Sales. São Paulo: Editora 34, 2012. Também pela Editora 34 foram publicados, de Nikolai Leskov, o volume de contos *Homens interessantes e outras histórias* (tradução de Noé Oliveira Policarpo Polli, 2012) e a novela *Lady Macbeth do Distrito de Mtzensk* (tradução de Paulo Bezerra, 2009). [N. T.]

o encadeamento psicológico dos acontecimentos não é imposto ao leitor que fica livre para interpretar a coisa como a entende, e com isso o que é contado atinge uma amplitude que a informação não tem.

VII

Leskov frequentou a escola dos antigos. O primeiro contador de histórias grego foi Heródoto. No décimo quarto capítulo do terceiro livro de suas *Histórias*, encontra-se um relato que muito nos ensina. É sobre Psaménito. Quando o rei egípcio Psaménito foi vencido e aprisionado pelo rei da Pérsia Cambises, este decidiu humilhar seu prisioneiro. Ele ordenou que Psaménito fosse levado até a rua na qual passaria o cortejo triunfal dos persas. E, assim, fez com que o prisioneiro ainda visse sua filha, reduzida à condição de serva, indo buscar água no poço com um jarro. Enquanto todos os egípcios bradavam e se lamentavam com esse espetáculo, só Psaménito ficou silencioso e imóvel, com os olhos baixos; e quando, logo depois, assistiu seu filho ser conduzido em cortejo para execução pública, permaneceu igualmente imóvel. Mas ao reconhecer na fila dos prisioneiros um de seus antigos servidores, um homem velho e depauperado, então bateu na cabeça com os punhos e deu sinais da mais profunda tristeza.

Essa história mostra como é o verdadeiro conto. A informação tira seu valor do instante em que é nova. Ela vive apenas desse instante, deve render-se a ele e explicar-se nele sem perda de tempo. O conto funciona de outro modo: não se desgasta. Ele guarda em si mesmo suas forças reunidas e longo tempo depois ainda é capaz de se desenvolver. Assim, Montaigne retornou à história do rei egípcio e se perguntou: "Por que ele se lamenta apenas quando vê seu servidor?" Montaigne respondeu: "Como já estava repleto de tristeza, a menor sobrecarga bastou para arrebentar todos os diques".[10] Isso disse Montaigne. Mas poderíamos também dizer: "O rei não se comove com o destino da realeza pois é o seu próprio destino". Ou: "Muito do que nos comove na cena teatral não nos comove na vida: esse servidor é para o rei apenas um ator". Ou ainda: "A maior dor fica represada e só vem à tona quando ocorre uma distensão. A visão desse servidor foi a distensão." — Heródoto não explica nada. Seu relato é dos mais secos. É por isso que essa história do antigo Egito ainda desperta espanto e reflexão depois de milhares de anos. Ela se assemelha àquelas sementes que, durante milênios, ficaram fechadas hermeticamente nas câmaras das pirâmides e ainda hoje conservam o seu poder de germinar.[11]

---

10. Cf. Michel de Montaigne, *Essais*, Livro I, capítulo II. Paris: Gallimard, 1962. (Col. Bibliothèque de la Pléiade) [N. T.]

11. Por volta de 1928-1929, Benjamin escreveu um texto curto intitulado "Arte de contar histórias" ("Kunst zu erzählen", em *Imagens de Pensamento*, *Denkbilder*, GS IV-1, pp. 436-438), que já abordava a história de Psaménito e explorava a plurivocidade de sua extrema concisão. Entre os manuscritos do início dos anos trinta, encontramos também notas sobre Psaménito, contendo diversas interpretações propostas por seus amigos e conhecidos:

"Interpretação de [Franz] Hessel : 'o rei não se emociona com a sorte da família real, pois é a sua própria.'

Interpretação de Benjamin: 'a dor se desencadeia mais facilmente sob um pretexto menos importante do que sua causa. É uma grande tampa sobre uma pequena panela. Ou então ela evita até o pretexto e privilegia o choque. É um tal choque que desencadeia as lágrimas em Proust depois da morte de sua avó querida: o gesto de se abaixar para abotoar as botinas.'

Interpretação de Asja [Lacis]: 'Muitas coisas que nos emocionam no teatro nos deixam indiferentes na vida; esse velho é apenas um ator para o rei.'

VIII

Não há nada que imprima mais duradouramente as histórias na memória do que essa recatada concisão que as afasta da análise psicológica. E quanto mais naturalmente o contador de histórias renuncia aos detalhes psicológicos, mais facilmente sua história encontra lugar na memória do ouvinte, mais perfeitamente junta-se à sua própria experiência, e assim mais prazer ele terá um dia, próximo ou longínquo, em recontá-la. Esse processo de assimilação, que ocorre em camadas profundas, exige um estado de distensão que se torna cada vez mais raro. Se o sono é o ponto mais alto da distensão física, o tédio corresponde ao ponto mais alto da distensão espiritual. O tédio é o pássaro de sonho que choca o ovo da experiência. O menor farfalhar de folhas o afasta. Seus ninhos, as atividades intrinsecamente ligadas ao tédio, não encontram mais lugar nas cidades e estão se tornando raras também no campo. Com isso, perde-se o dom de escutar e desaparece a comunidade dos que escutam. Contar histórias é sempre a arte de contá-las novamente, arte que se perde quando as histórias não são mais conservadas. Ela se perde pois ninguém mais tece nem fia enquanto ouve histórias. Quanto mais o ouvinte se esquece de si mesmo, mais profundamente aquilo que escuta se imprime nele. Onde o ritmo do trabalho o toma inteiramente, ele ouve as histórias de tal maneira que o dom de contá-las lhe vem

---

Interpretação de Montaigne: 'Ocorre que estando além disso já pleno e cheio de tristeza, a menor sobrecarga arrebentou as barreiras da paciência.'

Observação de Martin-Gueillot: 'Se Psaménito tivesse vivido em nossos dias, todos os jornais nos teriam ensinado que ele preferia seu empregado a seus filhos.' (*Nouvelle Revue Française*, 1928, p. 696)." Cf. GS IV-2, p. 1011. [N. T.]

espontaneamente. Assim foi tecida a rede na qual está contido o dom de contar. Assim essa rede se desfaz hoje por todos os lados, depois de ter sido tecida há milhares de anos, em torno das mais antigas formas de artesanato.

IX

O conto, tal como prosperou longo tempo na esfera do artesanato — artesanato camponês, marítimo e depois urbano —, é ele mesmo uma forma artesanal de comunicação. Ele não visa transmitir o puro "em si" da coisa como uma informação ou um relatório. Ele mergulha a coisa na vida daquele que a relata para em seguida daí retirá-la. O contador de histórias deixa sua marca no conto, assim como o oleiro deixa a impressão de sua mão na argila do vaso. Os contadores têm sempre a tendência a começar suas histórias com uma apresentação das circunstâncias em que tomaram conhecimento do que irão em seguida contar, isso quando não preferem dizer que o vivenciaram pessoalmente. Leskov inicia "A fraude"[12] com a descrição de uma viagem de trem na qual teria ouvido de um outro viajante os acontecimentos que passa em seguida a contar; ou pensa no enterro de Dostoiévski, no qual travou conhecimento com a heroína de seu conto "A propósito de *A Sonata a Kreutzer*";[13] ou faz alusão à reunião de um grupo de leitura no qual falou-se dos fatos que relata em "Homens interessantes".[14] Assim, deixa sua marca naquilo que conta de diversos modos, seja como aquele que o viveu, seja como aquele que o relata.

---

12. Cf. Nikolai Leskov, *A Fraude e outras histórias*, ed. cit. [N. T.]
13. Idem, ibidem. [N. T.]
14. Cf. Nikolai Leskov, *Homens interessantes e outras histórias*, ed. cit. [N. T.]

Essa arte artesanal de contar, o próprio Leskov a considerava como um ofício. "A literatura", diz em suas cartas, "não é para mim uma arte livre, mas um ofício artesanal". Não é de se estranhar que ele tenha se sentido ligado ao artesanato e hostil à técnica industrial. Tolstói, que desse ponto de vista devia compreendê-lo, indica esse aspecto do talento narrativo de Leskov quando o aponta como o primeiro a "denunciar a deficiência do progresso industrial (...). É estranho que tanta gente leia Dostoiévski (...). Por outro lado, simplesmente não entendo porque Leskov não é lido. É um escritor verídico".[15] Numa história maliciosa e petulante, "A pulga de aço", a meio caminho entre a lenda e a farsa, Leskov louva, através dos ourives de Tula, o artesanato de sua terra. Sua obra prima, a pulga de aço, chega aos olhos de Pedro, o Grande, e o convence de que os russos não precisam se envergonhar diante dos ingleses.

A imagem[16] espiritual dessa esfera artesanal da qual provém o contador de histórias nunca foi descrita de modo mais significativo do que por Paul Valéry. Ao falar de coisas perfeitas na natureza, pérolas imaculadas, vinhos maduros e profundos, de criaturas verdadeiramente completas, ele reconhece nelas "a valiosa obra de uma longa cadeia de causas sucessivas e semelhantes".[17] Mas a acumulação de tais causas encontraria seu limite de tempo apenas na perfeição. "Outrora", continua Paul Valéry, "o

---

15. Citado por Erich Müller, "Nikolai Semjonowitsch Lesskow. Sein Leben und Wirken", in Nikolai Lesskow, *Am Ende der Welt*. München: C. H. Beck, 1927, p. 313. (*Gesammelte Werke*, v. IX) [N. T.]

16. Na variante da versão francesa: "lei". [N. T.]

17. Paul Valéry, "Les broderies de Marie Monnier", *Pièces sur l'art*, in *Œuvres*, tomo II. Edição de Jean Hytier. Paris: Gallimard, 1960, p. 1244. (Col. Bibliothèque de la Pléiade) [N. T.]

homem imitava essa paciência da natureza. Iluminuras, marfins inteiramente entalhados à perfeição, pedras duras perfeitamente polidas e distintamente gravadas; lacas ou pinturas obtidas através da sobreposição de uma série de camadas finas e translúcidas (...) — todas essas produções de um esforço tenaz e pleno de autorrenúncia estão desaparecendo, e passou o tempo em que o tempo não contava. O homem de hoje não cultiva mais o que não pode ser abreviado".[18] De fato, conseguiu até abreviar o conto. Vivenciamos o surgimento da *short story*, que se emancipou da tradição oral e não mais permite essa lenta sobreposição de camadas finas e transparentes que oferece a melhor imagem da maneira pela qual o conto perfeito vem à luz do dia a partir das camadas acumuladas por suas diferentes versões.[19]

X

Valéry conclui suas considerações com a seguinte frase: "Pode-se dizer que o enfraquecimento nos espíritos da ideia de eternidade coincide com a aversão crescente por tarefas demoradas".[20] A ideia de eternidade teve sempre na morte sua fonte mais poderosa. Se essa ideia se enfraqueceu, isso significa que o rosto da morte também se modificou. Essa modificação demonstra ser a mesma que reduziu a comunicabilidade da experiência na medida em que a arte de contar chegava ao fim.

---

18. Idem, ibidem. [N. T.]

19. "Fomos testemunhas do nascimento da *short story*. Ela abala o prestígio do conto, o qual consiste em religar as gerações de contadores entre si.", conforme variante da versão francesa. [N. T.]

20. Paul Valéry, "Les broderies de Marie Monnier", *op. cit.*, p. 1244. [N. T.]

Se seguimos o decorrer dos séculos precedentes, percebemos a que ponto a ideia da morte perde a onipresença e a força plástica que encontrava na consciência coletiva. Em suas últimas etapas, esse processo se acelerou. No decurso do século xix, a sociedade burguesa, com suas instituições econômicas e sociais, públicas ou privadas, realizou um feito acessório que, inconscientemente, foi talvez seu objetivo principal: dar às pessoas a possibilidade de se esquivar à visão dos moribundos. O ato de morrer, outrora o mais público e o mais exemplar da vida individual (lembremo-nos aqui das imagens da Idade Média nas quais a cama do moribundo vira um trono diante do qual se aglomera o povo que entra pelas portas abertas de sua casa), subtraiu-se aos poucos da atenção dos vivos no decorrer da época moderna. Outrora não havia casa, por vezes nem mesmo quarto, onde ninguém tivesse morrido. (A Idade Média tinha também a intuição espacial do sentimento temporal evocado por aquela inscrição num relógio solar de Ibiza: *Ultima multis.*) Hoje em dia os burgueses vivem em espaços depurados de qualquer morte, primeiros moradores da eternidade, e, quando chegam perto do fim, são depositados por seus herdeiros em sanatórios e hospitais. Ora, não apenas o conhecimento e a sabedoria de um ser humano, mas sobretudo sua vida vivida — e essa é a matéria da qual as histórias são feitas — assumem uma primeira forma transmissível no leito do moribundo. Assim como no interior da pessoa, no momento final de sua vida, uma sequência de imagens se põe em movimento — constituídas das visões de si, sob as quais, sem se dar conta, encontrou-se consigo mesma —, também se revela de repente, em seus gestos e olhares, o inesquecível que atribui a tudo o que lhe diz respeito essa autoridade que mesmo o mais miserável dos moribundos possui aos olhos dos vivos à sua volta. É essa autoridade que está na origem do que foi contado.

XI

A morte é a sanção de tudo o que o contador de histórias pode contar. É a morte que lhe confere sua autoridade. Em outras palavras: suas histórias remetem à história natural. Isso se exprime de forma exemplar numa das mais belas passagens do incomparável Johann Peter Hebel, que se encontra em "Reencontro inesperado",[21] conto incluído n'*A caixa de tesouros do amigo renano das famílias*. Este relato começa com o noivado de um jovem operário que trabalha nas minas de Falun.[22] Na véspera do casamento, no fundo de sua galeria subterrânea, a morte dos mineiros o surpreendeu. Sua noiva permanece fiel depois de sua morte e vive ainda um longo tempo. Um dia, quando já é uma velhinha de idade avançada, um cadáver é trazido à luz do fundo da galeria abandonada. Impregnado de vitríolo de ferro, escapou da decomposição e ela pôde reconhecer o seu noivo. Depois desse reencontro, também ela foi chamada pela morte. Quando Hebel, no curso de seu conto, sentiu a necessidade de tornar palpável a longa série de anos que separa o começo do fim, ele o fez com as seguintes frases: "Entrementes a cidade de Lisboa foi destruída por um terremoto, e a guerra dos sete anos passou, e o Imperador Francisco I morreu, e a ordem dos jesuítas foi dissolvida, e a Polônia foi repartida, e a Imperatriz Maria Teresa morreu, e Struensee foi execu-

---

21. Na versão francesa, "Reencontro inesperado dos Amantes. [N. T.]
22. "(...) nas minas de Falun na Suécia", conforme o acréscimo pontual da versão francesa. [N. T.]

tado, a América tornou-se livre e as forças reunidas da França e da Espanha não puderam conquistar Gibraltar. Os turcos aprisionaram o General Stein na gruta dos veteranos, na Hungria, e o Imperador José morreu também. O rei Gustavo da Suécia conquistou a Finlândia russa, e a Revolução Francesa e a longa guerra começaram, e o Imperador Leopoldo II também foi para a cova. Napoleão conquistou a Prússia, e os ingleses bombardearam Copenhague, e os camponeses semearam e ceifaram. O moleiro moeu, e os ferreiros forjaram, e os mineiros cavaram a terra em busca de filões metálicos em seu canteiro subterrâneo. Ora, quando os mineiros de Falun, no ano de 1809..."[23] Nunca um contador introduzira seu relato na história natural de forma mais profunda do que Hebel nessa cronologia. Leia-se atentamente: a morte nela reaparece de modo tão regular quanto o homem com a foice nos cortejos das procissões que desfilam ao meio-dia em torno do relógio da catedral.

XII

Cada estudo de uma certa forma épica deve levar em consideração a relação dessa forma com a historiografia. Mais ainda, podemos até nos perguntar se a historiografia não apresenta o ponto de indiferença criadora entre todas as formas épicas. Nesse caso, a história escrita estaria para as formas épicas assim como a luz branca para as cores do espectro. Seja como for, entre todas as formas épicas não há nenhuma que tenha sido tão indiscutivelmente incorporada à luz pura e incolor da história quanto a crônica. E na larga gama colorida da crônica, as dife-

---

23. Johan Peter Hebel, *Sämtliche Werke*, v. III. Karlsruhe: Müller, 1834, p. 188. [N. T.]

rentes maneiras de contar se escalonam como as nuances de uma e mesma cor. O cronista é o contador da história. Lembremo-nos ainda da passagem de Hebel, que tem o tom da crônica, e notaremos sem dificuldade a diferença entre aquele que escreve a história, o historiador, e aquele que a conta, o cronista. O historiador deve de uma maneira ou de outra explicar os fatos que o ocupam; ele não poderia de modo algum se contentar em expô-los como amostras do curso do mundo. É justamente o que faz o cronista, e especialmente os seus representantes clássicos, os cronistas medievais, que foram os precursores dos historiógrafos modernos. Na base de sua narrativa da história encontra-se o plano divino da salvação, que é insondável, e com isso se desembaraçaram de antemão do ônus de uma explicação demonstrável. Esta cede lugar à interpretação, a qual não se preocupa de modo algum em encadear com precisão fatos determinados, mas limita sua tarefa a descrever como eles se inserem na trama insondável do curso do mundo.

Se o curso do mundo é condicionado por uma história sagrada ou por uma história natural não faz nenhuma diferença. No contador de histórias, a figura do cronista conservou-se transformada e, por assim dizer, secularizada. Leskov está entre aqueles cuja obra dá testemunho de modo particularmente claro desse estado de coisas. O cronista, com sua orientação para a história sagrada, e o contador, com sua orientação para a história profana, fundam-se ambos em sua obra, de tal modo que em muitos contos é difícil decidir se o fundo sobre o qual eles se destacam é a trama dourada de uma concepção religiosa ou a trama colorida de uma visão secularizada do curso das coisas. Pensemos no conto "A Alexandrita", que leva os leitores a "priscas eras, quando tanto as pedras nas entranhas da terra quanto os planetas nas alturas celestes, todos eles se preocupavam com o destino do homem, e não atualmente, quando até nos céus há desgosto e sob a terra restou a indiferença fria pelo destino dos filhos dos homens e de lá não chegam vozes nem obediência. Todos os planetas, de novo descobertos, já não recebiam mais nenhuma atribuição nos horóscopos; há também muitas pedras novas, e todas são medidas, pesadas, comparadas em termos de peso específico e densidade, mas depois nada profetizam, não são úteis em nada. O seu tempo de falar ao homem já virou passado".[24]

Como se vê, não é possível caracterizar o curso do mundo de modo unívoco, tal como o ilustra essa história de Leskov. É ele determinado pela história sagrada ou pela história natural? É certo apenas que, enquanto tal, o curso do mundo é estranho a toda categoria propriamente histórica. Foi-se a época, diz Leskov, em que o homem podia acreditar viver em uníssono com a natureza. Schiller chamou essa era de tempo da poesia ingênua. O contador de histórias permanece fiel a ela e seu olhar não se desvia do relógio diante do qual avança a procissão das criaturas, onde a morte tem seu lugar como líder ou como a última e miserável retardatária.

XIII

Raramente nos damos conta de que a relação ingênua do ouvinte com o contador é determinada pelo interesse em guardar o que foi contado.[25] O que importa ao ouvinte

---

24. Nikolai Leskov, "Alexandrita", in *A Fraude e outras histórias*, ed. cit., p. 160. [N. T.]

25. Neste capítulo, Benjamin utiliza termos que cobrem o campo semântico da memória (*Erinnerung, Gedächtnis, Eingedenken*) e não

isento é assegurar-se da possibilidade da repetição. A memória é a faculdade épica por excelência. Somente graças a uma memória abrangente, a épica pode apropriar-se do curso das coisas, por um lado, e por outro resignar-se com sua perda irreparável, com o poder da morte. Não é de se espantar que para um homem simples do povo, tal como Leskov o imaginou um dia, o tsar, enquanto soberano do cosmos no qual suas histórias acontecem, possui a memória mais vasta. "Nosso imperador e toda a sua família", diz ele, "tem efetivamente uma memória prodigiosa."

Mnemósine, aquela que recorda, era entre os gregos a musa do gênero épico. Esse nome nos reconduz a uma bifurcação na história do mundo. Com efeito, se aquilo que é registrado pela recordação — a historiografia — expõe a indistinção criadora entre os diversos gêneros épicos (assim como a grande prosa expõe a ausência de diferenciação criadora entre as diversas métricas poéticas), sua forma mais antiga, a epopeia propriamente dita, contém, por força de um tipo de indistinção, o conto e o romance. Quando, no decorrer dos séculos, o romance começou a surgir no seio da epopeia, viu-se claramente que o elemento inspirador da poesia épica, a recordação, nele aparecia de um modo diferente daquele do conto.

A *recordação*[26] estabelece a cadeia da tradição que transmite os acontecimentos de geração em geração. Ela

---

têm equivalente imediato em português. O próprio autor encontra dificuldade em transpô-los para o francês, preferindo traduzir tanto *Erinnerung* quanto *Gedächtnis* por "memória" e introduzir uma distinção entre a *souvenance*, que caracteriza o romance, e o *souvenir*, que concerne ao conto, distinção que não aparece no original alemão. [N. T.]

26. *Erinnerung*, no original alemão; *mémoire*, na versão francesa. [N. T.]

é a musa da épica em geral e preside todas as variedades do gênero épico. Entre estas, encontramos em primeiro lugar aquela encarnada pelo contador de histórias. Ela tece a rede formada por todas as histórias. Uma está ligada à outra, como mostraram todos os grandes contadores, e principalmente os orientais. Em cada um deles vive uma Sherazade, que em cada passagem de sua história lembra-se de outra. Essa é uma *memória*[27] épica e a musa inspiradora do conto. É preciso opor a ela um outro princípio inspirador, o do romance, o qual, ainda indiferenciado daquele que é próprio ao conto, também habita o gênero épico em sentido estrito.[28] Às vezes, já podemos pressenti-lo nas epopeias. E isso ocorre antes de tudo nas invocações solenes das musas que abrem os poemas homéricos. O que se anuncia em tais passagens é a memória perpetuadora[29] do romancista em oposição à memória divertida[30] do contador. A primeira diz respeito a *um* herói, a *uma* odisseia ou a *uma* guerra; a segunda concerne a *múltiplos* fatos dispersos. Em outras palavras: a rememo-

---

27. *Gedächtnis*, no original alemão; *mémoire*, na versão francesa. [N. T.]

28. Na variante da versão francesa: "Encontra-se um elemento análogo, mas intrinsecamente diferente, na base do romance. E como no que diz respeito ao conto, podemos avançar para o romance, que, primitivamente, isto é, na epopeia, formava apenas um germe na unidade indivisa do gênero épico." [N. T.]

29. *Verewigende Gedächtnis*, no original alemão; *souvenance éternisante*, na versão francesa. [N. T.]

30. *Kurzweilige Gedächtnis*, no original alemão; *souvenir passe-temps*, na versão francesa. [N. T.]

ração,[31] musa do romance, surge ao lado da memória,[32] musa do conto, depois que a unidade de sua origem na recordação[33] se rompeu com o declínio da epopeia.

XIV

"Ninguém", disse Pascal, "morre tão pobre que não deixe alguma coisa". Com certeza, deixa ao menos recordações — só que estas nem sempre encontram herdeiros. O romancista recolhe esse legado, e raramente sem uma profunda melancolia. Pois com a soma por ele recebida, ocorre o mesmo que se pode dizer de uma morta num romance de Arnold Bennett: "ela não tinha efetivamente vivido". Devemos o esclarecimento mais importante sobre esse aspecto das coisas a Georg Lukács, que viu no romance "a forma do desenraizamento transcendental". Do mesmo modo, de acordo com Lukács, o romance é a única forma de arte que inclui o tempo entre seus princípios constitutivos. "O tempo", diz ele na *Teoria do Romance*, "só pode tornar-se constitutivo quando o homem deixou de estar ligado a uma pátria transcendental (...). No romance, separam-se sentido e vida, e com isso também o essencial e o temporal; pode-se quase dizer que toda a ação interna do romance não é nada mais do que uma luta

---

31. *Eingedenken*, no original alemão; *souvenance*, na versão francesa. Tanto o termo alemão quanto o francês conotam o desenrolar do processo em oposição aos seus efeitos pontuais, conotação que procuramos preservar na tradução. [N. T.]

32. *Gedächtnis*, no original alemão; *souvenir*, na versão francesa. [N. T.]

33. *Erinnerung*, no original alemão; *mémoire*, na versão francesa. [N. T.]

contra o poder do tempo (...). E desse (...)[34] emergem as vivências temporais autenticamente épicas (...): a esperança e a recordação. (...) Apenas no romance (...) aparece uma recordação criadora que atinge o fundamento do seu objeto e o transforma (...). A dualidade da interioridade e do mundo exterior" só "pode ser superada pelo sujeito quando esse percebe a unidade (...) de toda a sua vida (...) resumida na recordação da corrente vital do passado (...). A percepção que apreende essa unidade (...) torna-se compreensão divinatoriamente intuitiva do sentido da vida inatingido e, portanto, inexprimível".[35]

"O sentido da vida" é de fato o eixo em torno do qual gira o romance. O questionamento desse sentido não é, entretanto, nada mais do que a expressão simples do desaconselhamento do leitor quando este se vê inserido no âmago da vida escrita. De um lado, "o sentido da vida"; de outro, "a moral da história": com essas fórmulas, romance e conto se confrontam; elas permitem distinguir completamente o índice histórico do estatuto das duas formas artísticas. Se o primeiro modelo perfeito de romance é o *Dom Quixote*, *Educação Sentimental* pode ser considerado como o último. Nas palavras que concluem esse romance,

---

34. A passagem suprimida nesse ponto da citação, feita por Benjamin, da obra referida de Lukács, e sem a qual a inteligibilidade fica parcialmente comprometida, é: "sentimento maduro e resignado" (*resigniert-mannbaren Gefühl*). Cf. Georg Lukács, *Die Theorie des Romans. Ein geschichtsphilosophischer Versuch über die Formen der großen Epik*. 9.ª ed. Darmstadt; Neuwied: Luchterhand, 1984, p. 110 [1.ª ed., Berlim, 1920]; e também Georg Lukács, *A teoria do romance. Um ensaio histórico-filosófico sobre as formas da grande épica*. Tradução de José Marcos Mariani de Macedo. São Paulo: Editora 34: Duas Cidades, 2009, p. 130. [N. E.]

35. Cf. Georg Lukács, *Die Theorie des Romans*, ed. cit., pp. 107–115; e Georg Lukács, *A teoria do romance*, ed. cit., pp. 128–136. [N. E.]

o sentido, que caracterizava o início do declínio da época burguesa em seu modo de agir e omitir, se deposita como o resíduo[36] no fundo do copo da vida. Amigos de juventude, Frédéric e Deslauriers rememoram sua amizade de juventude. Uma pequena história lhes vem à cabeça, eles se lembram do dia em que, cheios de constrangimento e clandestinamente, estiveram na casa de tolerância de sua cidade natal apenas para oferecer à patroa um buquê de flores colhidas no jardim. "Isso deu numa história que três anos depois ainda não tinha sido esquecida. Eles a contaram a si mesmos prolixamente, cada um completando as recordações do outro, e quando finalmente acabaram: 'É o que tivemos de melhor!', disse Frédéric. — 'Sim, talvez seja mesmo! Isso aí é o que tivemos de melhor!', disse Deslauriers". Com tal reconhecimento, o romance chega ao seu fim; fim que lhe é próprio no sentido mais estrito do que a qualquer conto. Não há, de fato, nenhum conto em que a questão "o que aconteceu depois?" perca seus direitos. O romance, ao contrário, não pode esperar dar o menor passo além daquela fronteira onde, ao escrever a palavra "fim" na parte inferior da página, convida o leitor a ter em mente, por pressentimento, o sentido da vida.

XV

Quem ouve uma história se encontra na companhia do contador; mesmo quem a lê participa dessa companhia. Por outro lado, mais do que qualquer outro, o leitor de um romance é solitário. (Pois até mesmo aquele que lê um poema tende a emprestar sua voz às palavras, visando ouvintes possíveis.) E nessa solidão que lhe é própria, o leitor do romance se apodera da matéria lida de modo mais

---

36. "(...) resíduo do vinho", na variante da versão francesa. [N. T.]

possessivo do que todos os demais. Ele está disposto a se apropriar dela inteiramente e, de certo modo, devorá-la. Sim, ele a destrói, consumindo-a como faz o fogo com a lenha na lareira. A tensão que atravessa o romance se assemelha muito à corrente de ar que alimenta a chama e reanima o seu jogo.

É um material seco que alimenta o interesse ardente do leitor. — O que isto significa? "Um homem que morre aos trinta e cinco anos é", como disse uma vez Moritz Heimann, "a cada instante de sua vida, um homem que morre aos trinta e cinco anos". Nada é mais duvidoso do que essa sentença. Mas somente porque o autor se engana quanto ao tempo verbal. A verdade é que um homem que morreu aos trinta e cinco anos aparecerá na *rememoração*, em cada instante de sua vida, como um homem que morre aos trinta e cinco anos. Em outras palavras: a sentença, que não tem sentido para a vida real, torna-se irrefutável para a vida recordada. Nada apresenta melhor a essência do personagem de romance. O "sentido" de sua vida — é o que a frase nos diz — só se mostra a partir de sua morte. Ora, o leitor de romances procura efetivamente seres humanos nos quais pode ler o "sentido da vida". Ele precisa de antemão ter certeza de que poderá, de um jeito ou de outro, assistir à morte deles. Se necessário, a morte no sentido figurado: o fim do romance. Ainda melhor quando isso ocorre no sentido próprio. Como o protagonista indica que a morte já o espera, isto é, uma morte bem determinada, em um ponto bem determinado? Eis a questão que alimenta o interesse devorador do leitor por aquilo que ocorre no romance.

O romance, portanto, não é significativo graças a um ensinamento qualquer que um destino alheio nos apresentaria, mas porque, através da chama que o devora, esse destino alheio nos transmite um calor que não podemos tirar da nossa própria vida. O que prende o leitor ao romance é a esperança de aquecer sua vida gelada em uma morte sobre a qual ele lê.

XVI

"Leskov", escreve Gorki, "é o escritor mais profundamente (...) enraizado no povo e o mais isento de toda influência estrangeira". O grande contador de histórias terá sempre suas raízes no povo, e em primeiro lugar nas camadas artesanais. Entretanto, assim como estas englobam, nos múltiplos estágios de seu desenvolvimento econômico e técnico, os elementos camponês, marítimo e urbano, também os conceitos nos quais a soma de suas experiências se cristaliza para nós possuem múltiplas gradações. (Sem falar na considerável contribuição dos mercadores para a arte de contar; eles não precisaram tanto aumentar o conteúdo instrutivo dos contos,[37] quanto refinar as estratégias destinadas a captar a atenção dos ouvintes.[38] Deixaram marcas profundas no ciclo de histórias das *Mil e uma noites*.) Em suma, sem desconsiderar o papel elementar que a narrativa desempenha na economia doméstica da humanidade, os conceitos através dos quais podemos colher os seus frutos são de uma grande diversidade. O que, em Leskov, deve ser compreendido de modo mais tangível em um sentido religioso, parece se ajustar por si mesmo, em Hebel, às perspectivas pedagógicas do Ilumi-

---

37. "(...) através de seus relatos de terras longínquas", conforme acréscimo efetuado por Benjamin na versão francesa. [N. T.]

38. "De fato, não vemos entre os contistas árabes o ouvinte tornar-se cliente de um contador de histórias?", segundo acréscimo da versão francesa. [N. T.]

nismo, surge em Poe como tradição hermética e encontra um último asilo em Kipling, no campo de ação de marinheiros e soldados coloniais britânicos. Por outro lado, todos os grandes contadores de histórias têm em comum a facilidade com a qual descem e sobem os degraus de sua experiência, como numa escada. Uma escada cuja base desce até as profundezas da terra e cujo topo se perde nas nuvens é a imagem de uma experiência coletiva para a qual o mais profundo choque de cada experiência individual, a morte, não representa nem um escândalo nem uma barreira.

"E se não morreram, vivem até hoje", diz o conto de fadas. O conto de fadas, que ainda hoje é o primeiro conselheiro das crianças, pois foi outrora o primeiro da humanidade, sobrevive secretamente no conto. O primeiro contador verdadeiro é e continua sendo o dos contos de fadas. Esse conto sabia trazer um bom conselho, onde nada era mais difícil de se encontrar, e onde a necessidade era a mais urgente, a *sua* ajuda era a que estava mais próxima. Essa necessidade era a do mito. O conto de fadas nos informa sobre as primeiras tentativas da humanidade em sacudir para fora o pesadelo que o mito depositou em seu peito. A figura do bobo nos mostra como a humanidade "faz-se de boba" contra o mito; a do irmão caçula nos mostra como suas chances aumentam com o distanciamento em relação à época mítica primeva; a figura daquele que sai de casa para aprender o medo nos mostra que podemos tornar transparentes as coisas que tememos; a figura do esperto nos mostra que as questões do mito são tão simples quanto as da esfinge; as figuras dos bichos que vêm ajudar a criança do conto nos mostram que a natureza prefere muito mais associar-se ao homem do que comprometer-se com o mito. O conto de fadas ensinou há muito tempo à humanidade e ainda hoje ensina às crianças que o mais aconselhável é enfrentar o mundo do mito com astúcia e ousadia. (Desse modo, o conto de fadas polariza a coragem, a saber, dialeticamente, em astúcia e em ousadia.[39]) A magia liberadora do conto de fadas não coloca em cena a natureza de um modo mítico, mas indica a sua cumplicidade com o ser humano liberado. O homem maduro concebe essa cumplicidade apenas ocasionalmente, isto é, quando está feliz; para a criança, ela aparece pela primeira vez nos contos de fadas e provoca sua felicidade.

XVII

Poucos contadores tiveram uma afinidade tão profunda com o espírito dos contos de fadas quanto Leskov. Trata-se de uma tendência reforçada pelos dogmas da Igreja Ortodoxa grega. Nessa dogmática, a especulação de Orígenes sobre a apocatástase — a admissão de todas as almas no paraíso —, que foi descartada pelo catolicismo romano, desempenha um papel significativo. Leskov foi muito influenciado por Orígenes. Planejou traduzir sua obra *Sobre os Princípios*.[40] De acordo com as crenças populares russas, interpretou a ressurreição menos como uma transfiguração do que como um desencantamento (num sentido parecido com o dos contos de fadas). Essa interpretação de Orígenes constitui a base do conto "O

---

39. Benjamin faz, nesta passagem, um jogo de palavras com *Mut* ("coragem"), *Übermut*, que quer dizer "alegria exuberante", "animação excessiva que chega às raias da insolência ou da ousadia", e um termo insólito, *Untermut*, que aparece aqui como equivalente a *List*, "astúcia". [N. T.]

40. Há edição brasileira. Cf. Orígenes. *Tratado sobre os Princípios*. Tradução de João Eduardo Pinto Basto Lupi. São Paulo: Paulus, 2012. (Coleção Patrística, v. 30) [N. E.]

peregrino encantado". Aqui, como em muitas outras histórias de Leskov, trata-se de um misto de conto de fadas e lenda, não muito diferente do misto de conto de fadas e saga de que fala Ernst Bloch numa passagem em que retoma a seu modo a nossa distinção entre mito e conto de fadas. Segundo Bloch, um "misto de conto de fadas e saga inclui, de modo figurado, um elemento mítico que atua de modo estático e encantatório, embora não fora do ser humano. Assim, na saga, personagens de tipo taoista são 'míticos', em particular os muito antigos, como o casal Filemon e Baucis: redimidos, como nos contos de fadas, apesar de repousarem como natureza. E certamente esse tipo de relação existe também no Tao menos acentuado de Gotthelf; às vezes, ele priva a saga do local encantado, salva a luz da vida, a luz propriamente humana da vida que arde tranquilamente, por dentro e por fora".[41] Redimidas, "como nos contos de fadas", são aquelas criaturas que abrem o cortejo da criação de Leskov: os justos. Pavlin, Figura, o artista cabeleireiro, o domador de ursos, a sentinela prestativa — todos aqueles que personificam a sabedoria, a bondade, a consolação do mundo amontoam-se em torno do contador de histórias. Estão todos incontestavelmente impregnados da imago de sua mãe. De acordo com a descrição de Leskov, "ela tinha a alma tão boa que era incapaz de fazer mal a qualquer ser humano, ou mesmo aos animais. Não comia carne nem peixe tal sua compaixão por todas as criaturas vivas. Meu pai tinha o costume de reprovar-lhe, de vez em quando, tal atitude. Mas ela respondia: 'Eu mesma criei esses bichinhos, são como meus filhos. Não posso comer meus

---

41. Citação de Ernst Bloch, *Erbschaft dieser Zeit*. Frankfurt a. M.: Suhrkamp, 1962. (*Gesammtausgabe*, v. 4) [N. T.]

próprios filhos!' Mesmo na casa dos vizinhos não comia carne. 'Eu os vi vivos', dizia, 'são meus conhecidos. Não posso comer meus conhecidos'."

O justo é ao mesmo tempo o porta-voz da criatura e sua mais alta personificação. Em Leskov, ele possui um traço maternal que se eleva às vezes até o mítico (colocando assim, é verdade, em risco a pureza do conto de fadas). Exemplar nesse sentido é o personagem principal de seu conto "Kótin, o provedor, e Platonida". Esse personagem, o camponês Pizónski, é bissexuado. Durante doze anos, foi criado pela mãe como menina. Seu lado feminino amadureceu ao mesmo tempo que sua masculinidade, e sua dupla sexualidade tornou-se um símbolo do Homem-Deus.[42]

Nesse símbolo, Leskov acredita poder atingir o apogeu da criatura e, ao mesmo tempo, estabelecer uma ponte entre os mundos terrestre e supraterrestre. Pois esses homens cuja potência vem da terra, essas figuras masculinas maternais, que reiteradamente tomam posse da arte fabuladora de Leskov, foram subtraídas à escravidão das pulsões sexuais no pleno florescimento de suas forças. Mas nem por isso personificam um ideal propriamente ascético; ao contrário, a temperança desses justos tem um caráter tão pouco privado que torna-se, na ordem das paixões, o polo oposto ao do furor sexual que o contador pintou em *Lady Macbeth do Distrito de Mtzensk*.[43] Se a envergadura entre Pavlin e essa esposa de negociante permite medir a extensão do mundo das criaturas, então

---

42. Cf. Nikolai Leskov, "Kótin, o provedor, e Platonida", in *A Fraude e outras histórias*, ed. cit., pp. 10–11. [N. T.]

43. Cf. Nikolai Leskov, *Lady Macbeth do Distrito de Mtzensk*, ed. cit. [N. T.]

Leskov também sondou, na hierarquia de suas criaturas, a sua profundeza.

XVIII

A hierarquia do mundo das criaturas, que atinge com o justo o seu ponto mais alto, desce em múltiplos graus até as profundezas do inanimado. A propósito disso, uma circunstância particular deve ser levada em conta: essa totalidade do mundo das criaturas não se expressa tanto na voz humana quanto naquela que pode ser nomeada de acordo com o título de um de seus contos mais significativos: "A voz da natureza". Esse conto é sobre o pequeno funcionário Filip Filipovitch que se esforça por todos os meios para hospedar em sua casa um marechal de campo de passagem em sua cidadezinha. Ele consegue o que queria. O hóspede, que se espantara a princípio com o convite insistente do funcionário, com o tempo pensa reconhecer nele alguém que já havia encontrado antes. Mas quem? Não consegue lembrar-se. E o estranho é que o dono da casa recusa-se a facilitar o reconhecimento. Em vez disso, consola a alta personalidade um dia depois do outro, dizendo que "a voz da natureza" acabará por lhe falar claramente. Isso dura até que um dia, pouco antes de prosseguir sua viagem, quando, atendendo ao pedido público do anfitrião durante um jantar, o hóspede deve dar sua permissão para que ele possa fazer soar "a voz da natureza". Então a dona da casa se afasta. Ela "voltou com uma grande trompa de cobre, reluzentemente polida, e entregou-a ao marido. Ele pegou a trompa, encostou o bocal aos lábios e transformou-se inteiro num minuto. Foi só ele inflar as bochechas e sair um ribombo vibrante para o marechal de campo gritar: — Estou reconhecendo, irmão, agora estou reconhecendo, você é aquele músico do regimento de caçadores, que, por sua honestidade, enviei para vigiar um intendente trapaceiro. — Exatamente, meu príncipe — respondeu o anfitrião. — Não queria eu lembrar-lhe disso, então a própria natureza o fez."[44] A maneira pela qual o sentido profundo dessa história se esconde atrás de sua aparente tolice nos dá uma ideia do humor magnífico de Leskov.

Esse humor confirma-se na mesma história de um modo ainda mais discreto. Ouvimos que o pequeno funcionário foi enviado "por sua honestidade" para "vigiar um intendente trapaceiro". Isso é dito no final, na cena do reconhecimento. Logo no início da história, porém, ouvimos o seguinte sobre o anfitrião: "Os moradores locais, todos eles, conheciam esse homem e sabiam que o seu título não era alto, já que não era funcionário civil nem militar, mas só encarregado do pequeno depósito local da intendência ou do comissariado e, junto com as ratazanas, roía torradas do erário e lambia botas, tendo conseguido, com a roedeira e a lambição, uma casa bonitinha, de madeira (...)".[45] Como se vê, essa história mostra a tradicional simpatia do contador pelos trapaceiros e malandros. Toda literatura burlesca é testemunha dessa simpatia que não se desmente nem na mais alta arte: Hebel é acompanhado do modo mais fiel, entre todas as suas personagens, por *Zundelfrieden*, *Zundelheiner* e o ruivo *Dieter*.[46] E, claro, também para Hebel o justo desempenha o papel principal

---

44. Nikolai Leskov, "A voz da natureza", in *A Fraude e outras histórias*, ed. cit., p. 100. [N. T.]

45. Idem, ibidem, p. 90. [N. T.]

46. Alusão a uma série de contos de Hebel nos quais os dois irmãos Zundel — Frieden e Heiner — se associam ao ruivo Dieter, seu antigo camarada de escola, para cometerem diversos tipos de furtos, malan-

no *theatrum mundi*. Mas como ninguém está propriamente à altura desse papel, ele passa de um para outro. Ora é o vagabundo, ora o judeu avarento, ora é o imbecil que surge para desempenhá-lo. Trata-se sempre apenas de um estágio provisório, que varia de um caso a outro, uma improvisação moral. Hebel é um casuísta. Não se solidariza de nenhuma maneira com algum princípio, mas também não recusa nenhum deles, pois todos podem um dia servir de instrumento ao justo. Podemos comparar essa atitude com a de Leskov. "Reconheço", diz ele em "A propósito de *A Sonata a Kreutzer*", "que, nas minhas reflexões, entra muito mais senso prático do que filosofia abstrata e moral elevada; contudo sou inclinado a pensar como penso."[47] É verdade, por outro lado, que as grandes catástrofes morais que ocorrem em seu mundo estão para os incidentes morais de Hebel como o grande curso silencioso do rio Volga para a tagarelice de um pequeno riacho que faz girar a roda do moinho. Entre os contos históricos de Leskov, há vários em que as paixões agem de modo tão avassalador quanto a cólera de Aquiles ou o ódio de Hagen.[48] É surpreendente como, nesse autor, o mundo às vezes pode tornar-se sombrio e com qual majestade o mal é capaz de empunhar seu cetro. Leskov claramente conheceu estados de espírito próximos de uma ética antinomista — e esse deve ser um de seus poucos pontos de contato com Dostoiévski. As naturezas elementares de seus *Con-*

---

dragens e farsas. Embora não passem de pequenos bandidos, os três comparsas são apresentados com simpatia pelo autor. [N. T.]

47. Nikolai Leskov, "A propósito de *A Sonata a Kreutzer*", in *A Fraude e outras histórias*, ed. cit., pp. 176-177. [N. T.]

48. Personagem da mitologia escandinava e, depois, da mitologia germânica, responsável pelo assassinato do herói Siegfried. [N. T.]

tos dos velhos tempos[49] vão até o fim em sua paixão sem escrúpulos. E esse fim era justamente o ponto no qual para os místicos a perversão consumada transforma-se bruscamente em seu contrário, tornando-se santidade.

XIX

Quanto mais baixo Leskov desce na escala das criaturas, mais abertamente sua concepção de mundo se aproxima da mística. Aliás, como mostraremos, há boas razões para se dizer que tal característica pertence à própria natureza do contador de histórias. Certamente, são raros os que se aventuraram nas profundezas da natureza inanimada e, na literatura narrativa moderna, não há muitos casos em que a voz do contador anônimo, anterior a toda escrita, ressoe tão claramente como na história de Leskov "A Alexandrita". Trata-se de uma pedra, o piropo. A pedra corresponde à camada mais baixa da criação. Mas para o contador de histórias, ela se liga diretamente à mais alta. Ele tem o dom de vislumbrar, nessa pedra semipreciosa, o piropo, uma profecia da natureza petrificada, inanimada, sobre o mundo histórico, no qual ele mesmo vive. Esse mundo é o de Alexandre II. O contador — ou melhor, o homem a quem ele atribui seu próprio saber — é um lapidador, de nome Wenzel, que atingiu em seu ofício a mais alta perfeição imaginável. Podemos compará-lo aos ourives de Tula e dizer, de acordo com Leskov, que o artesão perfeito tem acesso às câmaras mais internas do reino das

---

49. "Erzählungen aus der alten Zeit", conforme o original alemão. Na edição em nove volumes das *Gesammelte Werke* (Obras Reunidas) de Nikolai Leskov, que a editora C. H. Beck fez publicar entre 1924 e 1927, utilizada por Benjamin e por ele referida em nota inicial ao presente ensaio, o título correspondente é o do quarto volume, *Geschichten aus alter Zeit* (*Histórias dos velhos tempos*). [N. E.]

criaturas. É uma encarnação do homem piedoso. Vejamos o que é dito sobre ele: "de repente, agarrou-me pelo anel com a alexandrita, que agora, sob a luz, estava vermelha,⁵⁰ e pôs-se a gritar: — (...) Vejam só, eis aqui aquela pedra russa profética (...)! Siberiana astuta! O tempo todo estava verde como a esperança, mas agora, com a aproximação do anoitecer, banhou-se de sangue. Desde priscas eras ela é assim, mas escondeu-se o tempo todo, no seio da terra, e permitiu que a encontrassem apenas no dia da maioridade do tsar Aleksandr, quando um grande feiticeiro, mago, bruxo, foi à Sibéria procurar por ela. — O senhor está falando asneiras — interrompi. — Essa pedra não foi encontrada por um feiticeiro, foi por um cientista: Nordenskiöld! — Feiticeiro! Estou dizendo: feiticeiro! — pôs-se a gritar Wenzel bem alto. — Veja só que pedra! Nela a manhã é verde e a noite, sangrenta... É o destino, é o destino do nobre tsar Aleksandr! — E o velho Wenzel voltou-se para a parede, apoiou a cabeça no braço e... pôs-se a chorar."⁵¹

Não podemos apreender mais diretamente o sentido desse importante conto do que com o auxílio de algumas palavras escritas por Paul Valéry sobre outro assunto, bem diferente.

"A observação do artista", disse ele em suas considerações sobre um artista, "pode atingir uma profundidade

---

50. Na tradução do russo para o alemão de que fez uso Benjamin, há uma variação relativamente à tradução do russo para o português, aqui adotada, que importa destacar. De modo que onde nesta figura "(...) alexandrita, que agora, sob a luz, estava vermelha", naquela se lê "(...) alexandrita, que, como se sabe, com iluminação artificial irradia um brilho vermelho". [N. E.]

51. Nikolai Leskov, "Alexandrita", in *A Fraude e outras histórias*, ed. cit., pp. 164–165. [N. T.]

quase mística. Os objetos iluminados por ela perdem seus nomes: sombras e claridades formam sistemas e problemas bem particulares, que não dizem respeito a nenhuma ciência, que não se relacionam com nenhuma prática, mas que recebem toda sua existência e seu valor de certos acordos singulares entre a alma, o olho e a mão de alguém, nascido para, dentro de si, apreendê-los e evocá-los".[52]

Tais palavras estabelecem uma estreita relação entre alma, olho e mão.[53] Interagindo, determinam uma prática com a qual não estamos mais acostumados. O papel da mão na produção tornou-se mais restrito e o lugar que ela ocupava no contar histórias foi deixado de lado. (Pois contar histórias não é de modo algum, do ponto de vista sensível, apenas um trabalho da voz. No autêntico contar, a mão atua decisivamente, apoiando o que é dito de diversos modos, com seus gestos aprendidos por experiência no trabalho.) A antiga coordenação de alma, olho e mão, que aparece nas palavras de Valéry, é artesanal, e é ela que encontramos onde quer que a arte de contar esteja em seu domínio. Sim, podemos ir além e nos perguntar se a relação do contador de histórias com sua matéria, a vida humana,[54] não seria ela própria uma relação artesanal? Se sua tarefa não consiste em elaborar, de um modo sólido, útil e único, a matéria crua da experiência, seja da sua própria ou da alheia? Trata-se aqui de uma reelaboração da qual o provérbio nos dê talvez mais facilmente uma

---

52. Paul Valéry, "Autour de Corot", *Pièces sur l'art*, in *Œuvres*, tomo II. Edição de Jean Hytier. Paris: Gallimard, 1960, p. 1318. (Col. Bibliothèque de la Pléiade) [N. T.]

53. "Relação de colaboração que determina todo trabalho artesanal", conforme acréscimo efetuado na versão francesa. [N. T.]

54. "(...) a experiência humana", segundo variação da versão francesa. [N. T.]

ideia, se o concebemos como o ideograma de uma narração. Provérbios são, por assim dizer, ruínas que ocupam o lugar de antigas histórias nas quais uma moral cresce em torno de um gesto, como a hera numa muralha.

O contador de histórias pode assim ser considerado como um mestre ou como um sábio. Ele sabe aconselhar — não em alguns casos, como o provérbio, mas em muitos,[55] como o sábio. Pois lhe é dado recorrer a toda uma vida. (Uma vida que não inclui apenas sua própria experiência, mas também uma boa parte da experiência alheia. O contador de histórias assimila ao que tem de mais intimamente seu aquilo que aprendeu por ouvir dizer.) Seu talento é poder contar sua vida; sua dignidade é poder contá-la *por inteiro*. O contador é o homem que poderia deixar a mecha de sua vida consumir-se completamente na doce chama de sua narração. Daí vem essa atmosfera[56] incomparável que, em Leskov como em Hauff, em Poe como em Stevenson, cerca o contador. O contador de histórias é a figura na qual o justo se encontra consigo mesmo.

---

55. Na variante da versão francesa: "(...) em todos os casos". [N. T.]
56. "(...) esse halo", na variante da versão francesa. [N. T.]

Contos

O lenço*

Por que a arte de contar histórias está chegando ao fim? — eu já me fizera essa pergunta muitas vezes enquanto me entediava, sentado com outros convidados durante uma noite inteira em torno de uma mesa. Naquela tarde, porém, quando estava em pé no convés de passeio do "Bellver", ao lado da cabine do timoneiro, e buscava com meu excelente binóculo todos os aspectos da imagem inigualável que Barcelona oferecia do alto do navio, acreditei ter encontrado a resposta para ela. O Sol descia sobre a cidade e parecia derretê-la. Tudo que era vida havia se recolhido nas gradações cinza claro entre a copa das árvores, o cimento das construções e a rocha das montanhas distantes. O "Bellver" é um navio a motor, belo e espaçoso, ao qual se gostaria de creditar um encargo maior do que o de abastecer o pequeno trânsito insular para as Baleares. E, de fato, sua imagem pareceu se encolher quando, no dia seguinte, o vi esperando pela viagem de volta no molhe de Ibiza, pois eu imaginara que de lá ele tomaria seu curso até as Ilhas Canárias. Assim, eu estava parado,

---

*. "Das Taschentuch", in Walter Benjamin, *Gesammelte Schriften* [a partir daqui, GS], vol. IV-2. Edição de Rolf Tiedemann e Hermann Schweppenhäuser. Frankfurt a. M.: Suhrkamp, 1991, pp. 741–745. Tradução de Marcelo Backes. Escrito provavelmente entre abril e junho de 1932, durante uma estadia em Ibiza, o conto foi publicado no *Frankfurter Zeitung* em novembro de 1933. O ensaio sobre Leskov, de 1936, retoma vários temas e formulações contidas neste texto ficcional. [N. E.]

e voltava meus pensamentos para o Capitão O..., do qual eu me despedira há algumas horas, o primeiro e talvez último contador de histórias que encontrei em minha vida. Pois, conforme disse, a arte de contar está chegando ao fim. E, quando me lembrava das várias horas em que o Capitão O... havia passeado de um lado a outro no convés traseiro, olhando de quando em vez para a distância, ocioso, então eu já sabia: quem jamais se entedia não é capaz de contar. O tédio, porém, não tem mais espaço em nosso agir. As atividades, que se uniram a ele secreta e intimamente, estão se extinguindo. E também por isso o dom de contar histórias está chegando ao fim: não se tece e não se fia mais, não se constrói nem se aplaina objetos enquanto se ouve histórias. Em resumo: histórias precisam de trabalho, ordem e disciplina para vingar.

Contar histórias, na verdade, não é apenas uma arte, é muito mais uma dignidade, se é que não é, como no Oriente, um ofício. Contar termina em uma sabedoria, assim como por outro lado a sabedoria muitas vezes se revela numa narrativa. O contador de histórias é, portanto, alguém que sempre sabe dar conselhos. E, para recebê-los, é preciso que também se conte algo a ele. Mas nós sabemos apenas suspirar a respeito de nossas preocupações, nos lamentar, e não contar. E, lembrando um terceiro aspecto, pensei no cachimbo do capitão: o cachimbo que ele batia quando começava a contar algo e batia quando se calava, mas, entre um e outro, quando era necessário, deixava se apagar calmamente. O cachimbo tinha uma piteira de âmbar, mas sua cabeça era de chifre e adornada com pesados trabalhos em prata. Ele o herdara do avô, e acredito que esse cachimbo era o talismã do contador de histórias. Pois também por causa disso não há mais nada interessante a ouvir, porque as coisas não duram mais do modo correto. Quem um dia usou um cinto de couro por tanto tempo até ele se desintegrar em pedaços, sempre haverá de encontrar algo interessante: em algum momento, no decorrer do tempo, uma história se prendeu a ele. O cachimbo do capitão já devia conhecer muitas delas.

Assim eu sonhava quando, lá embaixo, bem no fundo, nas docas, apareceu um homem atarracado com o rosto mais maciço que já esteve enfiado debaixo de um quepe de capitão: o Capitão O..., em cujo navio de carga eu havia chegado pela manhã. Quem está acostumado a partidas solitárias de cidades estranhas sabe ou então é capaz de avaliar o que significa o aparecimento de um rosto conhecido, ainda que não seja um dos mais familiares, em tais momentos, quando a partida que em breve ocorrerá tira do caminho todas as ponderações de uma conversa mais longa, mas ao mesmo tempo também coloca à sua disposição um chapéu qualquer, uma mão, um lenço, nos quais o olhar desabrigado pode encontrar seu ninho antes de se perder na superfície imensa do mar. Eis, pois, que ali estava o capitão, como se eu o tivesse chamado com meus pensamentos. Ele havia saído de casa aos quinze anos, cruzado por aí durante três anos em um navio-escola o Pacífico e o Atlântico, e mais tarde chegado a um vapor americano do Lloyd, que no entanto — por motivo desconhecido — abandonara logo em seguida. Mais do que isso eu não consegui descobrir. Sobre sua vida parecia pairar uma sombra, e ele também não falava com prazer a respeito. E, com tudo isso, no fundo lhe parecia faltar o que é a coisa mais maravilhosa no contador de histórias: o fato de poder contar sua vida, deixando que essa mecha se consuma nas chamas suaves da narrativa. Como quer que seja, sua vida parecia ser pobre se comparada com a do navio que ele sabia fazer viver em todas as suas ripas e vigas. E assim estava ele, ali à minha frente, quando pela manhã deixei o navio. Eu conhecia tão bem tanto seu ano de construção e suas tarifas, seu espaço de carga e sua tonelagem, quanto os salários dos grumetes e as preocupações dos oficiais. Sim, que tempos eram aqueles em que o transporte de cargas ainda era feito por veleiros, onde o capitão, ele mesmo, contratava os fretes nos portos! Nessa época ainda imperava a velha sentença irônica: "Abandonar as viagens marítimas e entrar em um navio a vapor." Hoje, porém... e então se seguiam, na maior parte das vezes, algumas frases a partir das quais se podia deduzir como também aqui as necessidades econômicas haviam mudado as coisas.

Em tais oportunidades o Capitão O..., de quando em vez, dizia também uma palavra sobre a política. Mas jamais o vi com um jornal. Tornou-se inesquecível para mim sua resposta quando, certo dia, eu conduzi a conversa ao assunto. "Dos jornais", disse ele, "não se pode saber absolutamente nada; é que as pessoas querem explicar tudo para a gente." E, de fato: já não é metade da arte de contar, manter o relato livre de explicações? E os antigos por acaso não são exemplares nisso, eles que por assim dizer apresentavam o acontecido a seco, deixando antes que escorresse dele tudo que era fundamentação psicológica e opinião? Suas próprias histórias, de qualquer modo, deve-se admitir, se mantinham livres de explicações supérfluas, sem que, conforme me parecia, perdessem algo por causa disso. Até havia algumas mais estranhas entre elas, mas nenhuma que confirmasse aquela peculiaridade tanto quanto a seguinte, sobre a qual ainda recairia, nesta tarde junto ao molhe de Barcelona, o mais surpreendente reflexo.

"Tudo aconteceu", assim me contou o capitão na altura de Cádiz, "há muitos anos, em uma das minhas primeiras viagens aos Estados Unidos, quando eu ainda era um oficial bem jovem. Estávamos sete dias em alto-mar e, ao meio-dia do dia seguinte, chegaríamos a Bremerhaven. À hora costumeira, eu fazia minha ronda no convés de passeio, trocava algumas palavras aqui e ali com os passageiros. Foi quando fiquei de repente estupefato; a sexta espreguiçadeira da fila estava vazia. Um sentimento de angústia se manifestou dentro de mim, mesmo que eu tenha, acho, passado por ela ainda mais angustiado nos dias anteriores, quando me voltava com uma saudação muda para a moça que costumava contemplar, imóvel, o vazio à sua frente com as mãos cruzadas sob a nuca. Ela era muito bonita, mas tão chamativa quanto sua beleza era também sua discrição. Esta ia tão longe que só raras vezes tinha-se oportunidade de ouvir sua voz — a voz mais maravilhosa da qual consigo me lembrar —, frágil e rouca, sombria e metálica. Certa vez, quando lhe entreguei um lenço que havia caído ao chão — ainda hoje sei como seu emblema me impressionou: um brasão tripartido com três estrelas em cada um dos campos —, ouvi-a dizer seu 'obrigada' com uma expressão que era como se eu tivesse salvo sua vida. Desta vez, pois, terminei minha ronda e já estava a ponto de procurar pelo médico do navio, a fim de saber se a dama por acaso não estava doente, quando de repente um redemoinho de franjas brancas me envolveu. Levantei os olhos e vi como aquela que eu dava por perdida, apoiada sobre o parapeito do convés solar, seguia com os olhos, ausente, um bando de bilhetes e papéis com os quais o vento e as ondas brincavam. No meio-dia seguinte — eu assumira meu posto no convés e inspecionava as manobras de aportar —, meu olhar cruzou mais uma vez com o da estranha de passagem. O navio estava a ponto de ancorar e, vagarosamente, a quilha se aproximava do cais no qual havíamos amarrado a popa. Reconhecia-se com nitidez a feição dos que esperavam; febril, a estranha os media. O baixar das âncoras havia ocupado minha atenção quando, de uma hora para outra, se ergueu um grito em várias vozes. Eu me virei e no mesmo instante vi que a estranha havia desaparecido; no movimento da multidão se podia perceber que ela havia se precipitado abaixo. Qualquer tentativa de salvação era inútil. Mesmo que se conseguisse desligar as máquinas naquele mesmo instante — o casco do navio não estava mais do que três metros distante do cais, e seu movimento era impossível de ser detido. Quem ficasse no meio, estava perdido. Então aconteceu o improvável: houve alguém que fez a tentativa formidável. Era possível vê-lo, cada um dos músculos distendidos, as sobrancelhas virando uma só, como se quisesse fazer mira, saltar da grade e, enquanto o vapor foi se aproximando em todo seu comprimento a estibordo — para horror de todos os que acompanhavam o espetáculo —, a bombordo apareceu, sem que a princípio se notasse, pois ninguém olhava para aquele lado, o homem, salvo, e em seu braço a moça, na superfície da água. Ele de fato fizera mira — exatamente, aproveitando todo seu peso e se precipitando sobre a outra, arrancando-a consigo para as profundezas, para em seguida reaparecer por baixo da quilha do navio —, trazendo-a para a superfície. 'Quando a segurei assim', disse ele mais tarde a mim, 'ela sussurrou 'obrigada' como se eu tivesse lhe estendido um lenço que caíra ao chão'."

Eu ainda tinha no ouvido a voz com a qual o contador de histórias havia pronunciado essas últimas palavras. Se eu quisesse lhe dar a mão ainda uma vez, não havia tempo a perder. Quando eu já fazia menção de descer correndo as escadas que levavam até ele, percebi como os armazéns, barracas e gruas recuavam lentamente. Estávamos zarpando. O binóculo diante dos olhos, deixei Barcelona passar à minha frente pela última vez. Depois o baixei devagar até o cais. Ali estava o capitão, em meio à multidão; ele devia ter acabado de me notar. Saudando, levantou a mão, eu acenei com a minha. Quando pus o binóculo outra vez diante dos olhos, ele havia desdobrado um lenço e o abanava. Nítido, vislumbrei o emblema em um dos cantos: um brasão tripartido com três estrelas em cada um dos campos.

A viagem do Mascote[*]

Esta é uma dessas histórias que se costuma ouvir no mar, para a qual o casco do navio é a caixa de ressonância perfeita e o socar das máquinas o melhor acompanhamento, e diante das quais não se deve insistir para saber de onde elas vêm.

Conforme contou meu amigo, o sinaleiro de bordo, tudo se deu depois do final da guerra, quando alguns donos de navios passaram a querer trazer de volta à pátria veleiros, navios de salitre, que haviam sido surpreendidos por uma catástrofe no Chile. A questão jurídica era simples; os navios continuavam sendo propriedade alemã, e agora se tratava apenas de preparar a tripulação e os homens necessários para assumir o controle sobre eles em Valparaíso ou Antofagasta. Havia marinheiros suficientes esperando para serem engajados nos portos. Mas havia um detalhe problemático na questão toda. Pois como se poderia transportar as equipes até o lugar? Uma coisa era certa: eles só poderiam subir à bordo como passageiros e entrariam em serviço apenas no lugar determinado. Por outro lado, também estava claro que se tratava de pessoas das quais dificilmente se lograria conseguir alguma coisa

---

[*]. "Die Fahrt der Mascotte", in GS IV-2, pp. 738–740. Tradução de Marcelo Backes. Finalizado e corrigido juntamente com "O lenço" e "O anoitecer da viagem", este conto data provavelmente de 1932, quando Benjamin realizou uma viagem marítima às Ilhas Baleares, na Espanha. [N. E.]

com os poderes que um capitão tem sobre seus passageiros, e com certeza não em tempos nos quais o clima da Revolta de Kiel ainda se fazia sentir nos ossos dos marinheiros.

Ninguém sabia disso melhor do que os hamburgueses e, portanto, o mesmo acontecia com a equipe de comando do navio de quatro mastros "Mascote", que consistia em uma elite de oficiais decididos e com experiência marítima. Eles viam naquela viagem uma aventura na qual poderiam colocar sua pele em risco. E, uma vez que o homem inteligente age de modo precavido, não confiaram apenas na própria coragem. Muito antes, avaliaram cada um dos homens que seriam engajados com a maior exatidão. Porém, se entre os escolhidos mesmo assim havia um cara alto cujos documentos não estavam completamente regulares e cuja constituição física também deixava um pouco a desejar, seria precipitado creditar isso ao desleixo dos comandantes. Por que era assim, logo ficará claro.

Ainda não haviam se afastado cinquenta milhas de Cuxhaven quando se fizeram notar coisas que prenunciavam perspectivas bem ruins para a viagem. No convés e nas cabines, e até mesmo nas escadarias, se instalavam desde bem cedo até bem tarde as mais diferentes reuniões e círculos, e, antes de Helgoland, já havia três clubes de jogo em pleno funcionamento, um ringue de boxe permanente e um teatro amador, cuja visita não era recomendável a pessoas escrupulosas. Na sala dos oficiais, cujas paredes da noite para o dia foram ornadas com desenhos bem explícitos, os homens dançavam *shimmy* uns com os outros à tarde, e no salão de carga havia se estabelecido uma bolsa de valores de bordo, cujos membros negociavam com notas de dólares, binóculos, nus fotográficos, facas e passaportes ao clarão de lâmpadas de bolso. Em resumo, o navio era uma Magic City navegante, e até seria possível acreditar que todas as maravilhas da vida no porto poderiam ser arrancadas da terra — ou, antes, das vigas do navio —, até mesmo sem mulheres.

O capitão, um daqueles homens do mar que unem o pouco saber escolar a muita esperteza de vida, permaneceu senhor de seus nervos mesmo sob circunstâncias tão desconfortáveis, e não os perdia nunca, nem mesmo quando certa tarde — deve ter sido na altura de Dover —, Frieda, uma moça bem crescidinha, mas de muita má fama, do bairro de Sankt Pauli, em Hamburgo, apareceu no deque traseiro, com um cigarro na boca. Sem dúvida alguma, havia pessoas a bordo que sabiam onde ela estivera enfiada até então, e as mesmas também sabiam das medidas que deveriam ser tomadas caso fossem feitos preparativos na parte de cima para afastar os passageiros em excesso.

O movimento à noite se tornou ainda mais chamativo a partir de então. Mas não se estaria no ano de 1919 se, além de todos os outros divertimentos, também a política não se juntasse a eles. Fizeram-se ouvir vozes que queriam ver naquela expedição o princípio de uma nova vida em um novo mundo; outros viam se aproximar o instante, há muito almejado, em que seriam acertadas as contas com os dominantes. Inequivocamente, soprava um vento mais agudo. E em breve também se descobriria de onde ele vinha: havia ali um certo Schwinning, um homem alto de postura frouxa, que trazia o cabelo ruivo dividido por uma risca, e do qual apenas se sabia que havia trabalhado como acompanhante de passageiros em várias linhas marítimas, além de saber tudo, até mesmo sobre os segredos profissionais de contrabandistas finlandeses de combustível.

No princípio, ele se mantivera afastado, mas agora podia ser encontrado a cada passo, onde quer que fosse. Quem ouvia o que ele dizia era obrigado a admitir que se tratava de um agitador de peso. E quem seria capaz de não ouvi-lo quando ele envolvia um ou outro em uma conversa briguenta em voz alta no "bar", na qual sua voz sobrepujava o disco tocando, ou quando distribuía informações precisas junto ao "ringue", mesmo sem ser perguntado, sobre as opções partidárias dos lutadores. E assim ele trabalhava, enquanto a massa se entregava a suas distrações, incansável em sua politização, até que por fim uma assembleia noturna recompensou seus esforços ao nomeá-lo diretor de um conselho de marinheiros.

Com a entrada no Canal do Panamá as eleições adquiriram ímpeto. E não havia pouca coisa a votar: uma comissão de alimento, uma coluna de controle, um secretariado de bordo, um tribunal político — em resumo, um aparato grandioso foi posto em pé, sem que houvesse o menor desentendimento com o comando do navio. Tanto maior era a frequência, no entanto, com que aconteciam discórdias no interior da direção revolucionária, e elas eram tanto mais aborrecidas na medida em que, se vistas as coisas com mais exatidão, no fundo todos pertenciam à referida direção. Quem não tinha posto, por certo poderia esperá-lo da seguinte assembleia da comissão, e assim não passava um dia sem que houvesse dificuldades a esclarecer, votações a examinar, resoluções a tomar. Quando enfim o comitê de ação havia definido em todos os seus detalhes o plano para um ataque surpresa — em duas noites, às onze horas, o comando seria dominado e em seguida tomaria-se o curso oeste em direção a Galápagos —, o "Mascote" já tinha, sem o saber, Callao às costas. Mais tarde, provou-se que os balizamentos haviam sido falsificados. Mais tarde ainda, mais exatamente na manhã seguinte, quarenta e oito horas antes do motim planejado e cuidadosamente preparado, o navio de quatro mastros adentrou o molhe de Antofagasta como se nada houvesse acontecido.

Foi isso que disse meu amigo. A segunda guarda chegou ao fim. Nós entramos na casa de mapas e instrumentos onde o cacau já esperava por nós nas fundas xícaras de pedra... Eu fiquei em silêncio e me ocupava em fazer um verso acerca do que ouvira. Mas o sinaleiro, no exato momento em que daria seu primeiro gole, estacou de repente e olhou para mim por sobre a borda de sua xícara. "Deixa estar!", disse ele. "Na época nós também não estávamos em cena. Mas quando, três meses mais tarde, no prédio da administração, em Hamburgo, dei de cara com Schwinning que — com um grosso Virginia entre os lábios — acabava de sair do escritório do chefe... então eu compreendi com exatidão o que havia sido a viagem do 'Mascote'."

O anoitecer da viagem*

A economia na ilha é arcaica. Eles não colhem os cereais com máquinas, mas com foices. Em algumas regiões, as mulheres os recolhem à mão e aí não resta um colmo sequer. Depois de colhido, eles são levados à eira, onde um cavalo, arreado e tangido pelo camponês, que fica parado no meio do lugar, debulha os grãos das vagens, pisando com seus cascos. Há sessenta anos ainda não se conhecia pão ali; o principal alimento era o milho. E ainda hoje se irriga os campos à maneira antiga, com rodas d'água que são movidas por mulas. Vacas, há apenas um punhado delas na ilha. Alguns dizem que é devido ao pasto; no entanto, Dom Rosello, deputado e comerciante de vinhos, que representa o progresso ali, diz: por causa do atraso dos moradores. Não faz nem tanto tempo assim que alguém, quando chegava a Ibiza, podia ficar sabendo pelo primeiro que encontrava em seu caminho: agora

---

*. "Der Reiseabend", in GS IV-2, pp. 745-748. Tradução de Marcelo Backes. Um primeiro esboço deste conto encontra-se no conjunto de notas *Espanha 1932* sob o seguinte título: "Sobre a honestidade dos nativos e seu contrário. Duas histórias". A outra história planejada não chegou a ser escrita ou se perdeu. O presente texto foi redigido, provavelmente, no mesmo ano. Quanto ao conjunto referido de notas (cf. GS VI, pp. 446-464), Benjamin o escreveu em sua viagem de abril a julho de 1932, quando foi de Hamburgo a Barcelona em um navio cargueiro. O trajeto foi percorrido em onze dias, durante os quais fez amizade com o capitão. Depois, em um navio a vapor do correio, seguiu para Ibiza, onde ficou por três meses. [N. E.]

temos tantos estrangeiros na ilha. E é dessa época que vem a seguinte história, que se contou à mesa de Dom Rosello:

Um estrangeiro, que depois de ficar vários meses na ilha conseguiu angariar amizades e confiança, vê o último dia de sua permanência chegando. Acontece que é um dia abrasivo de tão quente e, quando ele termina seus preparativos de viagem, decide se livrar o mais rápido possível da preocupação com suas coisas, a fim de desfrutar ainda duas horas do entardecer à sombra fresca, no terraço de um comerciante de vinhos ibicense. No navio lhe prometem cuidar de sua bagagem, incluindo seu casaco, e, visivelmente aliviado, o estrangeiro vai até o dono da *tienda*, para o qual ele é assaz bem-vindo, mesmo estando em mangas de camisa. Sem esforço, o dono da *tienda* chega logo com as primeiras *copitas* de um Alicante corriqueiro. Mas quanto mais o tempo avança para ele em meio à bebida, tanto mais difícil lhe parece se tornar a despedida, sobretudo uma despedida tão prosaica e fortuita. Ocorrem-lhe perguntas sobre a história dos belos galgos, descendentes dos cães do faraó, que perambulam sem dono pela ilha, sobre os velhos costumes de seduzir e raptar mulheres, a respeito dos quais jamais conseguiu saber algo mais detalhado, sobre a origem daqueles nomes estranhos que os pescadores usam para designar as montanhas, e que são bem diferentes dos nomes que as mesmas montanhas têm na língua dos camponeses. Na hora certa, ele se lembra de, às vezes, ter ouvido o proprietário daquela pequena *tienda* falar como se fosse uma autoridade em todas as questões que dizem respeito à crônica do lugar. No último momento, ele ainda gostaria de garantir informações sobre isso e aquilo, e de superar assim a solidão da noite que entra. Ele pede uma garrafa do melhor vinho e, enquanto o dono saca a rolha diante de seus olhos, uma conversa já se desenrolou entre os dois. Eis que o estrangeiro nas últimas semanas conheceu a hospitalidade fanática dos moradores da ilha, de modo suficiente para saber que é preciso estipular de antemão e com boa antecipação a hora de lhes oferecer alguma coisa. Assim, a primeira coisa que faz é convidar o dono a beber com ele, e nesse ponto ele se mantém firme também à segunda e à terceira garrafa, tanto mais que enquanto isso consegue, com boas maneiras, anotar em seu caderno, na forma de palavras-chave, uma ou outra dessas informações. E enquanto vai folheando o caderno ao clarão da vela, acaba dando de cara — ele também é um pouco desenhista — com esboços feitos nos primeiros dias, logo após sua chegada. Ali está o cego com a coxa crua de uma cabra ou de um carneiro, que anda sempre pelas ruas, guiado por um garoto; em outra folha, os perfis vivazes dos muros, que em nenhum momento tocam qualquer medida de referência mais exata; e, em seguida, a escadaria de azulejos com as cifras misteriosas, com a qual ele deu de cara logo no princípio, ao procurar por moradia. O dono da taberna olhava por sobre o seu ombro com interesse. É claro que ele conhece a história da coxa de carneiro: ele mesmo se engajou na municipalidade, a fim de conceder ao cego a permissão para fazer uma loteria precária e distribuir números cujo único prêmio é aquela coxa. E os azulejos misteriosamente cifrados, ele mesmo ainda vira em uma rua na qual eles anunciavam os números das casas. Mais do que isso: ele também sabe o que significam as cruzes brancas aos pés de algumas casas, que proporcionaram ao estrangeiro um quebra-cabeças e tanto. Elas são uma espécie de altar de descanso. Por toda parte onde aparecem, representam um dos pontos nos quais as procissões estacam de repente ao seguirem pelas ruas. E agora o estrangeiro se lembra vagamente de ter visto algo semelhante em aldeias da Vestfália. Entrementes esfriou; o dono da taberna faz questão de dar ao hóspede um de seus próprios casacos, e a última garrafa é aberta. Mas voltemos às anotações do estrangeiro; em que passagem há, nas novelas italianas de Stendhal, um tema comparável a esse tema típico de Ibiza: o da moça casadoira, cercada de pretendentes em um dia de feriado, mas com o pai estipulando rigorosamente a duração das conversas com todos os candidatos; uma hora, uma hora e meia no máximo, ainda que sejam trinta rapazes ou mais, de modo que cada um deles é obrigado a resumir tudo o que quer dizer em poucos minutos... Uma boa metade da garrafa ainda está à espera quando a sirene ecoa até o lugar em que eles estão. É o Ciudad de Mahón, há dez minutos de distância, chamando para a partida do porto onde se encontra, com a bagagem do estrangeiro já a bordo. Sobre os telhados, a luz de seu mastro aparece na escuridão do céu. Que não resta mais muito tempo para saudações, o próprio dono da taberna admite, de modo que estende, sem grandes relutâncias e conforme o combinado, a conta ao estrangeiro. Este, no entanto, se assusta, antes mesmo de lançar os olhos sobre ela. Seu dinheiro se foi. Rápido como um raio, ele lança um olhar ao dono da taberna. O rosto singelo deste expressa consternação. Impossível que ele esteja com o envelope e as cédulas que este contém. Com as mesuras mais distintas, ele pede que o estrangeiro não dê importância ao fato. De resto, já lhe parecera pouco adequado ser convidado do homem em sua própria casa. E, quanto ao dinheiro, estaria por certo na jaqueta que se encontrava a bordo. Para o estrangeiro, no entanto, isso representa apenas meio consolo. As cédulas das quais sente falta não são de pequeno valor, e também não são poucas. A bordo, o pior se confirma. O casaco está vazio, e ele agora sabe o que pensar da louvada honradez dos moradores da ilha. Diante da alternativa de suspeitar do dono da taberna ou do marinheiro que cuidou de suas coisas, ele se decide, durante a noite insone em sua cabine, pela última alternativa. Mas se enganou. Foi o dono da taberna que pegou o dinheiro. Mal chegou em casa, recebe a prova disso na feição do seguinte telegrama: "Dinheiro na jaqueta que o senhor usou quando esteve aqui. Instruções seguem."

"No que diz respeito ao telegrama", disse Dom Rosello, que ouvira com um sorriso de concessão no rosto, "com certeza foi o primeiro que ele mandou em sua vida toda."

"Sim, mas e o que isso tem a ver?"

"Sei muito bem", replicou ele, "onde o senhor quer chegar. Na intocabilidade dos nativos. Na idade de ouro. Os lugares-comuns de Rousseau. Há sete anos foram abertas as portas da prisão que se localizava em um castelo mouro, e de fato não se precisava mais dela. Mas o senhor sabe por quê? Vou dizê-lo com as palavras do velho guarda, que na época tivemos de demitir: 'A nossa gente..., ela agora já andou tanto pelo vasto mundo. E acabou aprendendo a diferenciar entre o bem e o mal.' O contato com o mundo incentiva a moralidade. Isso é tudo."

A sebe de cactos*

O primeiro estrangeiro que veio até nós, em Ibiza, foi um irlandês, O'Brien. Isso agora faz mais ou menos vinte anos, e o homem na época já estava na casa dos quarenta. Antes de se aposentar aqui conosco, ele viajara pelo mundo inteiro. Na juventude, vivera por muito tempo como fazendeiro no leste da África, foi um grande caçador e laçador, mas era sobretudo um tipo esquisito como nunca conheci outro igual. Ele se mantinha longe dos círculos instruídos, dos padres, dos funcionários da magistratura, e até mesmo com os nativos mantinha apenas alguns contatos esparsos. Mesmo assim sua memória continua viva entre os pescadores ainda hoje, e sobretudo por causa da sua maestria com os nós. De resto, sua timidez parecia apenas em parte a consequência de sua natureza; experiências adversas com pessoas próximas terminaram por completar a dose.

Na época, eu não consegui descobrir muita coisa além do fato de que um amigo, ao qual ele havia confiado sua única e valiosa propriedade, simplesmente desaparecera com ela. Tratava-se de uma coleção de máscaras negras, que ele havia adquirido com os próprios nativos em seus anos de África. E de resto elas não trouxeram sorte àquele

---

*. "Die Kaktushecke", in GS IV-2, pp. 748-754. Tradução de Marcelo Backes. Este conto foi publicado em 8 de janeiro de 1933 no suplemento literário do *Vossischen Zeitung*. Ele corresponde à versão resumida de um texto mais longo que infelizmente se perdeu. [N. E.]

que se apropriara delas. Ele morrera em um incêndio de navio, levando consigo a coleção de máscaras que o acompanhara a bordo.

O'Brien se estabeleceu em sua finca, bem alto acima da baía. Quando tinha algum trabalho em vista, no entanto, seu caminho sempre o levava ao mar. Ali ele se ocupava da pesca, fazia as armadilhas de cana baixarem cem metros ou mais na água, onde as lagostas passeiam sobre o fundo rochoso do mar; ou saía em tardes tranquilas para lançar suas redes, que doze horas depois eram retiradas. Além disso, ele continuava gostando de capturar animais terrestres, e tinha relações suficientes com amadores e cientistas na Inglaterra para apenas raramente ficar sem encargos de arrumar algum pássaro empalhado, espécies raras de besouros, gecos ou borboletas. Na maior parte do tempo, contudo, ele se ocupava das lagartixas. Lembre-se dos terrários que na época, primeiro na Inglaterra, acabaram por se estabelecer nos cantos de cacto dos *boudoirs* ou nos jardins de inverno. Lagartixas começaram a se tornar artigos da moda, e nossas Baleares em pouco tempo ficaram tão conhecidas entre os comerciantes de animais quanto o foram no passado entre os chefes de legiões romanas por suas catapultas. Pois "balea" significa catapulta.

O'Brien, eu já disse, era um tipo esquisito. Acho que desde o fato de caçar lagartixas até o modo de cozinhar e inclusive o de dormir e pensar, ele não fazia nada do jeito que os outros costumam fazer. No que dizia respeito a alimentos, ele dava pouco valor a vitaminas, calorias e coisas do tipo. Tudo que era de comer, ele costumava dizer, era cura ou envenenamento, e entre ambas as coisas não havia nada de intermediário. Aquele que comia, portanto, deveria ver sempre a si mesmo como uma espécie de convalescente, caso quisesse se alimentar de modo correto. E logo se podia ouvir dele uma lista inteira de alimentos, dos quais alguns eram mais adequados ao comportamento sanguíneo, os outros ao colérico, outros ainda ao fleumático, e por fim outros ao melancólico, se mostrando curativos para eles por incorporarem as devidas substâncias complementares e atenuantes.

Coisa bem semelhante sucedia com o sono; ele tinha a respeito do assunto sua própria teoria dos sonhos, e afirmava ter conhecido entre os pangwes, uma tribo negra do interior africano, o meio infalível de manter distante de si os pesadelos e os rostos torturantes que retornam durante o sono. Seria preciso apenas, antes de ir dormir à noite, invocar — como os pangwes fazem em suas cerimônias — a imagem assustadora, pois assim se ficaria livre dela durante a noite inteira. Ele chamava a isso de vacina do sonho.

E, por fim, o pensamento — como ele agia em relação ao pensamento eu ficaria sabendo certa tarde, quando estávamos em um barco, em meio à água, para retirar as redes que haviam sido lançadas no dia anterior. A pesca foi miserável. Nós havíamos recolhido quase toda a rede praticamente vazia, quando algumas das malhas ficaram presas a um recife e, apesar de todo o cuidado, acabaram se rasgando ao ser retiradas.

Eu enrolei minha capa de chuva, coloquei-a no meu barco e me estendi no chão. O tempo estava encoberto, o ar tranquilo. Em pouco tempo caíram alguns pingos de chuva, e a luz, que nesta terra solicita todas as coisas tão violentamente do alto do céu, se afastou para devolvê-las à terra.

Quando me levantei, meu olhar caiu sobre ele. Ele ainda segurava sua rede nas mãos, mas elas já descansavam; o homem estava como que ausente. Estranhando, eu o contemplei mais detidamente; seu rosto não tinha expressão e não mostrava idade; em torno da boca cerrada, brincava um sorriso. Eu peguei meu par de remos; alguns golpes nos levaram sobre a água tranquila.

O'Brien levantou os olhos.

"Agora ela vai pegar de novo", disse ele, e examinou, forçando bastante, os novos nós na rede. "Mas também se trata de um flamengo duplo."

Sem compreender, eu olhei para ele.

"Um flamengo duplo", repetiu ele. "Olhe bem, ele pode servir também para a pesca com linha."

E, ao dizê-lo, tomou um pedaço de barbante, dobrou uma de suas pontas e o envolveu em si mesmo três, quatro vezes, até que ele se tornasse o eixo de uma espiral cujos verticilos de um só movimento se juntaram em nó.

"Na verdade", prosseguiu ele, "esse nó é apenas uma variação do nó duplo das galés e, em todo caso, enlaçado ou não, preferível ao nó carpinteiro." Tudo isso ele acompanhava de volteios rápidos e laçadas. Eu sentia vertigens.

"Quem dá de primeira esse nó", concluiu ele, "conseguiu chegar bem longe, e pode enfim descansar. E digo isso literalmente: descansar mesmo, pois dar nós é uma arte da yoga; talvez o mais maravilhoso dos meios para se descontrair. E só podemos aprendê-lo através do exercício e da repetição — não quando já estamos na água, mas em casa, com toda a calma e paciência, no inverno, sobretudo se estiver chovendo. Melhor ainda nos momentos em que se está angustiado ou preocupado. O senhor não acredita quantas vezes encontrei soluções para perguntas que me importunavam fazendo esse exercício."

Por fim, ele prometeu me dar aulas nessa matéria, introduzindo-me em todos os seus mistérios: dos nós cruzados aos de tecelão e inclusive os de amortecimento e de Hércules.

Mas isso acabou não acontecendo; pois logo depois passou a ser visto cada vez mais raramente no mar. Primeiro, ele ficava três, quatro dias longe dele, depois semanas inteiras. Ninguém tinha a menor ideia do que O'Brien fazia enquanto isso. Murmuravam acerca de uma ocupação secreta. Sem dúvida alguma ele havia descoberto uma nova paixão.

Passaram-se alguns meses até estarmos outra vez juntos no barco. Nessa ocasião, a pesca foi mais abundante e, quando por fim encontramos uma grande truta do mar em seu anzol, O'Brien me convidou para ir visitá-lo na noite seguinte para um pequeno jantar.

Depois de concluída a refeição, O'Brien disse, abrindo uma porta: "Minha coleção, da qual o senhor com certeza já ouviu falar."

Por certo eu já ouvira falar da coleção de máscaras de negros, entretanto sabia apenas que elas haviam naufragado.

Mas eis que ali estavam penduradas, vinte ou trinta peças, no quarto vazio, sobre paredes brancas. Eram máscaras de expressões grotescas, que revelavam sobretudo uma severidade levada ao cômico, uma recusa completamente inexorável de tudo que era desmedido. Os lábios superiores abertos, as estrias abobadadas que haviam se tornado a fenda das pálpebras e sobrancelhas pareciam expressar algo como asco infinito contra aquele que se aproximava, até mesmo contra tudo o que se aproxima, enquanto os cimos empilhados dos adornos na testa e os reforços das mechas de cabelos entrançadas se destacavam como marcas que anunciavam os direitos de um poder estranho sobre aquelas feições. Para qualquer dessas máscaras que se olhasse, em lugar nenhum sua boca parecia destinada, como quer que fosse, a emitir sons; os lábios grossos e entreabertos, ou então bem cerrados, eram cancelas instaladas antes ou depois da vida, como os lábios dos embriões ou os dos mortos.

O'Brien havia ficado para trás.

"Esta aqui", disse ele de repente atrás de mim e como se falasse consigo mesmo, "foi a primeira que reencontrei."

Quando me virei, ele estava parado diante de uma cabeça alongada, lisa, de ébano negro, que mostrava um sorriso. Era um sorriso por assim dizer do princípio ao fim, que no fundo parecia um ruminar do sorriso por trás dos lábios cerrados. De resto, aquela boca jazia bem profunda, como também o semblante inteiro não parecia mais do que o rebento monstruoso da testa formidavelmente abaulada, que descia abaixo em arcos inexoráveis, interrompidos apenas pelos círculos redondos e solenes dos olhos, que se destacavam como que de um escafandro.

"Essa foi a primeira que reencontrei. E eu também poderia dizer como foi ao senhor."

Eu apenas olhei para ele. Com as costas, ele se apoiou contra a janela baixa, e em seguida principiou:

"Se o senhor olhar para fora, verá a sebe de cactos diante de seus olhos. É a maior de toda a região. Observe o tronco, como está amadeirado até bem no alto. Nele o senhor pode reconhecer a idade da sebe; pelo menos cento e cinquenta anos. Era uma noite como a de hoje, só que a lua brilhava. Lua cheia. Não sei se o senhor já se deu conta do efeito da lua nessa região, pois sua luz não parece cair sobre o cenário de nossa existência diurna, mas sim sobre uma terra oposta ou paralela.[1] Eu havia passado aquele entardecer inteiro diante dos meus mapas marítimos. O senhor precisa saber que meu cavalo de batalha é melhorar os mapas do Ministério da Marinha britânico, o que é ao mesmo tempo uma fama conquistada de modo bem barato, pois onde ocupo um novo lugar com minhas nassas também acabo fazendo sondagens. Eu havia, pois, identificado o lugar correto de algumas colininhas no mar e pensado como seria bonito se me eternizassem lá embaixo, nas profundezas, dando a uma delas o meu nome. E em seguida fui para a cama. O senhor por certo há de ter visto que minhas janelas estão cobertas por cortinas; na época elas ainda não estavam, e a lua avançava sobre a minha cama, enquanto eu estava deitado, insone. Eu começara outra vez minha brincadeira predileta de dar nós. Acho que já falei disso ao senhor uma vez. Isso vai acontecendo assim que dou um nó complicado em pensamentos, logo o ponho comigo mesmo de lado e acabo conseguindo dar um segundo, outra vez em pensamentos. Então o primeiro volta a me ocupar a mente. Só que dessa vez não preciso atá-lo, mas sim desatá-lo. É claro que tudo depende de manter, com toda a precisão, a forma do nó na memória, sobretudo o primeiro não pode se confundir com o segundo. Volto a fazer esses exercícios, nos quais realmente consegui adquirir um bocado de conhecimento, sempre que tenho ideias na cabeça e não encontro nenhuma solução, ou cansaço nos membros e não encontro sono. Em ambos os casos o resultado é o mesmo: descontração.

---

1. Esta passagem figura igualmente numa resenha de 1928, constante do presente volume, em que Benjamin trata do livro de Jakob Job, intitulado *Nápoles. Imagens de viagem e esboços*. Vide página 242, adiante. [N. E.]

Dessa vez, porém, minha maestria não me ajudou em nada, pois quanto mais eu me aproximava da solução, tanto mais próximo ficava também o clarão ofuscante da lua em minha cama. Então resolvi fugir para um outro método. Passei em revista todas as sentenças, os enigmas, as canções e ditados que eu havia aprendido aos poucos na ilha. Isso já estava dando mais certo. Sentia minhas contrações internas cedendo, quando meu olhar caiu sobre a sebe de cactos. Um antigo versinho de zombaria me veio à memória: 'Buenas tardes chlumbas figas.' O jovem campônio diz 'Boa tarde' aos figos do cacto, arranca sua faca e, como se diz, dá-lhe um talho da espinha até o traseiro.

Mas a época dos frutos do cacto já havia passado há tempo. A sebe estava pelada; suas folhas ora espetavam o vazio, inclinadas, ora se amontoavam, cascas grossas que esperavam em vão pela chuva.

'Nenhuma cerca, mas muitos espectadores olhando por cima dela', foi o que me passou pela cabeça.

Pois, entrementes, parecia ter ocorrido uma transformação com aquela sebe. Era como se aqueles lá fora olhassem todos para o clarão que agora envolvia toda a minha cama; como se ali houvesse um bando dependurado, prendendo a respiração, em meus olhares. Uma confusão de escudos erguidos, clavas e machados de guerra. E, ao adormecer, eu reconheci de repente o método através do qual aquelas figuras ali fora mantinham-me em xeque. Eram máscaras que se erguiam em minha direção!

Assim o sono acabou tomando conta de mim. Na manhã seguinte, porém, eu não me permiti ficar em paz. Peguei uma faca e em seguida me tranquei durante oito dias com o bloco do qual acabou surgindo a máscara que está pendurada aqui. As outras surgiram uma após a outra, e sem que eu algum dia tenha perdido mais um olhar sequer para a sebe de cactos. Não quero dizer que são todas parecidas com as minhas máscaras de antes; mas poderia jurar que nenhum conhecedor seria capaz de diferenciá-las daquelas que há anos estiveram em seu lugar."

Foi isso que me contou O'Brien. Nós ainda papeamos por um momento, depois eu fui embora.

Algumas semanas mais tarde, ouvi que O'Brien havia se trancado outra vez com um trabalho misterioso e se tornara inacessível para todo mundo. Jamais voltei a vê-lo, pois logo em seguida ele morreu.

Por muito tempo não pensara mais nele quando, para minha surpresa, descobri certo dia três máscaras de negros numa vitrine de um comerciante de arte parisiense na Rue La Boétie.

"Posso", disse eu, voltando-me para o diretor da casa, "parabenizá-lo de coração por essa aquisição incrivelmente bela?"

"Vejo com prazer", foi a resposta, "que o senhor sabe honrar a qualidade! Vejo também que o senhor é um conhecedor! As máscaras que o senhor com razão admira não são mais do que uma pequena amostra da grande coleção cuja exposição estamos preparando no momento!"

"E eu poderia pensar, meu senhor, que essas máscaras certamente inspirariam nossos jovens artistas a fazer suas próprias tentativas interessantes."

"É o que eu espero, inclusive!... Aliás, se o senhor se interessar mais de perto pelo assunto, posso fazer com que cheguem até o senhor, do meu escritório, os pareceres de nossos maiores conhecedores de Haia e de Londres. O senhor haverá de ver que se trata de objetos de centenas de anos. De dois deles eu diria até que de milhares de anos."

"Ler esses pareceres de fato me interessaria muito! Eu poderia perguntar a quem pertence essa coleção?"

"Ela pertence ao espólio de um irlandês. O'Brien. O senhor com certeza jamais ouviu seu nome. Ele viveu e morreu nas Ilhas Baleares."

Histórias da solidão[*]

O MURO

Eu vivia há alguns meses em um ninho nas rochas, na Espanha. Muitas vezes eu me propusera a sair para explorar os arredores, envolvidos por uma coroa de cumes perigosos e formações florestais de pinheiros bem escuras. No meio, havia algumas aldeias escondidas; a maior parte recebera nomes de santos, que poderiam muito bem habitar aquela região paradisíaca. Mas era verão; o calor fazia com que eu adiasse a cada dia meu propósito, e mesmo ao passeio preferido até a colina dos moinhos de vento, que eu via da minha janela, acabei renunciando. De modo que restou-me o perambular costumeiro pelas ruelas estreitas e sombreadas, em cuja rede jamais se encontra o mesmo nó do mesmo jeito. Certa tarde, acabei encontrando, em minhas errâncias, uma loja de bugigangas na qual podiam ser comprados cartões postais. De qualquer modo, havia alguns na vitrine, um deles com a foto da muralha de um dos lugarejos, uma das muitas que encontramos neste canto do mundo. Eu jamais vira uma muralha semelhante, no entanto. O fotógrafo havia captado toda a sua magia, e ela serpenteava através da paisagem como uma voz, como um hino por todos os séculos de sua duração.

---

[*]. "Geschichten aus der Einsamkeit", in GS IV-2, pp. 755–757. Tradução de Marcelo Backes. De acordo com o testemunho de Gershom Scholem, essas histórias teriam sido escritas entre 1932 e 1933. Não há certeza quanto à ordem da série. [N. E.]

Eu prometi não comprar aquele cartão antes de ter visto pessoalmente o muro que era apresentado nele. Não falei a ninguém do meu propósito, e podia fazê-lo facilmente pois o cartão me conduzia ao lugar certo com sua assinatura: "S. Vinez". Por certo, eu não sabia nada sobre um Santo Vinez. Mas saberia mais acerca de um São Fabiano, de um São Romano ou de um São Sinfório, como eram chamados os outros lugares da região? Ainda que meu guia de viagem não apontasse o nome, isso não queria dizer nada, a princípio. A região era habitada por camponeses, e marinheiros faziam suas marcações segundo ela: ambos, porém, tinham nomes diferentes para os mesmos lugares. De modo que busquei o auxílio de mapas mais antigos e, como isso também não me levou mais adiante, consegui um mapa de navegação. Em pouco tempo essa pesquisa já me deixava fascinado, e teria sido contra a minha honra buscar a ajuda ou o conselho de um terceiro em um estágio tão avançado das minhas pesquisas. Eu acabara de passar mais uma vez uma hora sobre meus mapas quando um conhecido, nativo do lugar, convidou-me para um passeio ao entardecer. Ele queria me levar para a colina fora da cidade, da qual os moinhos de vento há muito desativados me cumprimentaram tantas vezes por sobre a copa dos pinheiros. Quando chegamos lá em cima, começou a escurecer, e nós descansamos para esperar a lua, a cujo primeiro raio nós nos pusemos a caminho de casa. Saímos de um bosque de pinheiros. Ali estava, à luz da lua, próximo e inconfundível, o muro cuja imagem me acompanhava há dias, e sob sua proteção a cidade para a qual estávamos voltando. Eu não disse palavra, mas logo me separei de meu amigo... Na tarde seguinte, dei de cara sem querer com minha loja de bugigangas. O cartão postal ainda estava pendurado na vitrine. Sobre a porta, no entanto, li em uma placa que antes não havia percebido, escrito em letras vermelhas, "Sebastiano Vinez". O pintor havia acrescentado um pão-de-açúcar e uma fatia de pão.

O CACHIMBO

Durante um passeio na companhia de um casal com o qual fizera amizade, passei pelas proximidades da casa que eu habitava na ilha. Tive vontade de acender meu cachimbo. Como não o encontrei ao tocar no bolso, num gesto habitual, pareceu-me que era a oportunidade adequada para ir buscá-lo no quarto, onde haveria de estar sobre a mesa. Com uma breve explicação, pedi ao amigo que se adiantasse com sua mulher, enquanto eu procurava o desaparecido. Dei meia volta; mas eu mal havia me afastado dez passos quando senti, vasculhando de novo, que o cachimbo estava em meu bolso. Foi assim que os outros me viram retornar para junto deles em menos de um minuto, soltando nuvens de fumaça pelo cachimbo. "Não é que ele estava realmente sobre a mesa", expliquei eu, seguindo um capricho incompreensível. No olhar do homem apareceu algo que o fez se parecer com alguém que despertava e, depois de um sono profundo, ainda não conseguira descobrir muito bem onde estava. Nós seguimos adiante, e a conversa retomou seu curso normal. Um pouco mais tarde, eu a reconduzi ao *intermezzo*. "Como é possível", perguntei eu, "que o senhor não tenha percebido nada? O que eu afirmei era completamente impossível."

"Isso com certeza", respondeu o homem depois de uma breve pausa. "Eu até quis dizer algo. Mas então pensei comigo: no fundo deve estar certo. Por que ele haveria de mentir pra mim?"

A LUZ

Eu estava pela primeira vez sozinho com minha amada e em um povoado desconhecido. Esperava diante do meu alojamento, que não era o dela. Nós ainda queríamos fazer um passeio noturno. À espera, andei para cima e para baixo na rua do povoado. Então vi ao longe, entre as árvores, uma luz. "Essa luz", foi o que pensei comigo, "nada diz àqueles que todas as noites a têm diante do olhos. Ela deve pertencer a um farol ou a uma fazenda. Para mim, que não sou daqui, no entanto, ela diz muito." E com isso dei meia volta para seguir novamente pela rua do povoado. Assim continuei por algum tempo e, sempre que eu me voltava, depois de alguns instantes, a luz entre as árvores atraía meu olhar. Mas então aconteceu que ela ordenou que eu parasse. Isso foi pouco antes da minha amada me reencontrar. Eu me desviara outra vez, e reconheci: a luz que eu vislumbrara junto à terra era a da lua, que aos poucos havia subido acima das copas longínquas das árvores.

Quatro histórias[*]

O ALERTA

Junto a um lugar de excursão, não muito distante de Tsingtao, havia uma formação rochosa que se distinguia por sua localização romântica e pelas paredes íngremes com que se precipitava nas profundezas. Essa formação rochosa era visitada por muitos amantes em seus momentos felizes, os quais, depois de terem admirado a paisagem nos braços de suas namoradas, voltavam na companhia das mesmas até uma hospedaria próxima. Essa hospedaria ia muito bem. Ela pertencia ao senhor Ming.

Então certo dia um amante, que havia sido abandonado, teve a ideia de pôr um fim em sua vida justamente ali onde ele a desfrutara com mais entusiasmo e, não muito longe da hospedaria, precipitou-se da rocha para as profundezas. Esse amante inventivo encontrou imitadores, não demorou muito e essas formações rochosas ficaram

---

[*]. "Vier Geschichten", in GS IV-2, pp. 757-761. Tradução de Marcelo Backes. Esse conjunto de quatro histórias foi publicado em 5 de agosto de 1934 no *Prager Tagblatt*. Outras publicações, parciais, apareceram no *Kölnischen Zeitung*, em 12/07/1933; no *Frankfurter Zeitung*, em 05/09/1934; e no *Basler Nachrichten*, em 26/09/1935. Uma tradução dinamarquesa de "A assinatura" foi publicada em 16/09/1934 num periódico de Copenhagen. "A assinatura" e "O desejo" aparecem também no ensaio de Benjamin sobre Franz Kafka, de 1934. Histórias semelhantes a essas duas são narradas por Ernst Bloch, respectivamente, em *Rastros* (*Spuren*, 1930) e *Através do deserto* (*Durch die Wüste*, 1923). [N. E.]

tão famigeradas com seu cemitério de crânios quanto famosas como mirante. O estabelecimento do senhor Ming, no entanto, sofria com a nova fama; nenhum cavalheiro poderia ousar levar sua dama a um lugar onde a todo instante poderia chegar uma ambulância. Os negócios do senhor Ming iam de mal a pior, e não lhe restou outra coisa a fazer senão refletir.

Ele se trancou certo dia em seu quarto. Quando voltou a aparecer, foi até a estação elétrica que se localizava nas proximidades. Depois de poucos dias, um arame contornava a extremidade da romântica formação rochosa. Sobre uma tabuleta pendurada nele, era possível ler: "Atenção! Alta tensão! Perigo de morte!" Desde então, os candidatos a suicida evitaram aquela região, e os negócios do senhor Ming voltaram a florescer como antes.

A ASSINATURA

Potemkin sofria de pesadas depressões, que sempre voltavam mais ou menos regularmente, durante as quais ninguém podia se aproximar dele e o acesso a seu quarto era estritamente proibido. Na corte, esse sofrimento não era mencionado, e se sabia, sobretudo, que qualquer alusão ao fato suscitaria o desagrado fatal da tsarina Catarina. Uma dessas depressões do chanceler se mostrou extraordinariamente longa. Problemas sérios foram a consequência; nos registros, se amontoavam autos cujas demandas a tsarina exigia que fossem solucionadas, ainda que isso se mostrasse impossível sem a assinatura de Potemkin. Os altos funcionários não sabiam mais o que fazer.

Por essa época, e em razão de um acaso, o pequeno e insignificante funcionário de chancelaria Schuwalkin acabou adentrando a antessala do palácio do chanceler, onde os conselheiros de Estado, como de costume, haviam se reunido, lamentando e se queixando. "O que há, Excelências? Como posso servir a Vossas Excelências?", observou o zeloso Schuwalkin. Explicaram-lhe o caso, e lamentaram não poder fazer uso absolutamente nenhum de seus serviços. "Se não for nada além disso, meus senhores", respondeu Schuwalkin, "podem deixar os autos comigo. Eu peço que seja assim." Os conselheiros de Estado, que nada tinham a perder, se deixaram convencer, e Schuwalkin tomou, com a pilha de pastas debaixo do braço, o caminho até o quarto de Potemkin, atravessando galerias e corredores. Sem bater, e até mesmo sem parar um momento sequer, ele baixou a maçaneta. O quarto não estava trancado. No lusco-fusco, Potemkin estava sentado em sua cama, roendo as unhas, vestia um pijama puído. Schuwalkin foi até a escrivaninha, mergulhou a pena na tinta e, sem perder tempo em dizer uma palavra sequer, empurrou-a até a mão de Potemkin, colocando o primeiro documento sobre seus joelhos. Lançando um olhar ausente para o intruso, como se estivesse dormindo, Potemkin assinou; depois uma segunda vez; e assim com todas as pastas. Quando a última estava devidamente assinada, Schuwalkin deixou, sem quaisquer circunstâncias e do mesmo jeito que viera, os aposentos, com seu dossiê debaixo do braço.

Triunfante e sacudindo os documentos, Schuwalkin adentrou a antessala. Os conselheiros de Estado se precipitaram ao encontro dele e arrancaram os papéis de suas mãos. Todos se curvaram esbaforidos sobre eles. Ninguém disse uma palavra; o grupo ficou pasmo. O pequeno funcionário da chancelaria se aproximou mais uma vez, e mais uma vez perguntou, zeloso, pelo motivo do espanto dos senhores. Então também seu olhar caiu sobre a assinatura. Tanto aquele quanto todos os outros documentos estava assinado com: Schuwalkin, Schuwalkin, Schuwalkin...

O DESEJO

Certa noite, em uma aldeia hassídica, ao fim do *shabat*, estavam sentados os judeus em uma taberna pobre. Eram todos do lugar, exceto um, a quem ninguém conhecia, um bem pobre e esfarrapado, encolhido ao fundo, à sombra da lareira. As conversas haviam ido de um lado a outro. Então alguém teve a ideia de perguntar o que cada um deles desejaria caso tivesse direito a um desejo. Um queria dinheiro, outro um genro, o terceiro um banco de carpinteiro novo, e assim os desejos seguiram a roda.

Todos haviam tomado a palavra, restava apenas o mendigo no canto da lareira. Contra a vontade e hesitando, ele cedeu às perguntas: "Eu gostaria de ser um rei muito poderoso e reinar sobre um país gigante e deitar à noite e dormir em meu palácio, e que na fronteira o inimigo invadisse o reino e, antes que escurecesse, a cavalaria teria avançado até diante do meu castelo e não haveria resistência, e, acordando assustado do meu sono, sem tempo nem mesmo de me vestir, em mangas de camisa, eu teria de me pôr em fuga e seria acossado por montanhas e vales e pela floresta e pelas colinas, sem paz, dia e noite, até que enfim chegasse aqui, a esse banco, salvo nesse vosso cantinho. Isso eu desejaria."

Sem compreender, os outros se entreolharam. "E o que você conseguiria com tudo isso?", perguntou um deles.

"Uma camisa", foi a resposta.

O AGRADECIMENTO

Beppo Aquistapace era empregado de um banco nova-iorquino. O humilde homem vivia apenas para seu trabalho. Em quatro anos de serviços prestados, ele faltara no máximo três vezes, e jamais sem uma desculpa plausível. Por isso, chamou obrigatoriamente a atenção ao faltar certo dia sem nada anunciar. Quando também no dia seguinte não chegaram nem o homem nem sua desculpa, o senhor McCormik, chefe de pessoal, lançou uma série de palavras questionadoras no escritório de Aquistapace. Mas ninguém soube lhe dar informações. O desaparecido tinha poucas relações com seus colegas; circulava com italianos, que como ele eram oriundos das baixas classes sociais. E foi justamente essa circunstância que Aquistapace invocou em uma carta, na qual, depois de uma semana, deu informações sobre seu destino ao senhor McCormik.

Essa carta veio de uma cela da detenção. Nela, Aquistapace se dirigia a seu chefe com palavras tão ponderadas quanto urgentes. Um acontecimento lamentável no bar que costumava frequentar, acontecimento no qual ele aliás não tivera absolutamente nenhuma participação, havia determinado sua detenção. Ainda hoje ele não era capaz de mencionar o motivo que levara a uma briga de faca entre seus conterrâneos. Lamentavelmente, houvera uma vítima. E eis que ele não conhecia ninguém a não ser o senhor McCormik para nomear como avalista de sua boa fama... Este não apenas tinha um certo interesse no trabalho fiel e cumpridor de seu dever do preso, mas inclusive relações que tornaram fácil para ele dar uma palavrinha a favor do outro na hora e no lugar adequados. Aquistapace estava detido há apenas dez dias quando voltou a assumir seu trabalho no banco.

Depois de fechado o escritório, ele anunciou sua presença junto a McCormik. Encabulado, Aquistapace se encontrava em pé diante de seu chefe. "Senhor McCormik", principiou ele, "não sei como posso agradecer ao senhor. Ao senhor, e apenas ao senhor, devo o fato de ter sido libertado. Acredite em mim, nada me deixaria mais alegre do que me mostrar reconhecido ao senhor. Lamentavelmente, sou um homem pobre. E", acrescentou ele com um sorriso humilde, "que eu também não ganho nenhum tesouro no banco, o senhor sabe melhor do que ninguém. Mas, senhor McCormik", concluiu ele em voz firme, "uma coisa posso lhe garantir: se algum dia o senhor estiver em uma situação em que a eliminação de um terceiro poderia ser útil, peço que se lembre de mim. Comigo o senhor pode contar."

A morte do pai
Novela[*]

Durante a viagem, ele evitou tornar claro o sentido daquele telegrama: "Venha imediatamente. Mudança para pior." Ao anoitecer, havia deixado o lugar em que estava, na Riviera, em meio ao tempo ruim. As lembranças o envolviam como as luzes matinais que caem sobre um frequentador de bar que chega atrasado: doces e vergonhosas. Indignado, ele ouvia os ruídos da cidade, em cujo meio-dia adentrava. Estar humilhado lhe parecia a única resposta às perseguições da terra natal. Gorjeando, porém, ele sentia a volúpia das horas perdidas junto a uma mulher casada.

Ali estava seu irmão. E, como um choque elétrico que descia por seus quadris, ele odiava aquele homem vestido de preto. Cumprimentou-o às pressas com um olhar melancólico. Um carro já estava pronto. A viagem começou matraqueante. Otto balbuciou uma pergunta, mas a lembrança de um beijo o arrebatou.

---

[*]. "Der Tod des Vaters. Novelle", in GS IV-2, pp. 723–725. Tradução de Marcelo Backes. Benjamin se refere à redação deste conto numa carta datada de 7 de junho de 1913 e endereçada ao seu colega de estudos Herbert Belmore. Escrito no período de militância no Movimento da Juventude (*Jugendbewegung*), o texto permaneceu inédito até a publicação póstuma. [N. E.]

De repente, nas escadarias do prédio, estava a criada, e ele desabou quando ela pegou sua mala pesada. Ele ainda não vira sua mãe, mas o pai estava vivo. Ali estava ele, sentado junto à janela, inchado, em sua cadeira de braços... Otto foi até ele e lhe deu a mão. "Você não vai me dar um beijo, Otto?", perguntou o pai em voz baixa. O filho se jogou sobre ele, correu para fora — parou na sacada e berrou para a rua. Ficou cansado de tanto chorar, e se lembrou, sonhando, da época em que entrou no colégio, dos anos de comerciante, da viagem para os Estados Unidos.

"Senhor Martin." Ele estava tranquilo e agora se sentia envergonhado por seu pai ainda estar vivo. Assim que soluçou mais uma vez, a criada botou a mão sobre o seu ombro. Mecanicamente, ele viu: uma pessoa saudável e loura, a refutação do doente que ele havia tocado. Ele se sentiu em casa.

A biblioteca que Otto usou nas duas semanas de sua estadia ficava no bairro mais movimentado da cidade. Todas as manhãs ele trabalhava três horas num texto que deveria lhe conceder o título de doutor em Economia. À tarde, ele também ia até lá para estudar as revistas de arte ilustradas. Ele amava a arte e lhe dedicava muito tempo. Naquelas salas, não ficava sozinho. Se entendia muito bem com o digno funcionário que lhe emprestava e depois recebia os livros que ele devolvia. Quando levantava os olhos da obra que estava lendo, franzindo a testa e perdido em pensamentos, não eram poucas as vezes em que encontrava uma cabeça conhecida dos tempos do primário.

A solidão daqueles dias, que jamais era ociosa, lhe fazia bem, depois de nas últimas semanas na Riviera pôr cada um dos seus nervos a serviço de uma mulher sensual. À noite, na cama, ele procurava por detalhes do corpo dela, ou então agradava-lhe enviar, em belas ondas, sua sensualidade cansada até onde ela estava. Pensava nela raramente. Quando se encontrava sentado diante de uma mulher no bonde, apenas distendia as sobrancelhas de modo significativo, com expressão vazia, um gesto com o qual implorava solidão inacessível em troca da doce inércia.

A azáfama em torno do moribundo era bem regular na casa; nem sequer lhe importava. Certa manhã, no entanto, o acordaram mais cedo do que de costume e o levaram até diante do cadáver de seu pai. O quarto estava às claras. Diante da cama, a mãe jazia desmaiada. O filho, porém, sentiu tanta força que a agarrou por baixo dos braços e disse com voz firme: "Levante-se, mamãe." Nesse dia, ele foi para a biblioteca como sempre. Seu olhar, quando passava pelas mulheres, estava ainda mais vazio e firme do que de costume. Apertou a pasta, na qual havia dois maços com as folhas de seu trabalho, junto ao corpo quando subiu à plataforma do bonde.

De qualquer modo, ele trabalhou mais inseguro desde aquele dia. Percebeu defeitos, problemas fundamentais que até então simplesmente ignorara começaram a ocupá-lo. Quando encomendava livros, perdia de repente qualquer medida e objetivo. Pilhas inteiras de revistas o envolviam, nas quais buscava com um detalhismo estúpido os dados mais desimportantes. Se interrompia a leitura, jamais era abandonado pela sensação equivalente a de uma pessoa que usa roupas largas demais. Quando jogou os torrões de terra na tumba de seu pai, vislumbrou o nexo entre o discurso fúnebre, a sequência infinita de conhecidos e a própria falta de ideias. "Tudo isso já foi assim tantas vezes. Como isso é típico." E, quando saiu das proximidades do túmulo, se misturando à multidão em luto, a dor de sua alma já se tornara como uma coisa que simplesmente se carrega consigo por aí, e seu rosto parecia mais largo devido à indiferença. As conversas em voz baixa entre a mãe e o irmão o incomodavam quando eles estavam sentados à mesa a três. A criada loura trazia a sopa. Despreocupadamente, Otto levantava a cabeça e olhava para seus olhos castanhos, desamparados.

Assim Otto ainda conseguia, com uma certa frequência, embelezar para si mesmo o medo mesquinho daqueles dias de luto. Certa vez beijou a criada — à noite — no corredor. A mãe recebia sempre palavras calorosas quando estava sozinha com ele; na maior parte das vezes, contudo, ela discutia assuntos de negócios com o irmão mais velho.

Quando ele, num desses meios-dias, voltou da biblioteca, teve a ideia de viajar. Pois o que ainda tinha a fazer por ali? Importava era estudar.

Ele se encontrava sozinho em casa, e assim entrou no escritório de seu pai como de hábito fazia. Ali, sobre o divã, o falecido passara suas últimas horas de sofrimento. As cortinas haviam sido baixadas, porque estava quente, e pelas frestas aparecia o céu. A criada veio e colocou anêmonas sobre a escrivaninha. Otto estava apoiado junto ao divã e, quando ela passou, puxou-a para si sem fazer ruído. Uma vez que ela pressionava o corpo ao dele, eles se deitaram juntos. Depois de algum tempo, ela o beijou e se levantou sem que ele a segurasse.

Ele viajou dois dias mais tarde. Deixou a casa bem cedo. Ao lado dele seguia a criada com a mala, e Otto lhe contava da cidade universitária e da faculdade. Mas, na despedida, ele apenas deu a mão a ela, pois a estação ferroviária estava cheia. "O que meu pai haveria de dizer?", ele pensou, enquanto se recostava e bocejava, afastando o derradeiro sono de seu corpo.

Palácio d...y[*]

Nos anos de mil oitocentos e setenta e cinco a mil oitocentos e oitenta e cinco, o barão X costumava chamar a atenção no Café de Paris, e, quando se pedia aos estranhos de alguma distinção para atentarem ao conde de Caylus, ao marechal Fécamts, ao cavaleiro Raymond Grivier e também a ele, o barão, não era por causa de sua elegância, sua origem, suas conquistas esportivas, mas simplesmente por reconhecimento, sim, por admiração à fidelidade que este havia dedicado ao estabelecimento por tantos anos. Uma fidelidade que ele mais tarde demonstraria a alguém bem diferente, e ademais bem pouco usual. Mas é disso, justamente, que trata esta história.

Ela principia, mais precisamente, com a herança que durante trinta anos sempre deveria ter sido dada, e aliás justamente dada, ao barão, e finalmente também lhe foi dada em setembro de mil oitocentos e oitenta e quatro. Na época, o herdeiro não estava muito distante de seu quinquagésimo aniversário e há tempos já não era mais um *bon vivant*. E por acaso o havia sido algum dia? Às vezes até se fazia a pergunta. Se então alguém poderia afirmar que jamais dera de cara uma única vez com o nome do barão na crônica escandalosa de Paris e, mesmo na boca dos frequentadores de clube mais inescrupulosos e das cocotes mais vaidosas, jamais ouvira qualquer alusão a

---

[*]. "Palais d...y", in GS IV-2, pp. 725–728. Tradução de Marcelo Backes. Conto publicado no periódico *Die Dame*, em junho de 1929. [n. e.]

ele, não se poderia duvidar de outro que dissesse: o barão em suas calças ajustadas, com a gravata *lavallière* larga, era mais do que uma figura mundana; em seu semblante havia algumas rugas que revelavam um conhecedor de mulheres que pagou por sua sabedoria. De modo que, até aquele momento, o barão permanecera sendo um mistério, e ver em suas mãos aquela herança vultosa, esperada há tanto tempo, despertou em seus amigos, além de uma benevolência desprovida de inveja, a curiosidade mais discreta e maliciosa. O que nenhum papo junto à lareira, nenhuma garrafa de Borgonha haviam conseguido — erguer o véu que encobria aquela vida —, eles acreditavam poder esperar da riqueza repentina.

Depois de dois ou três meses, no entanto, a opinião de todos era unânime: a decepção não poderia ter sido mais completa. Nada, nem mesmo uma sombra havia mudado nas vestes, no humor, na distribuição do tempo, e até mesmo nos gastos e na moradia do barão. Ele continuava sendo o indolente distinto, para o qual o tempo parecia tomado até a borda como ao mais mesquinho dos amanuenses, ele continuava, ao sair do clube, sendo recebido pela *garçonnière* da Avenue Victor Hugo, e jamais amigos que queriam acompanhá-lo até em casa à noite foram despedidos com desculpas. Sim, parecia que o dono da casa mantinha a banca aberta até às cinco horas da manhã, e ainda mais tempo se fosse em seu quarto de visitas, no espaço onde outrora ficava um magnífico armário Chippendale que desde sempre por lá estivera, sentado diante de uma mesa verde que passou a ocupar o lugar. O barão costumava ter sorte no jogo — isso se sabia pelas raras vezes em que ele aparecera mais cedo para se sentar à mesa verde. Mas agora nem mesmo os jogadores mais contumazes podiam deixar de vivenciar as sequências de sorte que o inverno de mil oitocentos e oitenta e quatro acabou lhe trazendo. Elas perduraram por toda a primavera e assim continuaram quando o verão invadiu, com seus lagos de sombra, os bulevares. Como foi que o barão se tornou um homem pobre em setembro? Pobre não; mas exatamente tão flutuante, indefinível entre pobre e rico como já era antes, e apenas mais pobre por já não ter a expectativa de uma grande herança. Tanto que começou a se impor limites, visitava o clube apenas para uma xícara de chá ou uma partida de xadrez. E ninguém ousava fazer alguma pergunta. O que, ademais, deveria parecer questionável em uma existência que decorria em seu âmbito estreito e mundano diante dos olhos de todo mundo, da cavalgada matinal, do exercício de florete e do almoço até a hora em que o sino batia, às quinze para as seis, quando ele deixava o Café de Paris para duas horas mais tarde jantar em boa companhia no Delaborde? No intervalo, ele nem sequer tocava o baralho. E mesmo assim aquelas duas horas do dia lhe custaram toda a fortuna.

Como isso aconteceu, soube-se em Paris apenas anos mais tarde, quando o barão já havia se retirado sabe-se lá para onde — o que o nome de uma propriedade rural aristocrática localizada em terras lituanas distantes acrescentaria aqui? —, e, em certa manhã chuvosa, um de seus amigos, em meio às perambulações esquecidas da vida, estacou assustado, ele mesmo não sabia por que motivo no primeiro momento: se devido a uma visão ou a uma ideia. Na verdade, devido a ambas. Pois o monstro que descia balançando diante dele, sobre os ombros de três transportadores, a escada do Palácio D...Y era aquele valioso móvel Chippendale que certo dia havia cedido lugar à mesa de jogo que tanta sorte lhe trouxera. O armário era maravilhoso, e não podia ser confundido com nenhum outro. Mas o amigo não o reconheceu apenas nisso. Balançando do mesmo jeito e abalado na estrutura de seus ombros largos na época, à despedida, também apareceram pela última vez e em seguida desapareceram as costas formidáveis de seu proprietário diante dos que acenavam na plataforma da estação. Às pressas, o desconhecido se acotovelou passando pelos carregadores, e subindo os degraus baixos, entrou pela grande porta aberta e ficou parado, quase sentindo vertigens, no gigantesco saguão vazio. Diante dele se erguia, em espirais, uma escada que levava ao primeiro andar, e sua rampa maciça não era mais do que um único relevo em mármore sem fim: faunos, ninfas; ninfas, sátiros; sátiros, faunos. O novato voltou a se controlar e investigou os corredores, as suítes dos quartos. Por todo o lado, bocejavam paredes vazias ao encontro dele. Nenhum rastro de moradores até o *boudoir* também abandonado, mas suntuoso, e tomado de peles e travesseiros, divindades em jade e recipientes de incenso, vasos luxuosos e *gobelins*. Uma leve camada de pó encobria tudo. Aquela soleira nada tinha de convidativo, e o estranho quis recomeçar a busca outra vez quando, por trás dele, uma bela moça, ainda jovem, vestindo uniforme de aia, fez menção de adentrar o ambiente. E ela, a única que tinha alguma familiaridade com o que ali se passara, contou:

Fazia um ano que o barão havia alugado aquele palácio de seu proprietário, um duque montenegrino, por uma soma inacreditavelmente alta. Ainda no dia da assinatura do contrato, ela tivera de começar seus afazeres, que por duas semanas consistiram em vigiar o pessoal de serviço e receber entregadores. Em seguida, vieram novas instruções, prescrições bem parcas, mas inflexíveis, cuja maior parte dizia respeito ao cuidado com as flores que ainda haviam deixado um pouco de seu perfume no quarto diante do qual os dois agora estavam parados. As outras coisas diziam respeito apenas a uma das ordens, a última, e era justamente esta que a moça acreditava estar vinculada ao pagamento fabuloso, que lhe foi então prometido. "Dia sim, dia não, nem um minuto antes, nem um minuto depois das seis, aparecia", prosseguiu ela, "o barão na escadaria, para subir até a grande porta vagarosamente. E jamais ele vinha sem um buquê enorme nas mãos." Mas qual era a sequência assumida por orquídeas, lírios, azaleias, crisântemos, e em que relação se encontravam com a época do ano, isso não havia ficado claro. Ele tocava a campainha. A porta se abria. A aia, justamente ela, de quem ficamos sabendo tudo isso, abria para receber as flores e a pergunta que era a palavra-chave para seu serviço mais secreto:

"A honorável senhora se encontra em casa?"

"Lamento", respondia-lhe a aia, "a honorável senhora deixou a casa há pouco."

Pensativo, o amante principiava o caminho de volta logo depois, para no dia seguinte continuar sua espera no palácio abandonado.

Assim ficou-se sabendo como a riqueza, que por tantas vezes serve ao objetivo ordinário de fomentar fulgores amorosos alheios, nessa única vez levou os de seu proprietário às derradeiras chamas.

«Inscrito na poeira movediça»
Novela[*,*]

Lá estava ele. Sempre estava lá nessa hora. Mas não dessa maneira. Esse homem imóvel, que costumava manter o olhar fixo ao longe, hoje estava olhando para baixo. E mesmo assim, não parecia fazer diferença, pois, nesse último caso, ele também não estava vendo nada. Mas a bengala de mogno com seu punho de prata não se encontrava, como de costume, ao lado dele encostada no banco. Ele a segurava, a conduzia, deixando que deslizasse sobre a areia: "o" — pensei numa fruta; "l" — parei; "i" — fiquei envergonhado como ao fazer algo proibido. Vi que não escrevia isso como alguém que quisesse ser lido, mas os signos se entrelaçavam e, como quisessem incorporar-se um ao outro, seguiram, quase se sobrepondo aos outros, "mpia", sendo que o primeiro começou a desaparecer quando os últimos surgiram. Aproximei-me; isso tampouco o fez levantar o olhar — ou deveria dizer: "acordar"? —, de tão acostumado que ele estava comigo.

---

[*]. "Dem Staub, dem beweglichen, eingezeichnet. Novelle", in GS IV-2, pp. 780-787. Tradução de Georg Otte. Conto escrito provavelmente em 1929. [N. E.]

[*]. Verso do *Divã ocidental-oriental*, de Johann Wolfgang von Goethe. [N. T.]

— Fazendo cálculos de novo? Perguntei, fazendo-me de desentendido. Pois eu sabia que seu ócio estava totalmente voltado para os custos fantásticos de longas viagens que se estendiam de Samarcanda à Islândia, que ele nunca faria. Será que ele jamais tinha deixado o país — a não ser naquela viagem secreta, claro, que tinha feito para fugir à lembrança de um amor de juventude, um amor selvagem e, como não se cansavam de assegurar, indigno e vergonhoso por Olímpia, cujo nome acabou de desenhar em seu devaneio.

— Estou pensando na minha rua. Ou em você, se prefere, pois acaba dando na mesma. A rua em que uma palavra sua se tornou tão viva quanto nenhuma outra que ouvi desde então, ou antes. Trata-se daquilo que você me falou uma vez em Travemünde, isto é: que cada aventura de viagem, para se poder mesmo contá-la, deve girar, em última instância, em torno de uma mulher, ou, pelo menos, em torno do nome de uma mulher. Pois, querendo ou não, esse seria o ponto de partida do qual careceria o fio condutor do vivido para poder passar de uma mão à outra. Você estava certo, mas quando estava subindo aquela rua calorenta, não tive ainda como imaginar de que maneira estranha e por que, depois de alguns segundos, os meus próprios passos nessa rua, que ecoava abandono, pareciam me chamar como uma voz. As casas em volta tinham pouco a ver com aquelas que fizeram a fama dessa cidadezinha do sul da Itália. Sem ser suficientemente velha para ser decaída, nem suficientemente nova para ser convidativa, era um conjunto dos caprichos do limbo da arquitetura. Venezianas fechadas reforçavam a mudez das fachadas cinzentas, e parecia que a glória do Sul havia se retirado totalmente para as sombras, que se acumulavam por debaixo das escoras anti-terremoto e dos arcos das ruelas laterais. Cada passo me afastava mais de tudo que tinha sido o motivo da minha visita; deixei a pinacoteca e a catedral para trás. Dificilmente, eu teria encontrado força para mudar o rumo, mesmo se não tivesse sido matéria para novos devaneios a visão de braços vermelhos de madeira, uma espécie de suportes de candelabro que, como só agora percebo, cresciam dos muros em ambos os lados a intervalos regulares. Digo "matéria para devaneios" justamente porque não conseguia entender, nem procurava explicar, como os restos de uma iluminação tão arcaica podiam ter sobrevivido numa cidade nas montanhas, que, apesar de tudo, tinha canalização e eletricidade. Por isso, também não me surpreendi quando, alguns passos à frente, encontrei echarpes, cortinas, xales ou passadeiras que, pelo visto, tinham acabado de lavar. Algumas lanternas com papel amassado na frente de vidros turvos completavam a imagem, nestas casas, de pobreza e administração decadente. Nesse momento, gostaria de perguntar a alguém como voltar para o centro por outra via, pois estava cansado dessa rua, também por estar tão vazia de gente. Foi justamente por isso que tive que desistir da minha intenção e, quase humilhado e subjugado, tive que retornar pelo mesmo caminho. Decidido a não ter que arcar com o prejuízo do tempo perdido, mas também para pagar por aquilo que considerava como uma derrota, abri mão do almoço e, o que era mais amargo, do repouso, de modo que, depois de uma breve escalada por escadas íngremes, encontrei-me na praça da catedral.

Se aquilo que me cercava, pouco tempo antes, era a ausência angustiante de pessoas, agora era uma solidão que fez com que me sentisse livre. E, com isso, o meu humor mudou por completo. Nessa hora, nada teria sido pior para mim do que ser abordado ou apenas ser notado.

De uma só vez, fui devolvido ao meu destino de viajante, à aventura solitária, e de novo vi na minha frente o momento quando, acima da Marina Grande, não muito longe de Ravello, dei-me conta desse destino pela primeira vez e de forma dolorosa. Desta vez também havia uma montanha em volta, mas no lugar dos despenhadeiros rochosos que levam de Ravello ao mar, havia o flanco de mármore da catedral e, no lugar dos declives cheios de neve, inúmeros santos de pedra pareciam fazer sua romaria até nós homens. Quando segui o cortejo com os olhos, vi que a fundação do edifício estava à vista. Haviam cavado um corredor que, depois de vários degraus, levava perpendicularmente a uma porta de bronze debaixo da terra, que não estava trancada. Não sei por que passei clandestinamente por essa porta lateral subterrânea; talvez fosse apenas o medo que nos acomete quando visitamos pessoalmente um dos sítios mil vezes reproduzidos e descritos, e que tentei evitar por esse desvio. Entretanto, se havia achado que entraria no escuro de uma cripta, fui amplamente castigado pelo meu esnobismo. Como se não bastasse o fato de ser esse espaço, na verdade, a sacristia pintada de branco, cuja iluminação pelas janelas superiores era ofuscante, além de tudo, era ocupado por um grupo de turistas para o qual o sacristão estava contando, pela centésima ou milésima vez, uma daquelas histórias em que ressoa o eco das moedas de cobre que iria receber pela centésima ou milésima vez. Lá estava ele, imponente e corpulento, ao lado do pedestal no qual se concentrava a atenção dos ouvintes. Um capitel pelo visto muito antigo, porém muito bem conservado, no estilo do gótico antigo, estava fixado nele com grampos de ferro. Enquanto falava, segurava um lenço. Tudo levava a supor que fosse por causa do calor, sendo que, de fato, o suor escorria pela sua testa.

Mas, longe de se enxugar, o sacristão apenas o passava distraidamente no bloco de pedra, como uma empregada doméstica que, em meio a uma conversa constrangedora com seu senhorio, entre uma palavra e outra, passa, seguindo um velho hábito, o pano de limpeza pela estante ou pelo console. A constituição autodestrutiva, que cada pessoa que viaja sozinha já sentiu, voltou a tomar conta de mim, de maneira que deixei chegar aos meus ouvidos as explicações do sacristão.

"Há dois anos", esse era o teor não exatamente literal das suas informações, passadas pausadamente, "havia entre os moradores um homem que, mediante as formas mais ridículas de blasfêmia e lascívia, fez com que a cidade fosse assunto de todas as conversas. Pelo resto de sua vida, ele pagou pelo seu deslize, e fazendo penitência ainda quando o prejudicado, isto é, Deus, talvez o tivesse perdoado há muito tempo. Ele era canteiro e, depois de trabalhar durante dez anos na manutenção da catedral, graças ao seu talento, foi promovido a diretor de todo o projeto de restauração. Era um homem na melhor idade, de natureza imperiosa, sem família, nem parentes, quando caiu na rede da cocote mais bonita e despudorada jamais vista na boemia do balneário vizinho. Talvez a natureza terna e fechada desse homem tenha impressionado a mulher. De qualquer forma, não se tem notícia de que ela tivesse prestado seus favores a outra pessoa na região. Na época, ninguém desconfiava do preço que ele teria que pagar, e toda a história nem teria vindo à tona se o departamento de fiscalização da construção de Roma não tivesse vindo inesperadamente para inspecionar a famosa obra de restauração. Entre os superiores, havia um jovem arqueólogo, petulante, porém com bons conhecimentos, que se especializara no estudo dos capitéis do século XIV. Ele estava prestes a ampliar seus planos de escrever um livro monumental a respeito de um estudo sobre 'Um capitel do púlpito na catedral de V...' e havia anunciado sua visita ao nosso chefe da Opera Del Duomo. O mesmo, mais de dez anos depois de suas melhores noites, levava uma vida na mais completa solidão, sendo que a época do brilho e da autoafirmação havia acabado há muito tempo. No entanto, o resultado que o jovem pesquisador levou para casa desse encontro foi tudo menos um ensinamento da história do estilo, e sim uma informação que não guardou para si. As autoridades acabaram tendo conhecimento dos seguintes fatos: O amor que a cocote havia dedicado ao seu galã não era obstáculo para ela, talvez antes um estímulo, para exigir um preço satânico em troca dos seus favores. Ela queria ver seu *nom de guerre*, o nome comercial que essas mulheres usam de acordo com a mais antiga tradição, gravado numa pedra da catedral, o mais próximo do Santíssimo. O amante resistia, mas suas forças se esgotaram e, num belo dia, ele começou, na presença da própria prostituta, o trabalho naquele capitel do gótico antigo, que ficava por debaixo de um capitel mais velho e corroído, até acabar como corpo de delito na mesa dos seus juízes clericais. Todo esse processo, entretanto, levou muitos anos e, quando todas as formalidades foram cumpridas e todas as atas reunidas, era tarde demais. Quem estava olhando para sua obra era um velho frágil e meio demente e ninguém acreditava em dissimulação quando olhava para aquela cabeça que, em outros tempos, impunha respeito. Agora ficava inclinada, com a testa enrugada, para o emaranhado de arabescos, tentando em vão depreender dele o nome que, anos incontáveis antes, nele havia escondido."

«INSCRITO NA POEIRA MOVEDIÇA»

Com surpresa observei como, eu mesmo não sei por que, aproximei-me do capitel. Mas antes de poder estender a minha mão em direção à pedra, senti a do sacristão no meu ombro. Com boa vontade e uma certa surpresa, ele tentou entender os motivos do meu interesse. Eu, todavia, na minha insegurança e no meu cansaço, balbuciei a coisa mais sem sentido que pudesse ter dito: "Colecionador". E, nesse estado, voltei para casa.

Se o sono, como dizem, não é apenas uma necessidade física do organismo, mas também uma força compulsiva que o inconsciente exerce no consciente para que este saia de cena, cedendo o lugar às pulsões e às imagens, o esgotamento que me assaltou talvez tivesse significado mais do que normalmente significaria numa cidade nas montanhas do sul da Itália ao meio-dia. Seja como for, eu sonhei, sei que sonhei com o nome. Mas não da maneira que ele estava gravado na pedra, escondido de mim, mas conduzido para outro reino, ao mesmo tempo enaltecido, desencantado e mais nítido, e no emaranhado variado de capins, folhas e flores, as letras que, na época, causavam as batidas mais dolorosas do meu coração, abanavam e tremiam na minha direção. Quando acordei, eram oito horas. Hora de jantar e de me perguntar como iria passar o resto da noite. A minha sesta de várias horas me proibia de terminar o dia cedo e não tinha dinheiro, nem disposição, para gastá-lo com qualquer aventura. Depois de dar alguns passos sem rumo, cheguei numa praça livre, o *Campo*. Já estava escurecendo. Algumas crianças ainda estavam brincando em torno de uma fonte. Esse lugar, proibido para todos os veículos, onde nunca mais haveria reuniões, apenas feiras, desempenhava seu papel vivo como grande praça de banho e de jogos das crianças. Por isso, ela era ao mesmo tempo o local preferido para carrinhos com doces, nozes ou melancias, sendo que dois ou três deles estavam presentes, acendendo aos poucos suas tochas. Um brilho destacou-se nas proximidades do último, que havia atraído alguns ociosos e crianças. Ao chegar mais perto, reconheci instrumentos de sopro. Sou um *flâneur* atento. Qual vontade ou qual desejo proibido haviam me impedido de reparar naquilo que não escapava nem ao menos atento. Alguma coisa estava acontecendo nessa rua, em cujo fim me encontrei novamente, sem suspeitá-lo. Ao contrário do que achava, as passadeiras de seda que estavam penduradas nas janelas não eram roupas estendidas para secar, e por que logo aqui e em nenhum outro lugar do país a velha iluminação teria sido mantida? A banda de música começou a se movimentar, entrando na rua que em pouco tempo se encheu de pessoas. E agora ficou claro que a riqueza, quando chega perto dos pobres, apenas dificulta a fruição daquilo que é seu: a luz das velas e o fogo das tochas travavam uma luta feroz contra os feixes amarelos das lâmpadas elétricas que se projetavam no pavimento e nas paredes das casas. Fui o último a sair atrás da banda. Haviam preparado tudo para receber o cortejo na frente de uma igreja. Aqui os lampiões e as lâmpadas incandescentes estavam mais próximos do que em qualquer outro lugar, e da multidão em festa desprendeu-se o fluxo ininterrupto dos devotos para perder-se nas dobras da cortina que escondia a abertura do portão.

Parei a uma certa distância desse centro iluminado de vermelho e verde. A multidão que agora preenchia a rua por completo não era uma massa incolor. Era a população bem delimitada e estreitamente interligada do bairro e, uma vez que era um bairro da pequena burguesia, não se via pessoas das classes mais altas, muito menos estrangeiros. Da maneira em que fiquei parado junto ao muro, eu, pela roupa e pelo aspecto, normalmente deveria ter chamado a atenção das pessoas. Mas nessa multidão, curiosamente, ninguém olhava para mim. Será que ninguém reparava ou será que este homem totalmente perdido nessa rua tomada pelo calor e pelo canto, em que havia me transformado cada vez mais, parecia pertencer a eles? Ao pensar nisso, enchi-me de orgulho; uma grande felicidade tomou conta de mim. Não entrei na igreja e queria, satisfeito de ter desfrutado a parte profana da festa, tomar o rumo de casa junto com os primeiros saciados e muito antes das crianças que iriam cair de sono, quando meu olhar esbarrou numa das placas de mármore com que as cidades pobres dessa região envergonham as placas de rua do mundo restante. A luz das tochas a inundava, parecia pegar fogo. Mas, bem delineadas e ardentes, as letras saltaram do seu centro, formando novamente o nome que, da pedra transformada em flor, da flor transformada em fogo, procurava me pegar de forma cada vez mais quente e devoradora. Tomando a decisão irrevogável de voltar para casa, iniciei o meu retorno e fiquei feliz de encontrar uma ruela pequena que prometia ser um atalho considerável. Em todas as partes, a vida já estava se retirando e a rua principal, que pouco tempo atrás ainda estava cheia de vida e onde tinha que estar o meu hotel, não me parecia ser apenas mais sossegada, mas também mais estreita. Enquanto ainda refletia sobre as leis que associam imagens acústicas e óticas, uma música de longe e alta chocou-se contra o meu ouvido e, com os primeiros toques, fui atingido pelo relâmpago da iluminação: aqui, então, acontece o grande evento. Por isso havia tão poucas pessoas, cidadãos, naquela rua. Aqui iria acontecer o grande concerto da tarde de v..., onde todo sábado os moradores se reúnem. Uma nova cidade ampliada, até com uma história mais rica e movimentada, estava de repente na frente dos meus olhos. Redobrei os meus passos, virei uma esquina e, mais uma vez, parei, imobilizado de estupor, na frente daquela rua que havia me atraído violentamente, como puxado por um laço, eu, como ouvinte atrasado e solitário, para quem a banda apresentou sua última música, a mais perdida de todas."

Aqui o meu amigo interrompeu. De repente, parecia que sua história havia fugido. E apenas os lábios que, ainda há pouco, estavam falando, me acenaram com um longo sorriso. Eu, no entanto, olhava para os signos que, diluídos na poeira, estavam inscritos aos nossos pés. E o indelével verso passou majestosamente pelo arco dessa história como por um portão.

O segundo eu
Uma história de final de ano para refletir[*]

Krambacher é um funcionário de bem baixo nível e além disso um homem "sem reboques", conforme ele garante às locadoras de seus quartos mobiliados, que troca a cada quatro a seis semanas. Durante semanas, ele refletiu onde poderia passar a noite de final de ano. Mas todos os arranjos acabaram se desfazendo; com seu último dinheiro, ele arrumou duas garrafas de ponche. A partir das 9 horas, principiou um banquete solitário, sempre na esperança de que a campainha irá tocar, de que alguém irá procurá-lo e lhe fazer companhia.

A esperança é desiludida. Pouco antes das 11, ele se prepara para sair: está com medo da solidão em sua biboca. Nós seguimos seu passo um tanto sinistramente animado pelas ruas noturnas. Percebe-se nele que bebeu. Talvez ele nem sequer ande, talvez apenas sonhe que esteja andando. Essa suposição pode surgir fugidiamente no leitor.

---

[*]. "Das zweite ich. Eine Sylvestergeschichte zum Nachdenken", in GS VII-1, pp. 296–298. Tradução de Marcelo Backes. Conto escrito entre 1930 e o início de 1933, aproximadamente; publicação póstuma. [N. E.]

Krambacher vem por uma ruela bem fora de mão. Uma lâmpada sombria chama sua atenção. Um lugar dúbio com movimento na noite de final de ano? Mas por que tão silencioso? Ele se aproxima, não há rastro de que se trate de um estabelecimento: com letras de madeira, apagadas, está escrito sobre uma vitrine branqueada e sem transparência, da qual vem a luz leitosa: PANORAMA IMPERIAL.

Ele quer passar sem parar, mas um bilhete sujo na vitrine o faz estacar: Hoje! Apresentação de gala! *Viagem pelo ano velho!* Krambacher fica parado, abre a porta timidamente, toma coragem, uma vez que não encontra ninguém, e entra. Ali está o panorama imperial. Agora ele é descrito com suas 32 cadeiras em roda. Sobre uma dessas cadeiras o proprietário, um italiano viúvo, Geronimo Cafarotti, dormindo. Quando o cliente se aproxima, ele se levanta de um salto.

Grande torrente discursiva. De suas palavras, se pode ouvir que noite a noite a casa ficava lotada e sem mais vagas; que hoje, coincidentemente, estava pouco visitada, apesar da programação de gala; mas ele sabia que alguém acabaria por vir: a pessoa certa. Enquanto obriga o visitante a se sentar sobre uma banqueta diante de dois buracos pelos quais poderia espiar, ele explica:

Aqui o senhor conhecerá alguém bem estranho, verá um homem que não tem nenhuma semelhança com o senhor: seu segundo eu... O senhor passou a noite fazendo autoacusações, tem complexos de inferioridade, se sente tolhido, faz censuras a si mesmo por não seguir seus impulsos. Pois bem, o que são esses impulsos? É a pressão do segundo eu no trinco da porta que conduz para dentro de sua vida. E agora o senhor haverá de reconhecer por que foi que sempre manteve essa porta tão trancada, por que se tolheu tanto e não seguiu seus impulsos.

A viagem pelo ano velho começa. Doze imagens, para cada uma delas uma pequena legenda; além disso as explicações do velho, que escorrega de uma cadeira para outra. As imagens:

O caminho que pretendias tomar
A carta que pretendias escrever
O homem que pretendias salvar
O lugar que pretendias ocupar
A mulher que pretendias seguir
A palavra que pretendias ouvir
A porta que pretendias abrir
O traje que pretendias usar
A pergunta que pretendias fazer
O quarto de hotel que pretendias ter
O livro que pretendias ler
A oportunidade que pretendias aproveitar

Em algumas das imagens, o segundo eu pode ser visto, em outras apenas as situações nas quais ele pretendia enredar o primeiro. As imagens são descritas, como elas se livram do lugar em que estão com um pequeno tilintar para permitir que a seguinte se aproxime, e como elas, mal voltaram a se aquietar, tremendo, dão lugar a uma nova. O último tinido é suplantado pelo reboar dos sinos do ano novo. Krambacher desperta com o copo de ponche vazio nas mãos, sentado em sua cadeira.

Rastelli conta...*

Ouvi esta história de Rastelli, o malabarista inigualável, inesquecível, que a contou certa noite em seu camarim.

Era uma vez, principiou ele, nos velhos tempos, um malabarista. Sua fama se espraiara pelo globo terrestre, levada pelas caravanas e pelos navios mercantes, e certo dia também Mohammed Ali Bei, que na época imperava sobre os turcos, ouviu falar dele. E eis que enviou seus mensageiros aos quatro cantos do mundo com a missão de convidar o mestre a vir a Constantinopla, a fim de que ele pudesse se convencer em sua própria e imperial pessoa das habilidades artísticas do homem. Mohammed Ali Bei teria sido um príncipe imperioso e até mesmo cruel de quando em vez, e dele se contava, inclusive, que, a seu aceno, um cantor que buscara seus ouvidos mas não encontrara seus aplausos, havia sido jogado ao mais profundo dos cárceres. Mas também sua generosidade era conhecida, e um artista que o satisfazia podia contar com uma grande recompensa.

Depois de alguns meses, o mestre chegou à cidade de Constantinopla. Ele não chegou sozinho, no entanto, ainda que não anunciasse seu acompanhante em altos brados. E isso muito embora pudesse alcançar honras es-

---

*. "Rastelli erzählt...", in GS IV-2, pp. 777-780. Tradução de Marcelo Backes. Conto escrito provavelmente entre setembro e outubro de 1935, publicado no *Neue Zürcher Zeitung* em 6 de novembro de 1935. [N. E.]

peciais com ele na corte do sultão. Qualquer um sabe que os déspotas do Oriente têm um fraco por anões. O acompanhante do mestre era justamente um anão, ou, mais exatamente, um criado anão. E um tão excepcionalmente suave, uma criaturinha tão delicada e rápida, que com certeza não teria encontrado outra igual na corte do sultão. O mestre manteve esse anão escondido, e tinha seu bom motivo para tanto. É que ele trabalhava de um modo um pouco diferente do de seus colegas. Estes, conforme se sabe, frequentaram a escola chinesa, e lá aprenderam a lidar com bastões e pratos, com espadas e fogos. Mas nosso mestre não buscava sua honra no número e na variedade dos requisitos, e sim a mantinha com um único número, que ainda por cima era o mais simples e que se destacava pura e exclusivamente por sua grandiosidade incomum. E esse número era com uma bola, uma única bola. Essa bola lhe trouxera sua fama mundial, e de fato não havia nada que se comparasse com os milagres que fazia com ela. Àqueles que acompanhavam a brincadeira do mestre chegava a parecer que ele estava lidando com um ser vivo, ora dócil ora renitente, ora suave ora zombeteiro, ora atento ora distraído, mas jamais com uma coisa morta. Os dois pareciam habituados um ao outro, e sequer pareciam conseguir viver separados tanto em tempos bons quanto em tempos difíceis. E ninguém conhecia o segredo da bola. O anão, esse elfo flexível, ficava sentado dentro dela. Depois de muitos anos de exercício, ele soubera se adequar a cada um dos impulsos e a cada um dos movimentos de seu senhor, e agora brincava com as molas localizadas no interior da bola com tanta desenvoltura como se estivesse tocando as cordas de uma viola. Para fugir a qualquer suspeita, os dois jamais se deixavam ver um ao lado do outro, e senhor e ajudante também nunca moravam sob o mesmo teto em suas viagens.

    O dia ordenado pelo sultão chegara. Um estrado envolvido por cortinas havia sido instalado na sala da meia-lua, lotada pelos dignitários do soberano. O mestre fez uma mesura diante do trono e levou uma flauta aos lábios. Depois de algumas melodias de prelúdio, ele passou a um *stacatto* em cujo ritmo a grande bola se aproximou aos saltos, vinda dos bastidores. De repente, ela havia tomado lugar sobre os ombros de seu dono, para em seguida não mais sair de perto dele. Ela brincava em torno de seu senhor, adulava-o, acariciava-o. Este, porém, deixara sua flauta de lado e, como se nada soubesse a respeito de seu visitante peculiar, começara uma dança lenta que teria sido um prazer acompanhar se a bola não tivesse cativado os olhos de todos. Assim como a Terra gira em torno do Sol e ao mesmo tempo em torno de si mesma, também a bola girava em torno do dançarino, sem esquecer nisso de sua própria dança. Da cabeça aos pés, não havia lugar que a bola não tocasse, e cada um desses lugares se tornava seu próprio parque de diversões ao passar voando. Ninguém pensaria em pedir música para aquela ciranda muda. E isso porque os dois davam as deixas um ao outro da maneira mais harmônica: o mestre à bola e a bola ao mestre, conforme o pequeno ajudante escondido já dominava com precisão depois de tantos anos de exercício.

    E assim continuou por muito tempo, até que em dado momento, em um giro do dançarino, a bola, impulsionada para longe ao mesmo tempo, rolou ao encontro da rampa na qual bateu e junto à qual ficou saltitando, enquanto o mestre se compunha. Pois agora se aproximava o grande final. O mestre voltou a pegar a flauta. Primeiro pareceu que ele quisesse acompanhar com música baixa e cada vez mais baixa os saltos de sua bola, que ficavam cada vez mais fracos. Mas então a flauta se fez dona da situação. A respiração daquele que soprava se fez mais forte e, como se soprasse nova vida à sua bola com o novo e mais vigoroso modo de tocar, os saltos da mesma foram ficando aos poucos mais e mais altos, enquanto o mestre começou a levantar o braço para, depois de alcançar relaxadamente a altura do ombro, esticar o dedo mindinho sempre a tocar, ao que a bola, obedecendo a um último e longo trinado, com um único salto, se pôs imóvel no chão.

Sussurros de admiração percorreram as fileiras do público, e o sultão convidou, ele mesmo, ao aplauso. O mestre, porém, concedeu uma derradeira prova de sua arte ao aparar em pleno voo o saco pesado, cheio de ducados, que lhe foi lançado por ordens vindas de cima.

Pouco depois ele saiu do palácio, para esperar por seu fiel anão em uma saída distante. Foi então que um mensageiro apareceu diante dele, se acotovelando entre os guardas. "Procurei o senhor por toda a parte", disse ele, dirigindo-se ao mestre. "Mas o senhor acabou deixando seu alojamento antes da hora, e não permitiram que eu entrasse no palácio." Com essas palavras, ele apresentou uma carta que trazia a letra do anão. "Meu caro mestre, peço que não se irrite comigo", estava escrito nela. "Mas hoje o senhor não poderá se mostrar diante do sultão. Estou doente e não conseguirei deixar meu leito."

Conforme o senhor pode ver, acrescentou Rastelli depois de uma pausa, nossa casta não é de ontem e nós também temos nossa história — ou pelo menos nossas histórias...

Por que o elefante se chama «elefante» *

Era uma vez. Vivia por aí um homem que se chamava Elefante; mas na época ainda nem sequer se conhecia o elefante como ele é hoje, isso foi há vários milhares de anos. E, de repente — todas as pessoas se admiraram muito —, apareceu um animal por aí que nem sequer nome tinha, e o homem o viu e, uma vez que tinha um nariz curto e era assim meio parecido com um homem, o levou consigo e o animal ficou com ele.

E o animal estava com ele. Ele pegou um pedaço de madeira, não muito longo, mas pesado, e o jogou para que o animal fosse buscá-lo. E uma vez que o animal não tinha mãos com as quais pudesse pegar o pedaço de madeira, tentou pegá-lo com o nariz.

Mas o nariz era curto demais, e isso deu muito trabalho ao animal. E uma vez que o tentou por diversas vezes, repetindo o gesto seguidamente — e isso demorou um bocado! —, o nariz foi ficando cada vez mais longo e mais longo com as tentativas.

---

*. "Warum der Elefant 'Elefant' heißt", in GS VII-1, pp. 298–299. Tradução de Marcelo Backes. Conto não publicado durante a vida do autor. Provavelmente escrito em setembro de 1933, quando Benjamin retornava a Paris depois de uma temporada em Ibiza. [N. E.]

Isso do nome acontecera já antes, quando o nariz ainda era curto. Pois uma vez que o animal estava com o homem que se chamava Elefante, as pessoas também o chamaram de elefante.

E agora o nariz já estava tão comprido que ele podia pegar o pedaço de madeira com facilidade. E tudo ia bem, e o nariz ficava cada vez maior. E hoje ele é tão grande e grosso e tem esse nariz-mão comprido — sim, este é justamente o nosso elefante. E esta é a história.

Como o barco foi inventado e por que ele se chama «barco»[*]

Antes de todos os outros humanos vivia um que se chamava barco. Ele foi o primeiro humano, pois antes dele existia apenas o anjo, que havia se rebaixado e se transformado em um humano; e esta é uma outra história.

O homem barco quis, pois, ir para a água — na época havia bem mais água do que hoje, disso você precisa saber. Então ele atou tábuas ao redor de seu corpo usando cordas, uma tábua comprida debaixo da barriga, e isso era a quilha. E tomou um gorro pontudo de tábuas que ficava, quando ele estava deitado na água, na parte da frente — e isso se tornou a proa. E atrás ele esticou uma perna e guiou com ela.

Assim ele se deitou na água e guiou e remou com os braços e traçou sua rota com o gorro de tábuas, uma vez que era pontudo, com toda a facilidade através da água. Sim, foi assim; o homem barco, o primeiro homem, havia feito um barco de si mesmo, com o qual se podia navegar.

---

[*]. "Wie das Boot erfunden wurde und warum es Boot heißt", in GS VII-1, p. 299. Tradução de Marcelo Backes. Assim como "Por que o elefante se chama 'elefante'", este conto foi redigido provavelmente em setembro de 1933, quando Benjamin retornava de Ibiza a Paris. Não conheceu publicação em tempo de vida do autor. [N. E.]

E por isso — não é verdade? O que me parece até bem claro —, porque ele próprio era o barco, chamou aquilo que estava fazendo de "barco". E por isso o barco se chama "barco".

Uma história estranha, de quando ainda não havia humanos[*]

Na época a Terra ainda não era firme e tudo era um pântano, como massa molhada. Existia apenas uma única árvore, que era gigantesca e sabia correr — é que as primeiras árvores sabiam correr como animais. A árvore gigantesca saiu a passear, e de repente começou a correr, justamente à beira do pântano mais profundo, e caiu com um catrapus formidável dentro da água.

E no mesmo instante tudo ficou firme, a massa ficou bem dura, e por toda parte na terra havia pedras em torrões e paus, de modo que o homem — que ainda não existia — não teria podido caminhar simplesmente, porque teria se machucado demais.

Então o anjo se transformou, pela primeira vez rebaixando-se, e tinha asas de ferro e examinou a terra. E então o Deus mais uma vez borrifou muita coisa molhada sobre a terra, de modo que tudo se tornou pântano e oceano e mar de novo.

---

[*]. "Eine komische Geschichte, als es noch keine Menschen gab", in GS VII-1, p. 300. Tradução de Marcelo Backes. Como os dois contos imediatamente precedentes, este também teve publicação póstuma, e foi escrito provavelmente em 1933, no mês de setembro, quando Benjamin regressava a Paris vindo de Ibiza. [N. E.]

Mas tudo secou ao sol e então passou a estar liso em vários lugares. Mas agora também havia montanhas — porque o grande borrifar havia lavado a areia e aberto sulcos e dobraduras —, ou seja, montanhas. Quando eu borrifo, o resultado são apenas pequenos sulcos e mares, quando Deus borrifa, aparecem montanhas.

E o anjo, que então caminhava ali por baixo, deixou suas asas derreterem e logo elas sumiram, e o anjo era como um humano. Mas continuava havendo torrões sobre a terra — uma gororoba de ovo, tudo colava.

Disso se fizeram os humanos — e por primeiro o senhor que se chamava barco. Eles se fizeram — simplesmente passaram a ser, e o anjo, que também se tornara humano, precisava apenas ficar olhando. Eles se fizeram conforme seu aspecto.

Então os homens construíram molhes e botaram muitos monumentos e humanos de ferro de asas bem abertas sobre eles. Mas isso foi bem mais tarde, pouco tempo antes de inventarem as lâmpadas.

Mysłowitz – Braunschweig – Marselha
História de uma embriaguez com haxixe[*]

Esta história não é minha. Não quero me deter na questão de saber se o pintor Eduard Scherlinger, que vi pela primeira e última vez naquela noite, quando a contou, era um grande contador de histórias ou não, porque, nesta época dos plágios, sempre há alguns ouvintes que nos atribuem uma história mesmo quando explicamos que ela apenas foi relatada de forma fidedigna. Mas eu a escutei numa noite em um dos poucos lugares que há em Berlim para contar e escutar histórias, na casa Lutter & Wegener. Era agradável sentar em torno da mesa no nosso pequeno grupo, mas as conversas já haviam se dispersado e só ressurgiam de modo escasso e abafado entre duas ou três pessoas, sem serem notadas pelos demais.

---

[*]. "Mysłowitz – Braunschweig – Marseille. Die Geschichte eines Haschisch-Rausches", in GS IV-2, pp. 729-737. Tradução de Georg Otte. No final dos anos 20, Benjamin realizou, com a ajuda de um amigo médico, uma série de experiências de absorção de haxixe. As associações e fantasias que surgiam sob o efeito da droga eram anotadas em "protocolos" que foram, por vezes, utilizados como material para a redação de textos teóricos ou ficcionais. Este conto está relacionado ao protocolo de 29 de setembro de 1928, que também serviu para a redação de *Haxixe em Marselha*. Publicado na revista UHU, n.° 7, caderno 2, em novembro de 1930. [N. E.]

De repente, numa situação cujas circunstâncias eu nunca mais vivenciaria, meu amigo, o filósofo Ernst Bloch, saiu com a frase de que não haveria ninguém que, em algum momento de sua vida, não tivesse chegado a um fio de cabelo da oportunidade de se transformar em milionário. Todo mundo riu. Achamos que fosse um dos seus paradoxos. Mas aí aconteceu uma coisa curiosa: quanto mais tempo dedicamos a essa afirmação, tanto mais interesse tivemos em debatê-la, para ver como um depois do outro se tornou pensativo quando se lembrou do momento de sua vida em que quase tocou nesse milhão. Dentre várias histórias notáveis que vieram à tona encontra-se, portanto, a de Scherlinger, hoje desaparecido. Na medida do possível, vou reproduzi-la com suas próprias palavras.

"Quando, após a morte do meu pai," ele começou, "herdei um patrimônio nada desprezível, precipitei a minha partida para a França. Fiquei feliz principalmente pelo fato de conhecer, ainda antes do fim dos anos 20, a cidade natal de Monticelli, a quem devo tudo na minha arte, sem falar de outras coisas que Marselha representava para mim. Deixei a minha herança no pequeno banco particular que, durante décadas, havia atendido meu pai a contento. O chefe júnior não chegou a ser meu amigo, mas eu tinha um excelente contato com ele. Assim, o mesmo garantiu que, durante a minha longa ausência, daria uma atenção especial ao meu patrimônio e que me informaria imediatamente sobre qualquer possibilidade favorável de aplicação.

— Você apenas teria que deixar um código conosco, ele concluiu.

Olhei para ele sem entender.

— Nós só podemos executar ordens telegráficas se nos protegermos contra qualquer abuso. Suponha que lhe mandemos uma mensagem telegráfica e o telegrama caia nas mãos de outra pessoa. Protegemo-nos contra as consequências combinando com você um nome secreto que sirva de assinatura de suas ordens telegráficas.

Entendi e fiquei perplexo por um momento. Não é mesmo muito fácil disfarçar-se com um nome falso como se fosse uma peça de roupa. Há milhares e milhares de opções; a ideia de o nome ser totalmente indiferente paralisa a escolha, que se torna ainda mais estática por uma sensação — escondida e que mal se tornou um pensamento: quão incalculável tal escolha, e quão plena de graves consequências. Como um jogador de xadrez, que se encontra num beco sem saída e que gostaria muito de deixar tudo como está, mas acaba sendo obrigado a mover uma peça, acabei dizendo 'Braunschweiger'. Não conhecia ninguém com esse nome — aliás, nem conhecia a cidade que deu origem a ele.

Depois de um descanso de quatro semanas em Paris, cheguei num dia muito abafado de julho na Gare Saint Louis em Marselha. Meus amigos haviam me recomendado o hotel Regina, não muito longe do porto. Gastei apenas o tempo necessário para me instalar, testar o abajur da mesa de cabeceira e as torneiras para depois dar um passeio. Como era o meu primeiro nessa cidade, esse passeio tinha que obedecer à minha velha regra de viajante, que consistia em explorar antes de mais nada a periferia em sua extensão, ao contrário da maioria dos passantes que, mal chegam, já se comprimem desajeitadamente no centro da cidade estrangeira. Logo ficou claro para mim o quanto justamente aqui essa regra era válida. Nunca a primeira hora trouxe-me mais ganhos do que essa entre os portos internos e as docas, os armazéns, os bairros da pobreza e os redutos dispersos da miséria. Sabemos que a periferia é o estado de exceção da cidade, o terreno em que se trava ininterruptamente a grande batalha decisiva entre a cidade e o campo. Em lugar algum ela é mais acirrada do que entre Marselha e a paisagem da Provença. É a luta corpo-a-corpo de postes de telefones contra agaves, arame farpado contra palmeiras espinhosas, correntes de neblina em vielas mal cheirosas contra a sombra úmida dos plátanos em campos ensolarados, escadarias de pouco fôlego contra colinas imponentes. A longa Rue de Lyon é o caminho de pólvora que Marselha cavou na paisagem para fazê-la explodir em Saint-Lazare, Saint-Antoine, Arenc, Septèmes e cobrir com estilhaços de granada de todas as línguas dos povos e das empresas: *Alimentation Moderne, Rue de Jamaïque, Comptoir de la Limite, Savon Abat-Jour, Minoterie de la Campagne, Bar du Gaz, Bar Facultatif.* E por cima de tudo a poeira densa, composta de sal marinho, calcário e minerais brilhantes. Depois caminhei em direção ao cais mais externo, usado apenas pelos grandíssimos vapores ultramarinos, sob os raios ardidos de um Sol forte que estava se pondo. Andei entre as fundações muradas da cidade velha do lado esquerdo e os morros ou as pedreiras sem vegetação do lado direito, ao *Pont Transbordeur*, esse polígono quadrado que os fenícios isolaram do mar como uma praça grande e que se ergue no final do porto velho. Se, mesmo nos subúrbios mais populosos, eu havia seguido meu caminho sozinho, aqui me sentia integrado no cortejo de marinheiros que se divertiam, de estivadores voltando para casa e donas de casa passeando. Cortejo este que, repleto de crianças, se movia ao longo dos bares e dos bazares, para depois se perder nas ruas laterais, sendo que a grande artéria principal, a avenida do comércio, da bolsa e dos estrangeiros, *La Cannebière*, só foi alcançada por alguns marujos ou *flâ-*

neurs como eu. Através de todos os bazares, de um lado do porto até o outro, se estende a serra dos 'Souvenirs'. Forças sísmicas empilharam essa elevação de vidros, calcário e esmalte, na qual frascos de tinta, barcos a vapor, âncoras, colunas de mercúrio e sereias são imbricados. Para mim, todavia, a pressão de mil atmosferas, sob a qual todo esse mundo de imagens se comprime, ergue-se e se escalona, parecia ser a mesma força que se experimenta nas mãos duras dos marinheiros quando, depois de uma longa jornada, tocam coxas e peitos de mulheres, e a volúpia que, nas caixinhas de conchas, faz surgir do mundo de pedras um coração de veludo vermelho ou azul para ser espetado de agulhas e broches, a mesma que, nos dias do pagamento, sacode as ruelas.

Mergulhado nesses pensamentos eu havia, há muito tempo, deixado para trás a *Cannebière*. Sem prestar muita atenção, tinha passado por baixo das árvores da *Allée de Meilhan*, e das grades das janelas do *Cours Puget*. Isso, até que o acaso, que continuou guiando os meus primeiros passos na cidade, levou-me à *Passage de Lorette*, a sala mortuária da cidade, no pátio estreito, onde, na companhia sonolenta de alguns homens e mulheres, o mundo inteiro parecia ter se encolhido numa única tarde de domingo. Algo do luto que, até hoje, amo na luz das pinturas de Monticelli, tomou conta de mim. Creio que, nessas horas, quando vivenciadas por um estrangeiro, alguma coisa se comunica a ele que, normalmente, só os nativos sentem. Pois a infância é o detector das fontes da melancolia e, para conhecer o luto de cidades tão gloriosas, a pessoa tem que ter sido criança nelas.

Seria um belo arranjo romântico", disse Scherlinger com um sorriso, "se agora relatasse como, num bar mal afamado qualquer, consegui o haxixe através de um árabe, que poderia ter sido fogueiro num cargueiro ou também carregador. Mas esse arranjo não tem nenhuma utilidade para mim, pois, talvez, eu me assemelhasse mais a esses árabes do que aos estrangeiros cujos caminhos conduzem a esses bares, pelo menos no sentido de que eu também levo comigo haxixe nas minhas viagens. Não penso que, depois, no meu quarto, tivesse sido o desejo subalterno de escapar à minha tristeza que fez com que, por volta das sete horas da noite, eu fumasse o haxixe. Era antes a tentativa de me subjugar por inteiro à mão mágica da cidade que havia me tomado silenciosamente pelo pescoço. Como já disse, o entorpecente não era novidade para mim, mas, seja pelas minhas depressões quase cotidianas em casa, seja pela companhia escassa ou ainda pelos locais inadequados, nunca havia me sentido acolhido na comunidade dos iniciados, cujos testemunhos todos eram-me familiares, dos *Paraísos artificiais* de Baudelaire até o *Lobo da estepe* de Hermann Hesse. Deitei na minha cama, comecei a ler e a fumar. A janela à minha frente dava, logo abaixo, para uma das ruas escuras e estreitas do bairro portuário, que são como a linha de corte de uma faca no corpo da cidade. Apreciei a certeza incondicional de permanecer escondido de centenas de milhares de pessoas dessa cidade, onde ninguém me conhecia, sem ser incomodado e totalmente entregue aos meus devaneios.

Mas o haxixe demorou a fazer efeito. Já haviam passado 45 minutos e comecei a desconfiar da qualidade da droga. Ou será que a havia guardado tempo demais comigo? De repente, alguém bateu com força na minha porta. Nada era mais inexplicável. Levei um susto mortal, mas não tive disposição nenhuma de abrir a porta; apenas perguntei o que era, sem alterar minimamente a minha posição.

— Há um senhor que quer lhe falar, disse o empregado do hotel.

— Mande-o subir, eu disse. Não tive a presença de espírito, ou então, a coragem de perguntar pelo nome.

Com o coração batendo, fiquei apoiado no encosto da cama, olhando fixo para a fresta aberta da porta, até um uniforme aparecer nela. 'O senhor' era um mensageiro do telégrafo.

'Proposta comprar 1000 Royal Dutch sexta-feira primeiro câmbio mande de acordo.'

Olhei para o relógio: eram oito horas. Um telegrama em regime de urgência teria como chegar na manhã do dia seguinte ao escritório berlinense do meu banco. Despedi o mensageiro com uma gorjeta. Fiquei alternando entre a inquietação e o desprazer. Inquietação sobre o fato de ser molestado logo naquele momento por um negócio bancário e um caminho a ser feito; e desprazer sobre a demora em sentir qualquer efeito da droga. Pareceu-me ser o mais indicado pegar logo o caminho do correio central, que, pelas minhas informações, aceitava telegramas até meia-noite. Diante da segurança com que meu conselheiro de confiança me atendia, não havia dúvida de que eu concordaria. Entretanto, fiquei preocupado com a ideia de que pudesse esquecer o código combinado caso o haxixe, inesperadamente, começasse a surtir efeito. Sendo assim, era melhor não perder tempo.

Enquanto descia a escada, lembrava da última vez em que havia fumado haxixe — já fazia alguns meses — e que não tinha como matar a fome atormentadora que havia me assaltado no quarto. Comprar uma barra de chocolate era o mais aconselhável. De longe, uma vitrine com vidros de balas, papel brilhante de alumínio e belos confeitos empilhados me chamou a atenção. Entrei na loja e fiquei parado. Não havia ninguém. Mas isso era menos surpreendente do que as poltronas bastante estranhas, cujo aspecto me deu a entender, pelo bem ou pelo mal, que, em Marselha, se toma chocolate em poltronas altas como tronos que se pareciam mais com cadeiras cirúrgicas. Nesse momento, o dono da loja, vestido com um avental branco, veio correndo do outro lado da rua e mal tive tempo, dando altas risadas, para escapar de sua oferta de fazer a minha barba ou de cortar meu cabelo. Só então ficou claro para mim que o haxixe já tinha começado a fazer efeito e, se a transformação de caixinhas de pó de arroz em vidros de balas, estojos de níquel em barras de chocolate e perucas em rocamboles não me tivessem mostrado isso, as minhas próprias risadas teriam sido alerta suficiente. Pois o entorpecimento começa com essas risadas ou então com um riso mais silencioso e interno, mas ainda mais prazeroso. E agora o reconheci também pela ternura infinita do vento que movia, no outro lado da rua, as franjas das marquises.

Logo depois se fizeram sentir as exigências de tempo e espaço do fumante de haxixe. Como se sabe, tomam dimensões absolutamente reais. Para quem consome haxixe, o palácio de Versalhes não é grande demais e a eternidade não é demasiadamente longa. E diante dessas dimensões gigantescas da vivência interior, da duração absoluta e do espaço incomensurável, um humor maravilhoso acompanha, junto com aquele sorriso feliz, tanto mais prazerosamente o caráter questionável de todo ser. Além disso, senti uma leveza e uma determinação no passo que transformou o chão de terra irregular e cheio de pedras da grande praça, que estava atravessando, numa estrada mestra pela qual eu, caminhante valente, passei durante a noite. No final dessa praça, no entanto, ergueu-se uma construção feia na forma de um galpão simétrico, com um relógio iluminado no frontão: o correio.

Só agora chamo essa construção de feia; na época, não teria achado isso. Não apenas porque nada é feio quando consumimos haxixe, mas sobretudo porque o correio desperta em mim uma sensação profunda de gratidão — esse correio escuro que estava aguardando, me aguardando, que, em todos os seus compartimentos e suas cavidades, estava disposto a acolher e passar para frente a inestimável concordância que faria de mim um homem rico. Não conseguia tirar dele meu olhar e até sentia o quanto teria perdido se tivesse me aproximado demasiadamente, deixando de ver o todo, sobretudo o relógio-lua brilhante.

Nesse momento, bem no lugar certo, mesas e cadeiras de um bar pequeno e, nesse caso, com certeza mal afamado, foram colocadas na escuridão. Embora suficientemente distante do bairro dos apaches,[1] não havia fregueses burgueses; na melhor das hipóteses havia, ao lado do proletariado portuário propriamente dito, algumas famílias proprietárias de boutiques na vizinhança. Foi nesse pequeno bar que tomei lugar. Naquela direção, era o último que, na minha opinião, ainda era acessível sem perigo, e que, sob o efeito do haxixe, havia avaliado com a mesma segurança com que se consegue, em estado de profundo cansaço, encher um copo de água até a beirada sem derramar uma única gota — algo que não se consegue em hipótese alguma com os sentidos despertos.

Mas, mal o haxixe sentiu meu descanso, ele começou a soltar sua magia com uma agudeza primitiva que não ha-

---

1. No original alemão, *Apachenviertel*, no sentido já obsoleto de bairro frequentado por indivíduos de hábitos desregrados, não raro envolvidos em atividades ilegais, afeitos à vadiagem, às ruas e à vida noturna desse tipo de bairro nas grandes cidades. [N. E.]

via sentido antes, nem iria mais sentir depois disso. Pois ele fez com que me tornasse um fisiognomonista. Logo eu, que normalmente não estou em condições de reconhecer conhecidos distantes, de guardar traços faciais na memória, fiquei obstinadamente atento aos rostos ao meu redor e que teria evitado normalmente por dois motivos: não teria desejado atrair seus olhares, nem teria suportado sua brutalidade. Entendi de repente como, para um pintor — não havia acontecido isso com Leonardo e muitos outros? — a fealdade era o verdadeiro reservatório da beleza, ou melhor, o cofre do seu tesouro, a montanha escarpada que esconde todo o ouro da beleza que fulgurava das rugas, dos olhares, dos traços. Lembro-me especialmente do rosto de um homem infinitamente animalesco e vulgar, do qual me atingiu repentinamente a "dobra da renúncia" de forma assustadora. Eram principalmente os rostos dos homens que me tocavam. Começou também o velho jogo de identificar em cada face nova algum conhecido. Muitas vezes eu lembrava do nome, outras vezes não; a ilusão passou, como passam as ilusões no sonho, isto é, não de forma envergonhada ou comprometida, mas pacífica e amável, como um ser que cumpriu sua obrigação. Meu vizinho, porém, um pequeno burguês pela sua postura, mudou constantemente a forma, a expressão e a plenitude do seu rosto. O corte de cabelo e os óculos de armação preta o deixaram ora severo, ora bondoso. Disse para mim mesmo que não é possível alguém mudar com tanta rapidez, mas não adiantou. E ele já havia passado por muitas vidas quando, de repente, transformou-se num aluno de ginásio numa cidade pequena da Europa oriental. Ele tinha um quarto de estudos bonito e cultivado. Perguntei para mim mesmo: 'de onde esse jovem tirou tanta cultura? Qual será a profissão do seu pai? Comerciante de têxteis ou de cereais?' De repente eu soube que se tratava de Mysłowitz. Levantei o olhar e, nesse momento, vi realmente, no final da praça, não, mais longe ainda, no final da cidade, o ginásio de Mysłowitz e o relógio da escola que — será que parou? Ele não tinha avançado — mostrava que era pouco depois das onze. As aulas já deviam ter começado. Mergulhei inteiramente nesse quadro, não alcançava mais o fundo. As pessoas que, pouco tempo atrás — ou será que foram duas horas atrás — haviam-me encantado totalmente, estavam como que apagadas. 'De um século para outro, as coisas se tornam mais estranhas', pensei. Hesitei muito em tomar o vinho. Era uma meia garrafa de Cassis, um vinho seco que havia pedido. Um pedaço de gelo boiava no copo. Não sei quanto tempo fiquei com as imagens que o povoavam. Mas quando olhava para a praça vi que ela tendia a mudar com cada pessoa que chegava, como se essa pessoa representasse uma figura que, bem entendido, não tinha nada a ver com aquela que a olhava, mas antes com o olhar com que os grandes retratistas do século XVII colocam, de acordo com o caráter das pessoas de nobreza, essas pessoas numa galeria de colunas ou na frente de uma janela, para destacá-las dessa galeria ou dessa janela.

De repente, um susto me despertou do mais profundo devaneio. Tudo estava claro em mim e só pensei numa coisa: o telegrama. Tinha que mandá-lo imediatamente. Para me manter completamente acordado, pedi um café puro. Aí começou uma espera de meia eternidade, até o garçom aparecer com a xícara. Ávido pelo café, peguei-o, o odor subiu pelo meu nariz. No entanto, quando estava próximo dos meus lábios, a minha mão parou — para a minha própria surpresa ou de tanta surpresa, quem saberia dizê-lo? De uma só vez entendi claramente a pressa instintiva do meu braço e me dei conta do odor envolvente do café, só agora lembrei o que transforma essa bebida, para qualquer fumante de haxixe no auge da fruição: nada mais do que o fato de aumentar o efeito da droga. Por isso quis parar, e acabei parando. A xícara não encostou na boca. Mas também não tocou a superfície da mesa. Ela ficou flutuando na minha frente, sustentada pelo meu braço que começou a ficar insensível, segurando-a como um emblema, uma pedra sagrada ou um osso, rígido e morto. Meu olhar caiu nas dobras geradas por minha calça de praia, a reconheci, dobras do albornoz. Caiu na minha mão, a reconheci, uma mão bronzeada, etíope, e enquanto os meus lábios continuavam rigorosamente colados um ao outro, recusando-se igualmente à bebida e à palavra, do seu interior surgia um sorriso, um sorriso arrogante, africano, sardanapalesco, o sorriso do homem que está prestes a entender tudo que está por trás do curso do mundo e dos destinos e para quem não há mais nenhum segredo nas coisas e nos nomes. Vi a mim mesmo sentado lá, bronzeado (*braun*) e em silêncio (*schweigend*). Braunschweiger. O Sésamo do nome, que escondia no seu interior todas as riquezas, havia se aberto. Com um sorriso de compaixão infinita tive que pensar, pela primeira vez, nos moradores da cidade de Braunschweig, que vegetam humildemente em sua cidadezinha da Alemanha central, sem saber das forças mágicas que receberam junto com seu nome. Nesse momento ocorreram-me, como um coral, solene e enfaticamente com suas badaladas da meia noite, todas as torres das igrejas de Marselha.

Escureceu e o bar foi fechado. Fiquei vagueando pelo cais, lendo um nome depois do outro dos barcos que lá estavam atracados. Nisso, uma alegria incompreensível tomou conta de mim e fiquei sorrindo para o rosto de todos os nomes de meninas da França. Marguerite, Louise, Renée, Yvonne, Lucile — pareceu-me que o amor que havia sido prometido a esses barcos mediante seus nomes era maravilhoso, bonito e comovente. Ao lado do último barco havia um banco de pedra — 'banco', disse para mim mesmo e desaprovei o fato de ele não ter seu nome escrito em letras douradas em fundo preto. Esse foi o último pensamento claro que tive naquela noite. O próximo foi-me trazido pelos jornais da manhã, quando acordei num banco do cais ao sol quente do meio-dia:

'Alta sensacional da Royal Dutch.'

Nunca", encerrou o narrador, "me senti tão ressoante, claro e festivo depois de uma embriaguez."

O contador de histórias no rádio

No minuto exato *

Depois de meses tentando, acabei recebendo da direção de programação da D... o encargo de entreter os ouvintes durante vinte minutos com um relato sobre a minha especialidade, a bibliofilia. Caso meu papo encontrasse eco, acenaram com a possibilidade de repetir regularmente os referidos relatos. O chefe de departamento se mostrou amável o suficiente para chamar minha atenção ao fato de que eram decisivos, além da estrutura de tais considerações, o modo como eu as apresentaria. "Principiantes", disse ele, "cometem o erro de acreditar que têm de fazer sua apresentação diante de um público mais ou menos grande, que apenas por acaso não é visível. Nada é mais errado do que isso. O ouvinte de rádio é quase sempre um solitário, e mesmo que o senhor excepcionalmente alcance alguns milhares, serão apenas milhares de ouvintes solitários. O senhor tem de se comportar, portanto, como se falasse com uma única pessoa — ou com várias pessoas isoladas, se preferir; mas de modo algum a muitas pessoas reunidas. Essa é a primeira coisa. E há ainda uma segunda: o senhor deve se manter rigorosamente no tempo previsto. Se não o fizer, nós precisaremos fazê-lo em seu lugar, e o faremos simplesmente desligando os microfones sem qualquer piedade. Qualquer atraso, até mesmo

---

*. "Auf die Minute", in GS IV-2, pp. 761–763. Tradução de Marcelo Backes. Texto publicado no *Frankfurter Zeitung* em 6 de dezembro de 1934 com o pseudônimo de Detlef Holz. [N. E.]

o mais mínimo, tem, como sabemos por experiência, a tendência de se multiplicar no decorrer da programação. Caso nossa intervenção não ocorra no momento exato, toda a nossa programação acaba fugindo ao controle... Portanto, peço ao senhor que não se esqueça: apresentação descontraída! E terminar no minuto exato!"

Eu dei toda a atenção a essas orientações e as segui com cuidado; para mim, muita coisa também dependia da gravação desse meu primeiro programa. Em casa eu havia lido em voz alta o manuscrito, com o qual me apresentei na estação à hora prevista, controlando com o relógio o tempo que demorava. O locutor que me anunciaria recebeu-me com distinção, e eu por certo poderia tomar como um sinal particular de sua confiança, o fato de ele ter aberto mão de supervisionar minha estreia de uma cabine incômoda. De seu anúncio até a despedida, eu era senhor de mim mesmo. Pela primeira vez me encontrava em uma sala de transmissões moderna, onde tudo está disposto para o mais absoluto conforto do locutor e o desenvolvimento tranquilo de suas capacidades. Ele pode falar em pé, de um púlpito, ou então sentar em uma das poltronas espaçosas, tem à sua escolha as mais diferentes fontes de luz, pode até caminhar de um lado a outro e levar consigo o microfone. Por fim, um relógio de mesa, cujo mostrador não marca horas, mas apenas minutos, deixa claro ao locutor quanto vale o instante naquela câmara vedada. Quando o mostrador estivesse sobre o quarenta, eu tinha de estar pronto.

Eu lera pouco mais da metade do meu manuscrito quando voltei outra vez os olhos para o relógio, no qual o ponteiro dos segundos descrevia o mesmo círculo prescrito ao ponteiro dos minutos, mas com uma velocidade sessenta vezes maior. Por acaso eu cometera um erro de direção quando treinara em casa? Ou errara no tempo agora? Uma coisa era certa, dois terços do meu tempo haviam se passado. Enquanto eu continuava lendo palavra a palavra do meu discurso com o tom compromissado de antes, procurava, febril e em silêncio, por uma saída. Só uma decisão ousada poderia ajudar, parágrafos inteiros tinham de ser sacrificados, considerações que levassem logo ao final precisavam ser improvisadas em seu lugar. Afastar-me do meu texto não era desprovido de perigo. Mas não me restava alternativa. Reuni todas as minhas forças, virei várias páginas do manuscrito enquanto estendia uma frase mais longa e, por fim, cheguei, feliz como um aviador em seu campo de voo, ao círculo de ideias reunido no parágrafo final. Suspirando de alívio, reuni logo depois meus papéis e, no êxtase da conquista, me afastei do púlpito para vestir meu sobretudo.

Eis que agora o locutor que me anunciara deveria entrar. Mas ele se fez esperar, e eu me virei para a porta. Nisso, meu olhar caiu outra vez sobre o relógio. O ponteiro dos minutos mostrava o trinta e seis!... Ainda faltavam quatro minutos inteiros até o quarenta! O que eu antes vislumbrara às pressas devia ter sido o *ponteiro dos segundos*! Agora eu também entendia o fato de o locutor não chegar. No mesmo instante, porém, o silêncio que ainda há pouco me parecera tão benfazejo me envolveu como se fosse uma rede. Naquela câmara, cujo funcionamento era determinado pela técnica e pelo homem que imperava através dela, um novo horror se estendeu sobre mim, que no entanto era aparentado daquele mais antigo que nós conhecemos. Eu emprestei a mim mesmo meu ouvido, e ao encontro dele ecoou de repente nada mais do que o próprio silêncio. Mas este eu reconheci como sendo o silêncio da morte, que me derrubava avassaladoramente naquele exato instante em milhares de ouvidos e milhares de lares ao mesmo tempo.

Um medo indescritível tomou conta de mim, e logo em seguida uma determinação selvagem. Salvar o que ainda poderia ser salvo, disse comigo mesmo, e arranquei o manuscrito do bolso do sobretudo, selecionei a primeira e a melhor que encontrei entre as páginas que havia pulado e recomecei a leitura com uma voz que para mim parecia ser sobrepujada pelas batidas do coração. Era impossível exigir ideias de mim. E, uma vez que o trecho do texto que eu havia encontrado era breve, estendi as sílabas, fiz as vogais vibrarem suas asas, rolei os erres e incluí entre as frases pausas repletas de reflexão. E assim cheguei ao final mais uma vez — dessa vez o final correto. O locutor chegou e me dispensou, diligente, como antes havia me recebido. Minha inquietude continuava, no entanto. Quando por fim, no dia seguinte, encontrei um amigo, o qual eu sabia que me ouvira, perguntei de passagem sobre a sua impressão. "Foi muito bom", disse ele. "O problema é que os receptores sempre nos deixam um pouco na mão. O meu mais uma vez simplesmente ficou fora do ar durante um minuto."

Caspar Hauser[*]

Hoje, para variar, vou contar para vocês simplesmente uma história. Três coisas vou adiantar logo: primeiro, cada palavra dela é verdadeira; segundo, ela é intrigante tanto para adultos quanto para crianças, e as crianças a entendem tão bem quanto os adultos; terceiro, mesmo se o personagem principal morre ao final dessa história, ela não tem um verdadeiro fim. Em compensação, tem a vantagem de não ter acabado, e de que, talvez, nós todos saberemos seu fim um dia.

Se eu começar a contá-la agora, vocês não devem pensar: "mas isso está começando como qualquer outra história ilustrada para jovens." Quem começa a contar de forma tão detalhada e tão sossegada, no entanto, não sou eu, mas o conselheiro secreto do tribunal de segunda instância, Anselm von Feuerbach, que, com certeza, não a escreveu para a juventude mais madura, mas endereçou seu livro sobre Caspar Hauser, que foi lido em toda Europa, aos adultos. E, espero, da mesma maneira que vocês vão escutá-la durante 20 minutos, a Europa inteira a acompanhou sem fôlego durante cinco anos, de 1828 a 1833. Ela começa assim:

---

[*]. "Caspar Hauser", in GS VII-1, pp. 174–180. Tradução de Georg Otte. Escrita para um público infanto-juvenil, esta narrativa radiofônica foi difundida em 22 de novembro e 17 de dezembro de 1930, tendo o próprio Benjamin como locutor. [N. E.]

"Em Nuremberg, o segundo dia de Pentecostes é um dos dias de diversão por excelência, pois a maior parte dos seus habitantes se dispersa no campo e nas cidades vizinhas. Nesses dias, a cidade, que por si só já é muito extensa em relação à sua população escassa, torna-se tão silenciosa e vazia, especialmente com o tempo bom da primavera, que se parece muito mais com aquela cidade encantada do Saara do que com uma cidade movimentada de negócios e de comércio. Nessa situação, principalmente em algumas partes mais distantes do seu centro, as coisas secretas podem facilmente ocorrer em público, sem deixarem, por isso, de ser secretas. — Assim, no segundo dia de Pentecostes, em 26 de maio de 1828, na parte da tarde entre as 4 e as 5 horas, aconteceu o seguinte: Um cidadão, domiciliado na praça chamada *Unschlittplatz*, ainda estava na frente de sua casa para, de lá, ir até o chamado Portão Novo (*Neues Tor*), quando, não muito longe de si, se deparou com um jovem vestido como um camponês e que ficava parado numa postura altamente peculiar, esforçando-se, à maneira de uma pessoa embriagada, a se movimentar para frente, sem conseguir manter-se adequadamente ereto e governar seus pés. O mencionado cidadão aproximou-se do forasteiro, que lhe estendeu uma carta endereçada 'Ao Senhor Capitão de cavalaria do 4.º Esquadrão do 6.º Regimento *Chevaux-Léger* de Nuremberg'." Acho que, nesta altura, devo interromper a história, não apenas para explicar que um regimento *Chevaux-Léger* é um regimento de cavalaria, mas também para dizer a vocês que essa palavra francesa estava escrita de forma completamente errada, apenas imitando seu som. Isso é importante, pois é assim que vocês devem imaginar a ortografia da carta inteira que Caspar Hauser levava consigo e que vou ler para vocês depois. Assim que tiverem escutado essa carta, vão entender facilmente por que o capitão não ficou com o menino por muito tempo, mas tentou se livrar dele da maneira mais rápida, ou seja, chamando a polícia. Como vocês sabem, a primeira coisa que se faz quando alguém se dirige à polícia é um registro. E naquela época em que o capitão, que não sabia o que fazer com o Caspar Hauser, o entregou à polícia, formaram-se os primeiros registros do gigantesco processo "Caspar Hauser", que hoje está guardado em 49 volumes no Arquivo do Estado de Munique. Uma coisa desse processo está bem clara: Caspar Hauser chegou em Nuremberg como uma pessoa totalmente embrutecida e tosca, cujo vocabulário não abrangia mais do que 50 palavras e que não entendia nada que lhe era dito e que só tinha duas respostas a todas as perguntas dirigidas a ele: "tinham cabalero" e "num sei". Mas como ele chegou a ter o nome de Caspar Hauser? É uma história bastante estranha. Quando o capitão o levou para o posto de polícia, a maioria dos guardas não chegou a um consenso sobre se a questão era tratá-lo como uma pessoa demente ou um semisselvagem. Um ou outro, entretanto, ponderou a possibilidade de que esse rapaz poderia ser um refinado impostor. E essa posição ganhou, num primeiro momento, uma certa probabilidade devido ao seguinte fato: tiveram a ideia de fazer um teste para ver se ele sabia escrever, deram-lhe uma pena com tinta, colocaram uma folha de papel para ele e o mandaram escrever algo. Ele parecia ficar feliz com isso, pegou a pena habilmente entre seus dedos e, para a surpresa de todos, escreveu com traços firmes e legíveis o nome *Caspar Hauser*. Depois disso, o mandaram acrescentar o nome do seu lugar de origem. Mas ele não fez outra coisa a não ser balbuciar novamente seu "tinham cabalero" e "num sei".

O que esses bons policiais não conseguiram saber na época, ninguém conseguiu saber até o presente momento; ninguém ficou sabendo de onde Caspar Hauser surgiu. Mas a conversa daquele posto de polícia, segundo a qual esse rapaz poderia ser um impostor muito esperto, também se manteve como boato ou como convicção até o dia de hoje. Vocês ainda vão ouvir algumas curiosidades que motivaram essa afirmação. Pelo menos eu, como contador da história, não quero esconder que a considero como equivocada. Não se deve procurar no rapaz, mas em um outro lugar, a impostura que deu início a esta história. Para tal, agora preciso ler para vocês a carta que estava com Caspar Hauser quando chegou em Nuremberg.

"Magnífico Senhor Capitão! Estou lhe enviando um menino que gostaria de ser um fiel servidor do seu Rei, ele pediu. Esse menino foi deixado comigo — quer dizer: me foi empurrado clandestinamente — no dia 7 de outubro de 1812. Eu mesmo sou um pobre trabalhador diarista, tenho dez filhos, mal tenho como me sustentar, e não consegui saber nada sobre a mãe dele. Mas também não falei no tribunal que o menino foi deixado comigo, pois eu pensei que deveria tratá-lo como um filho; dei-lhe uma educação cristã e desde o ano de 1812 não deixei que saísse de casa para que ninguém soubesse onde ele cresceu, e ele mesmo não sabe o nome da minha casa, e o lugar ele também não conhece; o senhor pode lhe perguntar, ele não vai poder dizer. Caro Senhor Capitão, o senhor não deve insistir, pois ele não sabe o lugar onde moro, eu o levei de noite, ele não sabe mais voltar para casa. E ele está sem um tostão porque eu mesmo não tenho nada. Se o senhor não ficar com ele, deve matá-lo ou pendurá-lo na chaminé e defumar."

Ora, junto com essa carta havia um pequeno bilhete que não estava escrito em letra gótica, como essa carta, mas em letra latina, e ainda em outro papel, aparentemente com uma caligrafia totalmente diferente. Supostamente era a carta que acompanhava a criança deixada pela mãe 16 anos atrás. Ali estava escrito que ela era uma moça pobre e que não teria como alimentar a criança. O pai pertenceria ao Regimento *Chevaux-Léger* de Nuremberg e que era para mandar o menino também para esse Regimento assim que fizesse 17 anos. — No entanto, e aqui se evidencia pela primeira vez a impostura que fazia parte desse jogo esdrúxulo: o exame químico mostrou que as duas cartas, aquela de 1828, supostamente do diarista, e a outra, de 1812, supostamente da mãe, foram escritas com a mesma tinta. Como vocês podem imaginar, logo não se acreditou mais numa, nem na outra carta, nem na existência do pretenso diarista, nem muito menos da pretensa moça pobre.

Nesse meio tempo, colocaram Caspar Hauser primeiro na cadeia municipal de Nuremberg, considerando-o menos como um prisioneiro do que como uma curiosidade que representava um dos pontos de atração para os forasteiros. Do grande número de pessoas ilustres que esse caso extraordinário havia levado a Nuremberg, havia também o Conselheiro Anselm von Feuerbach, que chegou a conhecer Caspar Hauser na ocasião e sobre o qual escreveu o livro cujo começo li para vocês. Foi ele quem deu a essa história uma virada decisiva, pois foi o primeiro que não enxergou Caspar Hauser superficialmente, mas o estudou com o mais profundo interesse. Ele percebeu que a inépcia, o idiotismo e a ignorância do menino encontravam-se no mais gritante contraste com seus dons extraordinários e seu caráter nobre. Essa natureza e a excelência de suas dádivas, mas também certas marcas externas como, por exemplo, as cicatrizes de vacina — sendo que, naquele tempo, apenas as famílias mais ilustres mandavam vacinar seus filhos —, tudo isso fez com que Feuerbach fosse o primeiro a ponderar a possibilidade de que esse forasteiro misterioso pudesse ser o filho de uma família da alta aristocracia, e que ele fora escondido criminosamente por parentes para privá-lo de sua herança. Em suas especulações, Feuerbach pensava especificamente na família do Grão-duque de Baden. Suspeitas como essa eram veiculadas inclusive de maneira disfarçada pelos jornais da época e aumentavam ainda mais o interesse pela pessoa de Caspar Hauser. Pode-se imaginar como isso deve ter inquietado todos aqueles que supunham que ele tivesse desaparecido silenciosamente em algum asilo de pobres ou hospício de Nuremberg. Mas as coisas tomaram outro rumo. Feuerbach, em sua qualidade de alto funcionário do Estado, tinha uma certa influência e cuidava que o menino ficasse em um ambiente que satisfizesse sua avidez de aprender, que havia despertado com grande vivacidade. Em seguida, ele foi acolhido como um filho na casa do professor Daumer de Nuremberg, um homem bom e nobre, mas ao mesmo tempo bastante excêntrico. Ele nos deixou não apenas um livro volumoso sobre Caspar Hauser, mas toda uma biblioteca de obras extravagantes sobre sabedoria oriental, segredos naturais, curas milagrosas e ainda sobre magnetismo. O professor fazia algumas experiências com Caspar Hauser nesse sentido, certamente com muito cuidado e sensibilidade humana. Segundo as descrições que nos deu disso, Caspar deve ter mostrado uma sensibilidade muito delicada, clareza de pensamento, sobriedade e pureza. Seja como for, fazia muito progresso e logo esteve em condições de tentar descrever sua vida por conta própria. Nessa ocasião, veio à tona tudo que sabemos até hoje do tempo anterior à sua aparição em Nuremberg. Parece que passou muitos anos num cárcere subterrâneo, onde nunca chegou a ver um raio de luz, nem um ser vivo. Dois cavalinhos de madeira e um cachorro, também de madeira, teriam sido seus únicos companheiros; água e pão sua única alimentação. Pouco antes de ter sido tirado de sua prisão, um desconhecido teria feito contato para visitá-lo e, sempre ficando nas suas costas para não ser visto, conduzir sua mão e ensinar-lhe, assim, a escrever. É claro que esses relatos, feitos num alemão tão truncado quanto as anotações, despertaram muitas dúvidas. Mas causa estranheza que há ao mesmo tempo testemunhos de que Caspar Hauser, nos seus primeiros meses em Nuremberg, não tolerava outra coisa a não ser pão e água, nem sequer leite, e que era capaz de enxergar no escuro. Os jornais não perderam a oportunidade de noticiar que Caspar Hauser teria começado a trabalhar em sua biografia. Já naquela época, isso quase significou seu fim, pois, pouco depois de a notícia se espalhar, encontraram-no, sem consciência e sangrando na testa, no porão da casa do professor Daumer. Um desconhecido, contou, teria aplicado um golpe de machado, enquanto estava no abrigo debaixo da escada. Nunca descobriram esse desconhecido. Mas dizem que, mais ou menos quatro dias depois disso, um senhor elegante teria abordado uma mulher fora da cidade para perguntar se o ferido estava vivo ou morto, para depois acompanhar essa mulher até o portão, onde estava afixado um aviso da polícia sobre o ferido. Depois de ter lido esse aviso, ele teria se afastado de uma maneira altamente suspeita, sem retornar para a cidade.

Ora, se tivéssemos tanto tempo não apenas quanto eu queria, mas vocês também, espero, queriam ter, poderia apresentar-lhes outra pessoa notável que apareceu nesse momento na vida de Hauser, um senhor distinto que o adotou. Não temos como entrar em detalhes sobre a importância desse senhor, mas apenas quero salientar que, a partir daquele momento, tratava-se de cuidar melhor da segurança de Hauser, levando-o de Nuremberg a Ansbach, onde Anselm von Feuerbach passou a ocupar o cargo de presidente do tribunal. Isso foi em 1831. Caspar Hauser teria mais dois anos a viver, até ser assassinado em 1833. Como isso se deu, vou contar para vocês agora, para encerrar.

No decorrer do tempo, ele tinha passado por uma grande mudança. Por mais que suas capacidades intelectuais tivessem progredido, por mais que seus dons tivessem se enobrecido, sua evolução mental parou depois de algum tempo e seu caráter perdeu a pureza. Dizem que no final de sua vida — sabemos que não passou dos 31 anos —, ele foi um homem um tanto mau e medíocre, que ganhava discretamente sua vida como escrivão e com trabalhos em papelão, nos quais mostrava muita habilidade. No mais, porém, ele não se destacava por uma maior dedicação, nem era especialmente honesto.

Então, numa manhã de dezembro do ano 1833, aconteceu que um homem o abordou na rua com as palavras: "Uma recomendação do senhor jardineiro da Corte e um convite para visitar, hoje à tarde, o poço artesiano no parque etc." — Por volta das quatro horas, Caspar Hauser compareceu ao Jardim da Corte. Não havia ninguém perto do poço artesiano. Ele deu mais cem passos na mesma direção, quando um homem saiu da mata, estendeu um saquinho roxo na direção dele e disse: "Dou-lhe esse saquinho de presente!" Mal Caspar Hauser tinha tocado o saquinho, sentiu uma facada. O homem desapareceu, Caspar deixou o saquinho cair e ainda conseguiu arrastar-se até sua casa. Mas a ferida era mortal. Depois de três dias, morreu. Ainda haviam feito um interrogatório com ele, mas a questão se esse desconhecido era o mesmo que tentou matá-lo quatro anos antes em Nuremberg ficou no escuro, assim como o resto. Por isso, nesse momento também havia pessoas que afirmavam que Caspar Hauser tinha esfaqueado a si mesmo. Mas encontraram o saquinho. E este era bastante enigmático, pois não continha outra coisa a não ser um bilhete dobrado em que estava escrito, em letra espelhada: "O Hauser poderá contar a vocês como sou e de onde venho. Para poupá-lo, vou dizer eu mesmo de onde venho. Sou da fronteira com a Baviera. Vou até dizer a vocês meu nome." Mas aí seguem-se apenas três letras maiúsculas: MLO.

Já disse a vocês que há 49 volumes de processo no Arquivo do Estado em Munique. Dizem que o Rei Luís I, que se interessava muito pelo assunto, havia folheado todos. Depois disso, muitos eruditos ainda os consultaram. A polêmica em torno da questão de se Caspar Hauser era ou não um príncipe de Baden até hoje não foi esclarecida. Cada ano sai um ou outro livro no qual se afirma que o enigma finalmente está resolvido. Podemos fazer uma aposta de 100 contra 1. Quando vocês estiverem adultos, ainda haverá pessoas que não conseguirão se livrar dessa história. Quando esbarrarem em um livro dessa natureza, vocês talvez o lerão para ver se ele tem a solução que a rádio ficou devendo a vocês.

O Coração Gelado
Peça de rádio baseada em Wilhelm Hauff[*]

WALTER BENJAMIN &
ERNST SCHOEN

PERSONAGENS

O LOCUTOR
PETER MUNK DO CARVÃO
ANÃO DE VIDRO
MIGUEL O HOLANDÊS
EZEQUIEL
SCHLURKER
O REI DO TABLADO
LISBETE
MENDIGO

---

[*]. "Das Kalte Herz. Hörspiel nach Wilhelm Hauff", in GS VII-1, pp. 316–346. Tradução de Georg Otte, com a colaboração de Francisco De Ambrosis Pinheiro Machado. Peça radiofônica para crianças escrita por Benjamin e Ernst Schoen, seu antigo colega de escola, que compôs também a música para a emissão. Produzido em 1932, o programa foi ao ar em 16 de maio. O texto é uma adaptação de um conto de fadas de Wilhelm Hauff. Benjamin, que era colecionador de livros infantis, possuía uma edição das obras completas do autor desde 1918, como testemunha uma carta na qual ele conta a Ernst Schoen ter recebido o volume como presente de aniversário. [N. E.]

MOENDEIRO
MOENDEIRA
FILHO DO MOENDEIRO
UMA VOZ
POSTILHÃO

Prelúdio

LOCUTOR — Prezados ouvintes. Começa mais uma vez o nosso Programa da Juventude e estou pensando em ler outro conto de fadas para vocês. Qual conto será que vocês vão querer? Vamos dar uma olhada no nosso grande dicionário no qual estão os nomes de todos os autores de contos de fadas, como no catálogo de telefone, onde posso escolher um nome. Então: A, de Abracadabra, não serve, vamos folhear mais; B, de Bechstein, já é mais interessante, mas esse já tivemos recentemente.

Batidas na porta.

C de Celsius, o contrário de Réaumur, D, E, F, G.

Som mais forte das batidas.

H de Hauff, Wilhelm Hauff, este sim seria o certo para nós.

Agora estão espancando a porta.

Que barulho infernal é esse? Aqui na Rádio? Assim não dá para fazer o nosso Programa da Juventude, ora bolas! Entre! Entre logo! *Sussurrando:* Vocês estão perturbando o meu Programa da Juventude — mas, o que é isso? Que figuras estranhas vocês são! O que querem?

PETER MUNK DO CARVÃO — Somos as personagens do conto de fadas "O coração gelado", de Wilhelm Hauff.

LOCUTOR — Do "Coração gelado" de Wilhelm Hauff? Então é como se vocês tivessem sido chamados! Mas como conseguiram entrar? Não sabem que aqui é uma rádio? E que ninguém pode entrar aqui sem autorização?

PETER MUNK DO CARVÃO — O senhor é o locutor?

LOCUTOR — Claro que sou o locutor!

PETER MUNK DO CARVÃO — Então estamos no lugar certo. Entrem todos e fechem a porta. E agora, quem sabe, poderemos primeiramente nos apresentar.

LOCUTOR — Sim, mas...

Cada apresentação é acompanhada de uma melodia tocada por uma caixinha de música.

PETER MUNK DO CARVÃO — Sou o Peter Munk, nascido na Floresta Negra. Me chamam de Peter Munk do Carvão, porque herdei do meu pai, junto com o colete de honra com botões de prata e as meias vermelhas para os dias de festa, a profissão de carvoeiro.

ANÃO DE VIDRO — Eu sou o Anão de Vidro, tenho apenas 3 pés e meio de altura, mas muito poder sobre o destino dos homens. Se for uma criança de domingo,[1] Sr. Locutor, faça um passeio pela Floresta Negra e, quando vir um anão na sua frente, com um chapéu pontudo e largo, com colete e calças turcas e meias vermelhas, faça logo um desejo, pois isso significa que me achou.

---

1. No original *Sonntagskind*, pessoa nascida em um domingo que, segundo crença popular alemã, é favorecida pelo destino. [N. E.]

MIGUEL O HOLANDÊS — E eu sou o Miguel Holandês. Meu colete é de linho escuro, as calças de couro preto estão presas por largos suspensórios verdes. No bolso carrego um metro de latão e uso botas de madeireiro que leva as toras rio abaixo,[2] mas tudo isso de tamanho gigantesco, de maneira que, só para fabricar as botas, seria necessária uma dúzia de bezerros.

EZEQUIEL — Sou Ezequiel o Gordo. Chamam-me assim porque a minha cintura é imensa. Também tenho as riquezas que combinam com a minha barriga. Não é à toa que me consideram o mais rico do grupo. Todo ano vou duas vezes a Amsterdã para vender madeira de construção, e, enquanto os outros têm que voltar a pé, eu subo o Reno com muita pompa.

SCHLURKER — Sou Schlurker o Altão, o homem mais alto e mais magro da Floresta Negra inteira, mas também o mais atrevido, porque, mesmo com todo mundo sentado apertado no bar, preciso de mais espaço do que quatro gordos.

REI DO TABLADO, *afetado* — Permita-me que me apresente, Sr. Locutor, sou o Rei do Tablado.

MIGUEL O HOLANDÊS, *interrompendo* — Já chega, Rei do Tablado, não precisa de tanta cerimônia. Sei muito bem de onde vem seu dinheiro e que antes você era um pobre servo lenhador.

---

2. Na época, transportava-se a madeira simplesmente juntando os troncos em jangadas, que flutuavam rio abaixo. Miguel o Holandês trabalha nessa atividade, sendo que o apelido de "Holandês" vem do fato de a madeira da Floresta Negra ser transportada no rio Reno até a Holanda, onde os troncos serviam como escoras para as construções em solo pantanoso. [N. T.]

LISBETE — Sou a Sr.ª Lisbete, filha de um pobre sitiante lenhador, mas a mais bela e mais cheia de virtudes da Floresta Negra inteira e sou casada com o Peter Munk do Carvão.

MENDIGO — E eu sou o último de todos, pois sou apenas um pobre mendigo e por isso faço um papel que, embora importante, é pequeno.

LOCUTOR — Agora já chega de ouvir quem são vocês; a minha cabeça já está muito confusa. Mas o que vocês querem aqui na Rádio? Por que me atrapalham no meu trabalho?

PETER MUNK DO CARVÃO — Para dizer a verdade, Sr. Locutor, a gente queria muito visitar a Terra da Voz.

LOCUTOR — A Terra da Voz, Peter Munk do Carvão? Como vou entender isso agora? Dá para ser mais claro?

PETER MUNK DO CARVÃO — Veja, Sr. Locutor, já faz cem anos que estamos no livro de contos de fadas de Hauff. Assim, só podemos falar apenas para uma criança de cada vez. Mas dizem que agora está na moda as personagens dos contos de fadas saírem dos livros para ir à Terra da Voz, onde podem se apresentar a milhares de crianças de uma única vez. Queremos fazer isso também, e nos falaram que o Sr. Locutor seria a pessoa certa para nos ajudar.

LOCUTOR, *lisonjeado* — Isso certamente é verdade, se estiver falando da Terra da Voz do rádio.

MIGUEL O HOLANDÊS, *grosseiro* — Claro que estamos falando disso! Deixe-nos entrar em cena então, Sr. Locutor, sem cerimônia.

ezequiel, *grosseiro* — Não fale besteira, Miguel. Na Terra da Voz não dá para ver nada!

peter munk do carvão — Com certeza dá para ver alguma coisa na Terra da Voz, mas não dá para ser visto. E percebi que é isso que lhe incomoda. Claro, você não é feliz quando não pode ser visto com suas correntes, suas joias e seus lenços. Mas pense bem no que recebe em troca: todas as pessoas que você pode ver do pico mais alto da Floresta Negra, e ainda mais que isso, vão poder lhe ouvir sem você ter que levantar a voz nem um pouco.

rei do tablado — Pensando bem, Peter Munk do Carvão, não concordo muito com você. Na Floresta Negra tudo bem, lá conheço tudo — mas na Terra da Voz, temo que vou errar o caminho e tropeçar o tempo todo por causa das raízes.

ezequiel — Raízes! Não há raízes na Terra da Voz!

peter munk do carvão — Não dê crédito a ele, Rei do Tablado. Tenho certeza de que há raízes. Na Terra da Voz há também uma floresta negra e também aldeias, cidades, rios, nuvens, exatamente como na Terra. Mas na Terra da Voz não se pode vê-los, apenas ouvir. E, assim, não se vê nada, apenas ouve-se o que se passa na Terra da Voz. Mas mal vocês entrem nela, vão saber se virar tão bem quanto aqui.

locutor — E se alguma coisa faltar, eu, o Locutor, estou às ordens. Nós da Rádio conhecemos a Terra da Voz como a palma da própria mão.

miguel o holandês, *grosseiro* — Deixe a gente entrar, então, Sr. Locutor.

LOCUTOR — Devagar, seu grosseiro Miguel Holandês, não é tão simples assim. É verdade que na Terra da Voz vocês vão poder falar, e ainda para milhares de crianças, mas eu sou o guarda-fronteiras desse país e precisarei dar a condição que vocês têm que cumprir antes disso.

LISBETE — Uma condição?

LOCUTOR — Sim, Sr.ª Lisbete, uma condição que lhes causará muito esforço para ser cumprida.

ANÃO DE VIDRO — Pois bem, diga-nos sua condição, pois estou acostumado a condições; eu mesmo costumo impô-las.

LOCUTOR — Então escute bem, Anão de Vidro, e vocês outros também: quem quiser entrar na Terra da Voz tem que ser muito modesto, se livrar de qualquer adorno e de qualquer beleza exterior para que lhe reste apenas a voz. Mas esta, em compensação, será ouvida por milhares de crianças ao mesmo tempo, do jeito que vocês querem.

Pausa.

Então, essa é a condição da qual, infelizmente, não posso abrir mão. Vocês têm ainda um tempinho para pensar.

PETER MUNK DO CARVÃO, *sussurrando* — O que vocês acham? Lisbete, você está disposta a deixar aqui sua bela indumentária de domingo?

LISBETE, *sussurrando* — Mas é claro, Peter, não faço questão nenhuma dela! Se podemos falar para milhares de crianças!

EZEQUIEL, *sussurrando* — Olhe lá! Também não é tão simples assim! *Tilintando as moedas*: E o que faço com esses ducados de ouro?

ANÃO DE VIDRO, *sussurrando* — Fique feliz de poder livrar-se deles dessa maneira, seu malandro! *Em voz alta:* Então, Sr. Locutor, estamos de acordo com sua condição.

LOCUTOR — Muito bem, Anão de Vidro, vamos então.

PETER MUNK DO CARVÃO — Só mais um pedido.

LOCUTOR — Qual pedido, Peter?

PETER MUNK DO CARVÃO — Sabe, Sr. Locutor, nós nunca estivemos na Terra da Voz!

LOCUTOR — Claro, claro, e o que mais?

PETER MUNK DO CARVÃO — Como é que vamos encontrar o caminho?

LOCUTOR — Você tem razão, Peter.

PETER MUNK DO CARVÃO — Já que o senhor é o guarda-fronteiras da Terra da Voz, acho que poderia nos acompanhar como guia.

REI DO TABLADO — Também acho, presos juntos, enforcados juntos.[3]

LISBETE — Ninguém aqui está falando de enforcar, seu bobo! Mas, se o Sr. Locutor fizer a gentileza...

LOCUTOR, *lisonjeado* — Combinado então, vou guiar vocês. Mas não se incomodem com o barulho que os meus papéis farão.

Barulho de papel, pois sem o meu mapa também não sei andar na Terra da Voz.

Pausa.

---

3. Expressão alemã (*Mitgefangen, mitgehangen*) para dizer que, quem se envolveu em alguma ação com outras pessoas, tem que arcar igualmente com as consequências. [N. T.]

Então, se não tiverem nada contra, peço que me acompanhem até o guarda-roupa! Sr.ª Lisbete, o chapéu a senhora tem que deixar aqui, também o espartilho dourado e os sapatos de fivela, aqui tem a vestimenta de voz em troca. Sr. Peter Munk, tire o colete de honra e as meias vermelhas.

PETER MUNK DO CARVÃO — Aqui estão.

LOCUTOR — Você também, Anão de Vidro, vai ter que tirar o chapéu, o colete e as calças turcas.

ANÃO DE VIDRO — Já está feito.

LOCUTOR — E você, Miguel o Holandês? Não, não, o metro e as botas de couro também têm que ficar.

MIGUEL O HOLANDÊS — Que seja, em nome do diabo!

LOCUTOR — O Rei do Tablado também já está pronto, e você, pobre mendigo, não deve ter muita coisa para deixar! Mas o que estou vendo aqui? Ezequiel o Gordo pendurou seu saquinho de ducados no pescoço! Não, bom amigo, assim não dá! Para onde estamos indo agora, seus ducados também não servem de nada. Apenas precisamos de uma voz bonita e clara, uma que não tenha sofrido a fumaça da taberna como a sua.

EZEQUIEL, *amaldiçoando* — Não, não vou com vocês! Meu dinheiro vale mais do que toda essa Terra da Voz de vocês!

MIGUEL O HOLANDÊS — Caramba! Acho que também mando um pouco aqui. Dê-me o dinheiro, sua pulga humana miserável, ou vou lhe esmagar!

LOCUTOR — Mantenham a calma, meus amigos! Sr. Miguel o Holandês, controle sua ira, e Sr. Ezequiel, posso lhe garantir que, depois de sua visita à Terra da Voz, receberá seu dinheiro de volta, centavo por centavo.

EZEQUIEL — Tudo bem, Sr. Locutor, se puder me dar uma garantia por escrito!

LOCUTOR — Todo mundo para a Terra da Voz!

Gongo.

Música: Peter

LOCUTOR — Olá, Peter Munk do Carvão, olá!

Várias vozes gritando — Olá!

PETER MUNK DO CARVÃO — Locutor, você enxerga alguma coisa? Quem é que está gritando "Olá"? Onde é que estamos?

LOCUTOR — Não, Peter Munk do Carvão, na Terra da Voz não há nada a ver, apenas a ouvir.

Música: Moinho.

FILHO DO MOENDEIRO — Você está vendo alguma coisa, pai?

MOENDEIRO — Tem tanta névoa que a gente não vê um palmo na frente do nariz. Estou quase tropeçando no meu próprio moinho. — O que diz, mulher?

MOENDEIRA — Mas agora ouço vozes se aproximando.

Música.

PETER MUNK DO CARVÃO — Locutor? Há um ruído aqui como se tivesse um rio. A minha vida inteira nunca vi nem um riachinho por aqui.

LOCUTOR — Por aqui, Peter? Você fala como se soubesse? Mas espero que não se assuste se lhe digo que a gente se perdeu.

PETER MUNK DO CARVÃO — A gente se perdeu? Não acredito. Não havia vozes?

LOCUTOR — Vozes de outras pessoas.

Ouve-se novamente o: "Olá, olá!"

MOENDEIRA — Jesus, de onde vocês surgiram tão tarde da noite?

LOCUTOR — Olá, minha senhora, então já é tarde?

MOENDEIRO — Quase dez horas da noite.

PETER MUNK DO CARVÃO — Sim, boa noite, minha boa gente, é que nós nos perdemos.

MOENDEIRO — Então vocês já caminharam muito.

PETER MUNK DO CARVÃO — Nem tanto assim. Mas agora sinto a caminhada nas minhas pernas.

LOCUTOR — Eu então, Peter. Mas não adianta, vou ter que voltar e procurar meus amigos na Terra da Voz.

Ouvem-se pessoas dizendo — Boa noite, Locutor! Cuide-se. Boa noite! Até logo!

MOENDEIRA — Entre e fique à vontade, Sr. Peter, pois parece que é esse seu nome. O senhor tem que prestar atenção para não pegar muita poeira. Nos moinhos sempre há poeira. Vamos, Hanni, ofereça ao senhor as panquecas que sobraram do jantar, e um licor de cereja ele também não vai recusar.

Pausa. Ouve-se barulho de pratos.

FILHO DO MOENDEIRO, *sussurrando* — Esse Sr. Peter tem uma aparência estranha, mãe.

MOENDEIRA — Sei lá. O que você quer dizer com isso?

FILHO DO MOENDEIRO, *sussurrando* — Estranho, mãe, parece que aconteceu alguma coisa com ele.

MOENDEIRA — Deixe de ser bobo, menino! Vá para a cama, depressa. E o senhor certamente também não vai demorar para se deitar. O senhor deve saber que, nos moinhos, o barulho começa cedo. Não é um abrigo para dorminhocos.

PETER MUNK DO CARVÃO — Certo, Sr.ª Moendeira. Mas permita-me agradecer-lhe muito pelas panquecas.

MOENDEIRA — Ah, não é nada. Mas agora venha comigo. Vou lhe mostrar a cama.

PETER MUNK DO CARVÃO — Não se preocupe, posso dormir aqui. Com tantas almofadas! Quase até o teto!

MOENDEIRA — É isso aí, não temos janelas duplas aqui na Floresta Negra. Por isso temos que ter cobertores grossos quando começa a gear no inverno.

Ouvem-se novamente algumas vozes — Bom descanso! Boa noite! Não se esqueçam de apagar as velas!

PETER MUNK DO CARVÃO, *bocejando* — Que coisa, não sabia que uma pessoa podia ficar com tanto sono. Mesmo se o diabo entrasse agora, acho que eu ficaria deitado e só viraria para o outro lado.

Pequena pausa. Batidas na porta.

PETER MUNK DO CARVÃO — Estão batendo na porta? Não é possível, todos já estão dormindo.

Mais batidas na porta.

PETER MUNK DO CARVÃO — Deve ter alguém na porta. Entre!

FILHO DO MOENDEIRO — Meu caro Sr. Peter, por favor, não me entregue. Deixe-me ficar mais um pouco com o senhor. Estou com tanto medo.

PETER MUNK DO CARVÃO — Que é isso, o que você tem? Por que está com tanto medo?

FILHO DO MOENDEIRO — Sr. Peter, o senhor também ficaria com medo se tivesse visto o que vi hoje. — Talvez o senhor tenha visto, quando entrou, o livro coberto com um veludo vermelho, que estava na mesa.

PETER MUNK DO CARVÃO — Ah, o álbum, certo. Deve ter retratos nele, não é?

FILHO DO MOENDEIRO — Há retratos nele sim, Sr. Peter, mas numa das folhas há três que não saem mais da minha cabeça de maneira alguma; eles me perseguem o tempo todo com seus olhares. O gordo do Ezequiel e o altão do Schlurker e o Rei do Tablado, pois esses são os nomes que estavam escritos debaixo dos retratos.

PETER MUNK DO CARVÃO — O que você diz? Ezequiel o Gordo, Schlurker o Altão... mas esses nomes eu também já ouvi, e o Rei do Tablado era o pobre diabo que começou como servo do dono da madeira e depois ficou riquíssimo de repente. Alguns dizem que teria encontrado um pote cheio de dinheiro debaixo de um pinheiro. Outros afirmam que, não muito longe da cidade de Bingen, ele teria pescado, com a haste que os madeireiros-jangadeiros usam para espetar peixes no Reno, um pacote com peças de ouro, que faria parte do grande tesouro dos Nibelungos que lá está enterrado. Resumindo: ele ficou rico de repente e os jovens e os velhos passaram a respeitá-lo como um príncipe.

FILHO DO MOENDEIRO — Mas o senhor deveria ter visto os olhos, aqueles olhos!

PETER MUNK DO CARVÃO — Sim, isso existe, sabe? Pessoas que viram uma coisa especialmente terrível, às vezes mantêm um olhar estranho durante toda a sua vida.

FILHO DO MOENDEIRO — Mas o que o senhor acha que ele poderia ter visto de tão terrível?

PETER MUNK DO CARVÃO — Saber, eu não sei, mas lá, do outro lado da Floresta Negra, sabe, onde moram os proprietários de madeira e os madeireiros-jangadeiros, dizem que acontecem coisas não muito normais.

FILHO DO MOENDEIRO — Já sei, agora o senhor está falando de Miguel o Holandês. Meu pai também já me contou algumas coisas sobre ele. É o gigante da floresta, o rapaz selvagem e de ombros largos, aqueles que, como garantem os que afirmam tê-lo visto, não quer pagar do próprio bolso o couro dos bezerros necessário para fabricar seus sapatos.

PETER MUNK DO CARVÃO — Sim, é nele que acabei de pensar.

FILHO DO MOENDEIRO — De repente, o senhor também sabe algo sobre ele.

PETER MUNK DO CARVÃO — Menino, você não tem vergonha de dizer algo assim? Como é que vou saber alguma coisa sobre Miguel o Holandês? Às vezes, quando ouço as pessoas falarem, me pergunto: será que não é simplesmente inveja? Será que eles não têm inveja dos donos da madeira porque eles sempre andam por aí orgulhosos nos seus coletes com os botões, as fivelas e as correntes, nas quais têm pendurados vários quilos de prata? Não são poucos os que ficam com inveja quando veem algo assim.

FILHO DO MOENDEIRO — Mas o senhor também já ficou com inveja dele?

PETER MUNK DO CARVÃO — Com inveja? De forma alguma; eu seria o último a sentir inveja.

FILHO DO MOENDEIRO — Então o senhor é tão rico quanto ele? Ou até mais rico?

PETER MUNK DO CARVÃO — Olha, menino, você deve ter percebido que sou um rapaz pobre e que não tenho prata pendurada no corpo, nem em casa. Pois tenho algo melhor que isso, mas não posso lhe revelar o que é.

FILHO DO MOENDEIRO — Agora o senhor me deixou bastante curioso. Não vou querer sair do seu quarto até me dizer.

PETER MUNK DO CARVÃO — Mas você sabe mesmo guardar segredo?

FILHO DO MOENDEIRO — Com certeza, Sr. Peter, prometo que ninguém vai ficar sabendo de nada.

PETER MUNK DO CARVÃO — Então quero lhe perguntar uma coisa: alguma vez você já ouviu falar do Anão de Vidro? Que nunca aparece de outra maneira a não ser com um chapéu pontudo e largo, com calças turcas e meias vermelhas? E que é amigo dos sopradores de vidro, dos carvoeiros e dos pobres em geral que moram deste lado da Floresta?

FILHO DO MOENDEIRO — Do Anão de Vidro? Não, Sr. Peter, nunca ouvi falar dele.

PETER MUNK DO CARVÃO — Mas já ouviu falar da criança de domingo?

FILHO DO MOENDEIRO — Sim, claro, aquelas que nascem aos domingos ao meio-dia.

PETER MUNK DO CARVÃO — Então, sou uma delas. Entendeu? — Mas essa é só a metade do segredo. A outra é o meu verso.

FILHO DO MOENDEIRO — Agora já não entendo mais nada, Sr. Peter.

PETER MUNK DO CARVÃO — O Anão de Vidro se mostra às crianças de domingo, mas apenas se elas, ao pé do Morro dos Pinheiros, onde as árvores encontram-se tão perto umas das outras e são tão altas que fica escuro em pleno dia, quando não se ouve um machado, nem um pássaro, se elas souberem o verso correto. E esse verso aprendi com a minha mãe.

FILHO DO MOENDEIRO — Então é para ficar com inveja do senhor.

PETER MUNK DO CARVÃO — Sim, seria mesmo para ficar com inveja se tivesse guardado o verso, mas, quando estive na frente do pinheiro agora mesmo, querendo dizê-lo, vi que tinha me esquecido da última rima, e o Anão de Vidro desapareceu no mesmo momento em que havia se mostrado. "Sr. Vidro", gritei depois de alguma hesitação, "faça o favor de não zombar de mim. Sr. Vidro, se o senhor acha que não o vi, está muito enganado. Vi o senhor muito bem quando apareceu por trás da árvore." Mas ele não respondeu e só de vez em quando ouvi uma risadinha baixinha e rouca vindo por detrás da árvore. Aí pensei: basta uma investida para pegar esse rapazinho. Mas na hora que dei um salto até o pinheiro, não havia mais nenhum Anão de Vidro na floresta verde de pinheiros;

apenas um esquilo pequeno e gracioso fugiu para cima da árvore.

FILHO DO MOENDEIRO — Quer dizer que o senhor acabou de se encontrar com o Anão de Vidro?

PETER MUNK DO CARVÃO — Exatamente.

FILHO DO MOENDEIRO — Mas agora o senhor tem que me falar o verso, se o souber ainda.

PETER MUNK DO CARVÃO — Não, rapaz. Agora já é tarde, vamos dormir. Nesse meio tempo você se esqueceu dos seus três homens maus, e amanhã, quando acordarmos, todos nós vamos querer estar bem dispostos.

FILHO DO MOENDEIRO — Boa noite, Sr. Peter. Mas não estou bem disposto porque não me falou o verso.

Ouve-se como os dois se despedem.

PETER MUNK DO CARVÃO — Finalmente estou sozinho e agora quero dormir. Mas o verso não quero dizer a outra pessoa que não seja o Anão de Vidro; se ao menos me lembrasse dele!

Toca uma musiquinha que Peter Munk do Carvão acompanha com uma voz sonolenta:

> Dono do tesouro na verde floresta de pinheiros,
> Já viveste séculos inteiros,
> A ti pertence toda terra que pinheiros tem...

PETER MUNK DO CARVÃO, *com voz sonolenta* — Que pinheiros tem..., que pinheiros tem... — Se soubesse a continuação!

A musiquinha acaba. Depois de uma pausa, ouvem-se seis batidas.

LOCUTOR — Cá estou eu de novo no moinho da Floresta Negra, junto com o Peter Munk do Carvão. São seis horas e aposto que o Peter dormiu sem parar; não vai ser fácil acordá-lo.

Ouve-se o ronco alto do Peter. Uma música baixa vai aumentando cada vez mais. Alguém canta uma ou duas estrofes.

PETER MUNK DO CARVÃO, *sonolento* — O que é isso? Parece que eles usam uma caixinha de música como despertador. Quero acordar assim todas as manhãs, com uma música só minha, como um príncipe. Não, está vindo de fora. Ah, devem ser aprendizes! Sim, eles têm que levantar cedo!

Ouve-se o canto:

> Em cima do morro um lugar tem,
> De onde para o vale posso olhar,
> De lá meus olhos veem,
> Pela última vez ela passar.

PETER MUNK DO CARVÃO — Olá, pessoal, mais uma vez, mais uma vez, cantem isso mais uma vez!

Ouve-se como a música vai diminuindo aos poucos e como o canto fica cada vez mais incompreensível.

É, eles não estão ligando nada para mim. Já estão lá longe. *Mais baixo e pensativo*: Mas como é que foi? *Canta baixinho a mesma melodia*: "De lá meus olhos veem", "de lá meus olhos veem" — "veem", então esta é a rima, "tem" com "veem". Agora, Anão de Vidro, teremos uma palavrinha de novo. *Ele assobia um pouco para si mesmo.*

LOCUTOR — Para onde vai com tanta pressa, Peter? Há pouco ainda pensei aflito em como fazer você levantar e mostrar o caminho de casa, e agora você passa aí na maior rapidez.

PETER MUNK DO CARVÃO, *apressado* — Deixe-me, deixe-me, Sr. Locutor. Lembrei do meu verso...

LOCUTOR — Verso? Que verso é esse?

PETER MUNK DO CARVÃO, *dando sinal para falar baixo* — Pss..., tenho um plano especial, mas não posso falar. O senhor vai ver depois. Adeus, Sr. Locutor!

LOCUTOR — Olha só esse pândego. *Gritando atrás dele:* Preste atenção para não esbarrar com o maldoso Miguel o Holandês! Adeus, Peter!

Pausa. Peter assobia sua cantiga. Pausa. Pigarreia longamente.

PETER MUNK DO CARVÃO — Pronto, aqui temos o pinheiro grande. Atenção, Peter, vamos lá:

> Dono do tesouro na verde floresta de pinheiros,
> Já viveste séculos inteiros,
> Tua é toda terra que pinheiros tem,
> Só crianças de domingo é que te veem.

ANÃO DE VIDRO — Você não acertou direito, mas, no seu caso, Peter Munk do Carvão, vou abrir uma exceção. Você encontrou com o malcriado do Miguel o Holandês?

PETER MUNK DO CARVÃO — Sim, Sr. Dono do Tesouro, fiquei com bastante medo. Apenas procurei o senhor para me dar um conselho; não estou muito bem e tenho muitos problemas. Um carvoeiro não vai muito longe e, como ainda sou jovem, estive pensando que poderia fazer de mim algo melhor. Quando vejo os outros e o progresso que fizeram em tão pouco tempo — basta olhar o Ezequiel e o Rei do Tablado, eles estão nadando em dinheiro.

ANÃO DE VIDRO — Peter, não fale dessa gente para mim! O que eles ganham se passam alguns anos aparentemente felizes para depois se tornarem tanto mais infelizes? Não despreze sua ocupação; seu avô e seu pai eram pessoas honestas e tinham essa mesma ocupação, Peter! Espero que não seja amor pelo ócio que o traz até mim.

PETER MUNK DO CARVÃO — Não, Sr. Dono do Tesouro do Pinheiral, o ócio é o começo de todos os males. Mas o senhor não poderia me levar a mal, se uma outra profissão me agrada mais que a minha atual. Não tem como negar que um carvoeiro é pouco respeitado no mundo, em comparação aos sopradores de vidro, aos madeireiros dos rios e aos relojeiros.

ANÃO DE VIDRO — A soberba vem amiúde antes da queda.[4] Vocês homens são um gênero estranho! Raramente alguém está contente com a profissão em que nasceu e cresceu. Para que isso? Se você fosse um soprador de vidro, iria querer ser dono de madeireira, e se fosse dono de madeireira, poderia ter a seu serviço um administrador florestal ou ter o direito a uma residência de magistrado. Mas que seja! Se você prometer que vai trabalhar direito, quero ajudá-lo a ter uma vida melhor, Peter. Costumo realizar três desejos para cada criança de domingo que sabe me encontrar. E preste atenção! A cada desejo vou bater o meu cachimbo de vidro no pinheiro. Os dois primeiros são livres, o terceiro posso recusar se for tolo. Então faça seus desejos, mas que seja algo de bom e útil, Peter!

---

4. A passagem alude ao seguinte versículo bíblico do livro dos *Provérbios*: "A soberba precede a ruína, e a altivez do espírito precede a queda." (Cf. Pr 16, 18) [N. T.]

PETER MUNK DO CARVÃO — Muito bem! O senhor é um excelente Anão de Vidro! E com razão o chamam de Dono do Tesouro, pois, estando na sua casa, os tesouros estão no lugar certo. Então posso desejar o que mais quero — para começar quero saber dançar melhor do que o Rei do Tablado e, a cada vez, trazer o dobro do dinheiro que ele levava para a taberna.

Batidas do cachimbo.

ANÃO DE VIDRO — Tolo que você é! Que mísero desejo é esse — saber dançar bem e ter dinheiro para o jogo! Você não tem vergonha na cara, seu bobo, de enganar-se a si mesmo no que diz respeito à sua felicidade? O que adianta para você e sua mãe se sabe dançar bem? Para que serve o dinheiro que, conforme seu desejo, é apenas para a taberna, e como o do miserável Rei do Tablado lá fica? Depois você não terá mais nada durante uma semana e passará necessidade como antes. Vou lhe conceder mais um desejo; mas preste atenção para fazer um desejo mais sensato!

PETER MUNK DO CARVÃO, *depois de hesitar um tempo* — Então quero ser o dono da fábrica de vidro mais bonita e mais rica de toda a Floresta Negra, com todos os acessórios e o dinheiro.

ANÃO DE VIDRO — Só isso? Peter, só isso?

PETER MUNK DO CARVÃO — Bem, o senhor pode acrescentar ainda um cavalo e uma carruagem.

ANÃO DE VIDRO — Que tolice, Peter Munk do Carvão! *O cachimbo espatifa-se.* Cavalos? Carruagens? Inteligência, digo, inteligência e bom senso você deveria ter desejado, mas não cavalos e carruagens. Agora, não fique tão triste assim, vamos ver se alguma coisa foi para o seu bem, pois o segundo desejo não foi inteiramente tolo. Uma boa fábrica de vidro alimenta seu dono e seu mestre; faltou apenas desejar inteligência e bom senso — as carruagens e os cavalos teriam se juntado de qualquer maneira.

peter munk do carvão — Mas, Sr. Dono do Tesouro, tenho ainda um desejo livre. Com ele poderia escolher a inteligência, se ela me for tão necessária quanto o senhor acredita.

anão de vidro — Nada disso! Você ainda terá que passar por alguns apertos para ficar contente por ter ainda um desejo livre. E agora vá para casa! Aqui tem 2.000 florins para você e chega, e não volte mais aqui para pedir qualquer dinheiro, pois, nesse caso, eu estaria obrigado a lhe enforcar no pinheiro mais alto! É isso que costumo fazer desde que moro na floresta. Há três dias morreu o velho Winkfritz, que era o dono da grande fábrica de vidro na Floresta de Baixo. Vá para lá amanhã cedo e faça uma oferta boa para comprá-la! Fique bem, seja bom trabalhador e vou lhe visitar de vez em quando para lhe ajudar com alguns conselhos, já que ainda não desejou o bom senso. Mas lhe digo com toda seriedade: seu primeiro desejo foi mau. Evite frequentar as tabernas, Peter! Isso nunca fez bem a ninguém.

peter munk do carvão — Lá se vai ele. Incrível o quanto fuma, o Dono do Tesouro. Nem consigo enxergá-lo mais de tanta fumaça. *Farejando*: Mas é um fumo bem agradável.

Gongo.

locutor — Então, onde é que nós paramos? Vocês, crianças, acabaram de ouvir a conversa entre o Peter Munk do Carvão e o Sr. Dono do Tesouro. Vocês ouviram os desejos tolos que o Peter fez e ouviram como o Anão de Vidro desapareceu numa nuvem de fumaça do melhor fumo holandês. Vamos ver como vai ser o próximo capítulo. *Ele faz barulho com o papel.* Mas onde está a continuação? Hum, hum! *O barulho aumenta.*

ANÃO DE VIDRO, *sussurrando* — O que está acontecendo? Por que a gente não continua?

LOCUTOR, *sussurrando* — Hum, também não sei o que fazer. Imagine só, Sr. Dono do Tesouro, àquela hora na floresta o vento deve ter levado algumas folhas da história; agora estamos em maus lençóis. Não faço a mínima ideia de como sair disso.

REI DO TABLADO, *sussurrando* — Isso é fatal, fatal! Mas o que a gente vai fazer?

MIGUEL O HOLANDÊS, *sussurrando* — Seu tolo Rei do Tablado, você também não vai encontrar a solução! Nesses casos, só algum grandão para resolver! Deixe-me pensar!

REI DO TABLADO, *sussurrando* — Estou morrendo de rir, Sr. Miguel, morrendo de rir.

MIGUEL O HOLANDÊS, *sussurrando* — Cale a boca, Rei do Tablado, e vá cantar a "Guarda do Reno".[5] Então, Peter Munk do Carvão, você não ganhou todo aquele dinheiro do Anão de Vidro e conseguiu comprar uma fábrica de vidro?

---

5. *Die Wacht am Rhein* é uma canção nacionalista alemã, composta em 1854 por Karl Wilhelm (1815–1873) a partir do poema de Max Schneckenburger (1819–1849), escrito em 1840. Celebrizou-se na Guerra Franco-Prussiana, tendo-se tornado desde então um hino patriótico alemão cuja popularidade fez-se notar de forma ainda expressiva tanto na Primeira quanto na Segunda Guerra Mundial. [N. E.]

PETER MUNK DO CARVÃO — Certo, Sr. Miguel o Holandês, era uma bela fábrica de vidro a que eu tive.

REI DO TABLADO — Sim, decerto, Peter Munk do Carvão, você teve, mas perdeu tudo num átimo, em um jogo com o gordo do Ezequiel na mesa da taberna. Certo, Ezequiel, ou não?

EZEQUIEL — Ah, me deixe em paz com essa história, Rei do Tablado, nunca mais quero ser lembrado dessa história!

LOCUTOR — É verdade, Peter Munk do Carvão! Também me lembro disso. Você perdeu toda a fábrica de vidro no jogo. Mas vocês têm de admitir — não foi uma grande tolice do Peter, esse desejo de ter sempre o mesmo tanto de dinheiro no bolso quanto Ezequiel o Gordo? Assim foi inevitável que, numa noite, o dinheiro dele acabasse e que, no dia seguinte, ele tivesse vendido sua fábrica de vidro. Espere aí: "tivesse vendido" — "tivesse vendido"? Está escrito aqui, na página 16! Graças a Deus, encontrei de novo o fio da meada! Vamos, gente, podemos continuar! Então, enquanto o oficial de justiça e o magistrado andavam pela oficina de vidro para verificar e avaliar tudo para a venda, o nosso Peter Munk do Carvão pensou: o Morro dos Pinheiros não está muito longe; se o anão não me ajudou, quero fazer uma tentativa com o gigante. Ele correu até o Morro dos Pinheiros com tanta rapidez como se os oficiais de justiça estivessem no seu encalço. Quando passou pelo lugar onde havia conversado pela primeira vez com o Anão de Vidro, sentiu-se como se uma mão invisível o segurasse, mas se arrancou e continuou correndo até a fronteira que havia guardado na memória. Sim, Peter, agora você vai ter que se virar sozinho, pois não lhe invejo pelas coisas que vêm pela frente.

PETER MUNK DO CARVÃO, *sem fôlego* — Miguel o Holandês, Sr. Miguel o Holandês!

MIGUEL O HOLANDÊS, *rindo* — É você, Peter Munk do Carvão? Eles estavam querendo lhe esfolar e vender sua pele aos credores? Ora, fique tranquilo, toda sua miséria foi causada pelo Anão de Vidro, esse separatista e hipócrita! Quando se dá um presente, tem que presentear direito, e não como esse pão-duro! Vem, siga-me até a minha casa para ver se a gente chega a um acordo!

PETER MUNK DO CARVÃO — Acordo, Miguel o Holandês? O que eu poderia negociar com o senhor? Não vai querer que eu seja seu servo? Que mais poderia querer? E como o senhor quer que eu desça para esse abismo?

MIGUEL O HOLANDÊS, *como se falasse num megafone* — Sente-se na minha mão e segure-se nos meus dedos para não cair.

Música com diversos ritmos do tique-taque de relógios, começando baixo e aumentando cada vez mais.

Pronto, chegamos! Sente-se na bancada do fogão e vamos tomar um bom gole de vinho. Saúde, brinde comigo, pobre oficial-ajudante, parece que nunca conseguiu sair dessa tristeza de Floresta Negra!

PETER MUNK DO CARVÃO — Claro que não, Miguel o Holandês, como é que eu faria isso?

MIGUEL O HOLANDÊS — Então, nós madeireiros-jangadeiros somos oficiais-ajudantes de outro tipo! Cada ano viajamos conduzindo as toras rio abaixo, flutuando no belo Reno em direção à Holanda, e a isso se juntam viagens a países distantes, como as que fiz no meu tempo livre.

PETER MUNK DO CARVÃO — Quem dera se eu pudesse me dar a esse luxo!

MIGUEL O HOLANDÊS — Depende só de você melhorar de vida ou não, mas, é claro, até hoje seu coração impediu que isso acontecesse.

PETER MUNK DO CARVÃO — Meu coração?

MIGUEL O HOLANDÊS — Quando você tinha coragem e força em todo o seu corpo para tomar qualquer iniciativa, algumas batidas desse coração bobo lhe deixavam trêmulo; e as ofensas e a desgraça, para que um rapaz sensato deveria se preocupar com esse tipo de coisas? Você sentiu alguma coisa na cabeça quando lhe chamaram de impostor ou de mau caráter? Seu estômago doeu quando o oficial de justiça quis lhe expulsar de casa? Diga-me, onde você sentiu a dor?

PETER MUNK DO CARVÃO — No coração.

MIGUEL O HOLANDÊS — Não me leve a mal, mas você desperdiçou centenas de florins com mendigos miseráveis e outra gentalha. O que isso lhe trouxe? Eles lhe desejaram a bênção de Deus e muita saúde; sua saúde melhorou com isso? Você teria contratado um médico pela metade do dinheiro. A bênção — que bênção é essa quando tudo é penhorado e o expulsam! E o que lhe levava a enfiar a mão no bolso sempre quando um mendigo estendia seu chapéu esfarrapado? — Seu coração, sempre seu coração, nunca seus olhos, nem sua língua, nem seus braços ou suas pernas, mas sempre seu coração; você só deu ouvidos ao seu coração.

PETER MUNK DO CARVÃO — Mas, como a gente pode se acostumar a não dar ouvidos a ele? Estou fazendo muito esforço para abafá-lo, mas meu coração continua batendo e doendo.

MIGUEL O HOLANDÊS, *rindo com sarcasmo* — Claro, você, meu pobre coitado, não pode fazer nada contra ele; mas basta me dar essa coisa que bate e vai ver o quanto ganha com isso.

PETER MUNK DO CARVÃO, *assustado* — O quê? Dar meu coração ao senhor? Seria a minha morte imediata! Nunca!

MIGUEL O HOLANDÊS — Claro, se um dos senhores cirurgiões quisesse tirar seu coração numa operação, você certamente teria que morrer. No meu caso, as coisas são um pouco diferentes. Mas venha comigo a esse quarto e veja com seus próprios olhos!

Música: a fuga das batidas de coração.

PETER MUNK DO CARVÃO — Meu Deus! O que é isso?

MIGUEL O HOLANDÊS — Olhe direito essas coisas nos vidros de formol! Gastei um dinheirão com isso. Vá lá e leia os nomes nas etiquetas.

Depois de cada menção de nome, ouve-se a música correspondente.

Lá nós temos o oficial de justiça e aqui Ezequiel o Gordo. Esse é o coração do Rei do Tablado e aquele é o do guarda-florestal. E aqui temos toda uma coleção de corações que são de usuários e oficiais de recrutamento. Olhe, todos eles se livraram dos temores e das preocupações da vida. Nenhum desses corações bate mais com medo e angustiado, e seus antigos donos estão muito contentes por ter expulsado esse hóspede inquieto.

PETER MUNK DO CARVÃO, *angustiado* — Mas o que eles têm agora no lugar do coração?

MIGUEL O HOLANDÊS — Um coração de pedra muito bem trabalhado como este.

PETER MUNK DO CARVÃO, *horrorizado* — É verdade? Um coração de mármore? Mas ouça, Sr. Miguel, esse coração deve ser frio no peito.

MIGUEL O HOLANDÊS — Claro, mas é frio de uma forma agradável. Por que um coração deveria ser quente? No inverno, o calor não tem utilidade nenhuma; uma boa aguardente faz mais efeito do que um coração quente. E no verão você não acredita o quanto um coração desses esfria o corpo. E, como já disse, não há angústia, nem temor, não há compaixão tola, nem outro lamento que atinja um coração desses.

PETER MUNK DO CARVÃO, *relutante* — E isso é tudo que o senhor pode me dar? Eu estava esperando dinheiro e o senhor quer me dar uma pedra!

MIGUEL O HOLANDÊS — Então, penso que 100.000 florins seriam suficientes para o primeiro momento. Se fizer bom uso desse dinheiro você logo vai se tornar um milionário.

PETER MUNK DO CARVÃO, *alegre* — Ora, pare de bater com tanta força no meu peito! Logo estaremos resolvidos. Bem, Miguel, dê-me a pedra e o dinheiro e tire o tique-taque da sua casa!

MIGUEL O HOLANDÊS, *alegre* — Eu sabia que você era um rapaz sensato. Venha cá, vamos tomar outro gole e depois vou desembolsar o dinheiro.

A música dos corações passa para uma fuga de corneta.

PETER MUNK DO CARVÃO, *acordando e espreguiçando* — Uah! Desta vez dormi demais. Não foi uma corneta de postilhão que me acordou? Estou acordado ou ainda estou sonhando? Parece que estou viajando; não é um postilhão e não são cavalos lá na frente? Não estou sentado numa carruagem? E as montanhas que estou vendo lá atrás, não é a Floresta Negra? A minha roupa também não é mais a mesma. Por que não estou ficando melancólico, já que estou saindo pela primeira vez da floresta onde passei tanto tempo da minha vida? O que será que a minha mãe está fazendo? Estranho, ela deve estar sem ninguém para ajudá-la e passando necessidade; mesmo assim, esse pensamento não é capaz de tirar nem uma lágrima do meu olho. Tudo ficou indiferente para mim. Como isso é possível? Ah, claro, lágrimas e suspiros, saudade e melancolia são coisas do coração e, graças a Miguel o Holandês, o meu é frio e de pedra. Se ele cumprir a palavra com os cem mil tão bem quanto com o coração, vou achar muito bom. De fato, há aqui uma bolsa com milhares de táleres e cartas de crédito de casas de comércio de todas as grandes cidades.

Melodia de corneta.

CONFUSÃO DE VOZES — Frankfurt sobre Meno! Salsichas de Frankfurt! Casa de Goethe! A Rádio de Frankfurt! O vinho de maçã! O Jornal de Frankfurt! Bolos e biscoitos frankfurtianos! Frankfurt está cheia de curiosidades!

PETER MUNK DO CARVÃO — O que há para comer e para beber aqui? Embrulhe para mim algumas dúzias de salsichas, algumas canecas de vinho de maçã e alguns quilos de bolos e biscoitos.

Melodia de corneta.

CONFUSÃO DE VOZES — Paris! Le Matin! Paris Midi! Paris Soir! Des caiqouettes,[6] des caiqouettes et des caiqouettes! Louvre! Torre Eiffel! Esquimaux, Pochettes! Surprises!

PETER MUNK DO CARVÃO, *sonolento* — Onde é que estamos? Ah, em Paris! Então empacotem para mim uma boa quantidade de champanhe, lagostas e ostras para eu não passar fome, nem sede!

UMA VOZ — Quem é que é esse senhor sonolento, Sr. Postilhão?

POSTILHÃO — Ah, esse é o Sr. Peter Munk do Carvão da Floresta Negra. Ele já comeu e bebeu tanta coisa em Frankfurt que não consegue mais se mexer.

Melodia de corneta.

CONFUSÃO DE VOZES — London! Britannia rules the waves! Ginger Ale! Scotch Whisky! Toffies! Muffins! Morning Post! Daily News! The Times! Turkey and Plumcake!

PETER MUNK DO CARVÃO *ronca.*

UMA VOZ — Quem é esse senhor que ronca, Sr. Postilhão?

POSTILHÃO — É o Sr. Peter Munk do Carvão da Floresta Negra, ele já comeu e bebeu tanta coisa em Paris que não consegue mais manter os olhos abertos.

Melodia de corneta.

CONFUSÃO DE VOZES — Constantinopla! Visitem o Bósforo e o Corno de Ouro! Tapetes! Que tal um narguilé? Aprendiz de fabricante de gaitas de fole constantinopolitano! Manjar turco! Visitem os dervixes uivantes em Galípoli nos minaretes da Hagia Sophia!

PETER MUNK DO CARVÃO *ronca.*

---

6. Termo pseudofrancês, criado pelos autores da peça. [N. T.]

uma voz — Quem é esse senhor que ronca, Sr. Postilhão?

postilhão — É o Sr. Peter Munk do Carvão da Floresta Negra, ele já comeu e bebeu tanta coisa nas paradas anteriores que de modo algum consegue mais manter os olhos abertos.

Melodia de corneta.

confusão de vozes — Roma! La Stampa di Roma! Il Corriere della Sera! Il Foro romano! Il Coliseo! Giovinezza! Vino bianco e vino rosso! Spaghetti! Polenta! Risotto! Frutti del Mare! Antiguidades! Visitem o Papa e o Duce!

peter munk do carvão *ronca.*

uma voz — Quem é esse senhor que ronca, Sr. Postilhão?

postilhão — É o Sr. Peter Munk do Carvão da Floresta Negra, ele já comeu e bebeu tanta coisa nas paradas anteriores que de modo algum consegue mais manter os olhos abertos.

Melodia de corneta.

postilhão — Hum, hum — Cidade na Floresta Negra! Todo mundo descendo!

Gongo.

locutor — Eis o Peter Munk do Carvão em casa de novo. Vocês escutaram a corneta anunciando a chegada do Postilhão. Mas enquanto entenderam bem, espero, os nomes de todas as paradas que o Postilhão apregoou, vocês não entenderam o último nome, o que não é por acaso. Nós não sabemos onde mora o Peter Munk do Carvão. Não está escrito no livro do qual você, Peter Munk, e você, Ezequiel o Gordo, e você, Schlurker o Altão, e você, Miguel o Holandês, e você, Anão de Vidro, saíram. E não queremos ser curiosos. Basta que esteja de novo em casa, na Floresta Negra de Baden. Ele não deixa de perceber essas coisas, mas as percebe apenas na cabeça, não no coração. Entende que voltou para casa, mas não o sente. Ele também não tem mais nada a fazer. Seu carvoeiro não está mais aceso, ele vendeu a fábrica de vidro e tem tanto dinheiro que seria uma burrice aceitar qualquer trabalho. Aí está ele, para passar o tempo sai à procura de uma mulher. Ele continua sendo um rapaz bonito. De fora não dá para ver que tem um coração de pedra. Antigamente, quando ainda tinha um coração de verdade, todos o amavam, e é disso que todo mundo se lembra e quem se lembra disso em particular é Lisbete, a filha de um pobre madeireiro. Ela vivia sossegadamente e sozinha, cuidava da casa do pai com habilidade e zelo e nunca foi vista num baile, nem em Pentecostes ou na Quermesse. Quando Peter ouve falar dessa maravilha da Floresta Negra, resolve pedi-la em casamento e vai até a cabana que lhe indicaram. O pai da bela Lisbete recebe esse senhor bem vestido com espanto e fica mais espantado ainda quando fica sabendo que se trata do rico Sr. Peter e que este quer ser seu genro. O pai não hesitou muito tempo, pois achou que todas as suas preocupações e pobreza chegariam ao fim e deu seu consentimento. E Lisbete, a boa filha, foi tão obediente que se tornou a Sr.ª Peter Munk sem qualquer resistência. Lisbete não tem dinheiro, mas leva um presente milagroso para a casa de Peter. Trata-se de um relógio cuco, que pertence à família há muitas gerações. Esse relógio tem uma característica muito particular; não por acaso as pessoas contam que o Anão de Vidro o deu uma vez a uma pessoa querida. A particularidade do relógio é a seguinte: funciona como um verdadeiro relógio cuco da Floresta Negra, batendo de hora em hora. Ao meio-dia, porém, só dá doze batidas se não tiver uma pessoa malvada na sala onde está pendurado. Mas se tiver uma pessoa malvada, ele bate treze vezes. Estamos agora na sala onde está o relógio. O Peter Munk do Carvão está sentado à mesa com a Lisbete.

O relógio dá onze batidas.

LISBETE — Onze horas? Vou ter que correr e colocar as cenouras no fogo.

PETER — Cenouras de novo? Que nojo, diabos.

LISBETE — Mas Peter, é seu prato preferido.

PETER — Prato preferido! Prato preferido, toda essa comida não tem graça nenhuma. Agora, se me trouxer um copo grande de conhaque...

LISBETE — Você não sabe o que o Sr. Padre disse domingo passado, quando falava dos beberrões?

PETER, *batendo o pé* — Vamos? Você vai trazer o conhaque ou não? *Ameaçando*: Ou...

LISBETE, *choramingando* — Aqui, para fazer sua vontade. Mas isso não vai acabar bem.

PETER — Basta que comece bem. A minha vida já é suficientemente triste. Fico tão irritado quando ouço as pessoas falarem coisas sobre o domingo ou sobre o bom tempo ou da primavera; estou achando-os totalmente loucos.

LISBETE — Você está sentindo dores?

PETER — Não, mas esse é o problema, não sinto dores, nem alegria. Outro dia até cortei o dedo e quase não senti nada. Foi quando serrei em pedaços aquele baú que você ganhou da sua avó como presente de madrinha, sabe?

Batidas na porta.

PETER — Não se mexa, não responda nada.

Batem pela segunda vez.

PETER — Que ele não ouse entrar sem eu mandar. E não vou mandar.

LISBETE — Mas por quê? Você nem sabe quem é.

PETER — Um envio de dinheiro não vai ser. Mendigos miseráveis, nada mais.

Batem.

LISBETE — Entre!

PETER — Não falei, sua atrevida? Claro que é um mendigo.

MENDIGO — Por favor, peço que me deem alguma coisa.

PETER — Vai pedir ao diabo para que você fique com ele!

MENDIGO — Tenha misericórdia, Senhora, me dê apenas um gole de água.

PETER — Prefiro esvaziar toda a minha garrafa de conhaque na cabeça dele em vez de dar um copo d'água.

LISBETE — Deixe para lá, quero ir buscar para ele um gole de vinho, um pão e uma pratinha para o caminho.

PETER — Isso é bem típico seu, sua besta. Você não é capaz de seguir o raciocínio do seu marido? De repente, até me acha cruel ou sem coração? Não entende que ponderei tudo com muito critério? Será que você não sabe o que acontece quando a gente deixa esse tipo de pessoa entrar na nossa casa? É uma gentalha de mendigos. Uma pessoa conta para a outra. Eles fazem uma marca na porta. São sinais de bandidos. Depois esperam a oportunidade e levam tudo o que não está fixo e pregado. Se receber dois ou três desses rapazes, um ano depois você vai dormir entre suas quatro paredes peladas.

MENDIGO — Pessoas ricas como vocês não sabem o quanto a pobreza dói e o quanto um gole de água fresca faz bem nesse calor.

PETER — Estou ficando cansado com esse falatório.

O relógio cuco começa a bater.

LISBETE — Céus! Me esqueci das cenouras! E o senhor pode levar tudo que trago comigo e vai embora.

As batidas do relógio têm que soar alto e suceder-se bem devagar para que as palavras da mulher possam ser ouvidas entre a primeira e a segunda batida.

PETER, *pensativo, acompanha com uma voz sem ressonância as batidas* — Um, dois, três, quatro, cinco, seis, sete, oito, nove, dez, onze, doze.

Silêncio completo, ressoa a décima terceira batida. Ouve-se uma queda abafada.

LISBETE — Meu Deus do céu, o Peter perdeu a consciência. Peter, Peter, o que você tem? Acorde! *Gemidos, suspiros e choro.*

Gongo.

LOCUTOR — O Peter não apenas perdeu a consciência, mas por pouco não perdeu também sua vida por causa de sua arrogância e falta de fé. Agora, depois que o relógio der a décima terceira batida, ele volta a si, cai em si e resolve fazer seu terceiro e último pedido ao Dono do Tesouro, desejando seu coração de volta. Vamos ver como isso acaba!

Gongo.

PETER:

Dono do tesouro na verde floresta de pinheiros,

Já viveste séculos inteiros,
Tua é toda terra que pinheiros tem,
Só crianças de domingo é que te veem.

ANÃO DE VIDRO, *com uma voz abafada* — O que você quer de mim, Peter Munk?

PETER — Ainda tenho um desejo livre, Sr. Dono do Tesouro.

ANÃO DE VIDRO — Corações de pedra ainda são capazes de desejar alguma coisa? Você está com tudo que sua maldade exige; dificilmente vou realizar seu desejo.

PETER — Mas o senhor me concedeu três desejos; resta ainda um.

ANÃO DE VIDRO — Se o desejo for tolo, posso negá-lo. Mas, tudo bem, deixe-me ouvir o que deseja.

PETER — Tire a pedra morta do meu peito e devolva-me meu coração vivo.

ANÃO DE VIDRO — Fui eu quem fez o negócio com você? Sou eu Miguel o Holandês, que presenteia as pessoas com riquezas e corações frios? Lá, com ele, é que você tem que procurar seu coração.

PETER — Ele nunca vai me devolver o meu coração.

ANÃO DE VIDRO, *depois de uma pausa* — Estou com pena de você, por mais que você seja mau. Mas, como seu desejo não é tolo, pelo menos, não lhe posso recusar a minha ajuda. Consegue guardar um verso?

PETER — Acredito que sim, Sr. Dono do Tesouro, mesmo tendo esquecido o seu uma vez.

ANÃO DE VIDRO — Então repita. Se esquecer, tudo estará perdido: "Você não é enviado da Holanda..." Repita.

PETER — "Você não é enviado da Holanda."

ANÃO DE VIDRO — "... Seu Miguel, mas é o inferno que lhe manda." Repita.

PETER — "Seu Miguel, mas é o inferno que lhe manda." Agora consegui, Sr. Dono do Tesouro, muito bem, certamente se trata de uma fórmula mágica. Quando Miguel o Holandês ouvir isso, não vai poder me fazer mal algum.

ANÃO DE VIDRO — Tudo bem, mas como vai ser?

PETER — Como vai ser? Nada vai ser. Vou entrar na casa dele e gritar:

> Você não é enviado da Holanda,
> Seu Miguel, mas é o inferno que lhe manda.[7]

Aí ele não vai poder me fazer mal algum.

ANÃO DE VIDRO — É bem sua cara. Está certo, ele não vai poder lhe fazer mal algum. Mas logo depois de falar essas palavras, Miguel o Holandês vai desaparecer. O Diabo vai saber para onde. Mas você vai olhar para todos aqueles corações e não vai poder resgatar o seu.

PETER — Ai meu Deus, como vou fazer então?

ANÃO DE VIDRO — Isso eu não sei lhe dizer. Até hoje você refletiu muito pouco na vida. Está mais do que na hora de começar. E agora vou ter que cuidar dos meus pica-paus nos pinheiros; eles não causam tanta preocupação quanto as crianças de domingo.

Gongo.

---

7. No original alemão, há aqui um jogo de palavras entre *Holland* (Holanda) e *Höllenland* (inferno). [N. E.]

LOCUTOR — Ora, vou ter que dizer uma coisa a vocês: Se é para aguardar, prefiro aguardar na terra dos homens do que na Terra da Voz. Aqui só tem neblina. A gente não enxerga nada, só fica aguçando o ouvido, e isso já venho fazendo durante horas. Porém, na floresta onde mora o Dono do Tesouro, não há um só galho mexendo, nenhum pica-pau batendo, nenhum ninho sussurrando. Mas tudo bem, que história é essa, de tanto tédio acabo fazendo poesia. Agora estou ouvindo um estalo, ou será que é um sussurro? É a voz do Dono do Tesouro ou a voz do Peter Munk do Carvão?

PETER MUNK DO CARVÃO, *totalmente abatido e triste* — Peter Munk do Carvão.

LOCUTOR — Mas isso não soa muito alegre.

PETER MUNK DO CARVÃO, *totalmente abatido e triste* — Parece que você está fazendo o papel do eco aqui na floresta?

PETER MUNK DO CARVÃO, *totalmente abatido e triste* — Ô!

LOCUTOR — Mas você não é uma companhia alegre na floresta. E o que estou ouvindo lá longe? Parece que é a música assombrosa de vidro do Miguel o Holandês. Mas por que você não responde? Por que você fica mudo?

PETER MUNK DO CARVÃO, *como acima* — Hum!

LOCUTOR — Agora as coisas estão ficando confusas demais para mim. Confusas e inseguras. Não me leve a mal, Sr. Peter, mas agora vou procurar um novo caminho.

PETER MUNK DO CARVÃO, *como acima* — Adeus! *Ele bate na porta e grita:* Miguel o Holandês!

Repete isso três vezes.

MIGUEL O HOLANDÊS — Que bom que você veio. Eu também não aguentaria ficar com a Lisbete, aquele muro de lamentações, que desperdiça todo esse dinheiro com os mendigos. Quer saber de uma coisa? No seu lugar eu faria outras viagens. Você fica fora por alguns anos e, quem sabe, quando voltar para casa, a Lisbete já não estará mais.

PETER MUNK DO CARVÃO — Você adivinhou, Miguel o Holandês, quero ir à América. Mas para isso vou precisar de dinheiro; é muito longe daqui.

MIGUEL O HOLANDÊS — Nada mais fácil, Peterzinho, você vai ter o que precisa. *Ouve-se o barulho das moedas e alguém contando:* 100, 200, 500, 800, 1.000, 1.200. Não são marcos, Peterzinho, só táleres.

PETER MUNK DO CARVÃO — Miguel, você é mesmo um rapaz porreta, mas, no fundo, um verdadeiro bandido — mentindo desse jeito para mim, dizendo que eu teria uma pedra no peito e você teria o meu coração.

MIGUEL O HOLANDÊS — Mas não é assim? Você sente mesmo seu coração? Não está frio como gelo? Você sente medo ou aborrecimento, alguma coisa é capaz de lhe deixar arrependido?

PETER MUNK DO CARVÃO — Você apenas fez com que meu coração ficasse parado, mas eu tenho o mesmo coração de sempre no meu peito; e o Ezequiel também — ele me disse que você mentiu para nós. Você não é homem o suficiente para arrancar o coração do peito sem a gente perceber e sem risco; você teria que ser um mago.

MIGUEL O HOLANDÊS — Mas eu lhe garanto que você e o Ezequiel e todas as pessoas ricas que me procuraram têm um coração gelado como você e que tenho os verdadeiros corações aqui nesse cômodo.

PETER MUNK DO CARVÃO — Mas com que facilidade você sabe mentir para as pessoas! Conta isso para outro! Você não acha que, nas minhas viagens, eu vi dúzias desses truques? Esses corações no seu cômodo são imitações de cera. Concordo que você é um rapaz muito rico, mas não sabe fazer magia.

MIGUEL O HOLANDÊS — Entre e leia todas as etiquetas; aquele lá é o coração do Peter Munk. Olha como está batendo! Alguém sabe fazer um coração assim de cera?

PETER MUNK DO CARVÃO — Ele é de cera sim; um coração de verdade não bate assim. Tenho o meu ainda no meu peito. Não, fazer mágica você não sabe.

MIGUEL O HOLANDÊS — Vou provar que é verdade! Você vai sentir que esse é seu coração. Aqui, vou colocar seu coração no seu peito! Como está se sentindo agora?

PETER MUNK DO CARVÃO — É verdade, você estava certo. Nunca teria acreditado que isso fosse possível!

MIGUEL O HOLANDÊS — Não é? E sei fazer magia sim; mas agora quero colocar a pedra de volta.

PETER MUNK DO CARVÃO — Devagar, Sr. Miguel! É com toucinho que se pega os ratos, e desta vez, você é o enganado. Ouça o que tenho a lhe dizer.

Ele começa balbuciando para depois gritar com cada vez mais coragem, frequência e velocidade sua fórmula mágica:

> Você não é enviado da Holanda,
> Seu Miguel, mas é o inferno que lhe manda.

Os corações ressoam alto. Gemidos de Miguel o Holandês. Tempestade.

PETER MUNK DO CARVÃO — Agora esse malvado do Miguel o Holandês está se contorcendo. Mas que tempestade horrível! Estou ficando com medo. Rápido, para casa, para encontrar com a minha Lisbete.

Gongo.

LOCUTOR — Ah não, até a gente achar alguma coisa nessa Terra da Voz, é um verdadeiro jogo de cabra-cega. Mas agora estou sentindo claramente, isso deve ser a fábrica de vidro do Peter Munk do Carvão, e sua mulher também não deve estar muito longe, pois de quem mais poderia ser essa voz, senão da querida Lisbete!

LISBETE, *cantando*:

> Vidros de grave e agudo som,
> Por que sozinha estou?
> Por que foge Peter, meu amor,
> Clandestinamente como um traidor?
> Mas sei o que tenho a fazer,
> Fraldas finas e sapatinhos tecer,
> Para o filho de Peter, e tricotar,
> Assim o tempo irá passar.
> Vidros de som grave e agudo,
> Primeiro a camisa, a meia em segundo,
> Quando o bebê ao mundo chegar,
> Tudo bem preparado vai encontrar.

LOCUTOR — Que coisa, parece pois que o Peter vai ser pai. Assim fica duplamente injusto que ele passe tanto tempo fora de casa. Mas, para mim, é uma boa oportunidade. Há quanto tempo que já queria conversar com a Sr.ª Lisbete. Por que só conversaria o tempo todo com o Peter na Terra da Voz? Mas como faço para ser notado por ela? Não quero chamá-la simplesmente. A minha voz de urso a assustaria, mesmo porque ela ainda está com a própria voz no ouvido, que soa tão delicada.

Pequena pausa.

Já sei o que vou fazer. Apenas vou bater nos vidros.

Pequena música de vidro

PETER MUNK DO CARVÃO — Cá estou!

LISBETE E LOCUTOR — Quem é?

PETER MUNK DO CARVÃO — Tenho o meu coração de volta.

LISBETE — O meu você sempre teve.

LOCUTOR — Agora quero ir embora. Mas vocês têm que prometer uma coisa: quando o pequeno Peter Munk do Carvão vier ao mundo, vocês vão escolher o Dono do Tesouro como padrinho.

Pequena pausa. Nomes de meses são enumerados.

Como o tempo passa aqui na Terra da Voz. Lá está o Peter no Morro dos Pinheiros, e diz seus versos.

Gongo.

PETER MUNK DO CARVÃO:

> Dono do tesouro na verde floresta de pinheiros,
> Já viveste séculos inteiros,
> Tua é toda terra que pinheiros tem,
> Só crianças de domingo é que te veem.

Sr. Dono do Tesouro, escute-me; não quero outra coisa senão pedir que seja o meu compadre quando meu filhinho nascer!

Vento.

Então quero levar essas pinhas como lembrança, já que não quer aparecer.

LOCUTOR — Crianças! Em que vocês acham que essas pinhas se transformaram? Em um monte de novos táleres de Baden, e sem nenhum falso entre eles. Esse foi o presente de padrinho do Anão do Pinheiral para o pequeno Peter. — Agora vocês podem me agradecer. Não vocês, crianças que nos ouviram, mas você Peter Munk do Carvão e o Dono do Tesouro e o Miguel o Holandês e todo esse monte de personagens de Hauff[8] que levei para a Terra da Voz a pedido deles e que deixei sãos e salvos aqui na fronteira de novo.

EZEQUIEL — Sãos e salvos? Até parece. No meu caso não se pode falar em "são e salvo" de maneira alguma enquanto não receber o meu dinheiro de volta.

LISBETE — Credo, Ezequiel o Gordo, você não muda mesmo. Sou eu quem lhe diz isso, a Lisbete.

LOCUTOR — Deixe para lá, minha cara Senhora, ele vai receber tudo de volta, centavo por centavo.

LISBETE — Sim, Sr. Locutor, e gostaria de expressar-lhe a minha gratidão pela música de vidro que tanto me alegrou. Pois foi o senhor que tocou essa melodia graciosa nas garrafas, não foi?

LOCUTOR, *com voz grave* — Sim, sim.

LISBETE — Durante um tempo, passei bastante medo quando não havia como ir para frente e o senhor não sabia mais o caminho na Terra da Voz.

---

8. Benjamin faz aqui um jogo de palavras *"Haufen Leute von Hauff"*. [N. E.]

LOCUTOR — Por favor, chegue mais perto, Sr.ª Lisbete. Dê uma olhada aqui, na página..., onde o Hauff também faz uma pausa grande. Que coincidência, imagine só, por acaso a nossa pausa aconteceu exatamente na mesma passagem.

MIGUEL O HOLANDÊS — Isso que chamo de sorte na má sorte.

LOCUTOR — A pausa, então, foi o próprio autor que a fez. Por que será? Essa história é como a cadeia montanhosa da própria Floresta Negra: seu centro é como um pico do qual se olha os dois lados que descem, a saber, para o lado do final infeliz e para o lado do final feliz.

CONFUSÃO DE VOZES — Até a vista, Sr. Dono do Tesouro, minha cara senhora, Sr. Peter etc.

MIGUEL O HOLANDÊS — Esperem aí, por favor, fiquem só mais um momento, meus senhores, por que tanta pressa? Não estou gostando de ter passado uma impressão tão má. Por isso, queria chamar a atenção para outros bandidos ainda piores. Leiam, por exemplo, "O navio dos fantasmas", "A mão decepada" e muitas outras histórias de Hauff, onde rapazes muito piores que eu contribuem para um final feliz. Mas, tudo bem. Estou vendo que todo mundo já se foi. Até a próxima!

LOCUTOR — Até a próxima, Sr. Miguel. Que pessoas simpáticas. Mas agora estou feliz de estar novamente sozinho no meu escritório. É, eu pretendia realizar um Programa para Juventude. Será que foi mesmo para a juventude?

Gongo.

A Berlim demoníaca[*]

Hoje vou começar com uma lembrança da época dos meus catorze anos. Naquele tempo, eu era aluno em um internato. Como é usual nesses institutos, os alunos e os professores se reuniam várias vezes de noite durante a semana para tocar música, ouvir um discurso ou ler a obra de um escritor. Numa noite, o professor de música conduzia a "Capela" — esse era o nome dessa reunião noturna. Era um homem pequeno e engraçado, com uma expressão inesquecível nos seus olhos sérios, com a careca mais brilhante que já tinha visto, em torno da qual havia uma coroa de cachos escuros e muito encaracolados. Seu nome é conhecido entre os amantes alemães de música: ele se chama August Halm. Esse mesmo August Halm entrou na Capela para nos ler histórias de E.T.A. Hoffmann, exatamente daquele escritor sobre o qual quero falar com vocês hoje. Não me lembro mais qual texto ele leu, mas também não importa. Em compensação, guardei com exatidão uma única frase de sua apresentação, que introduziu a leitura. Essa frase caracterizava as obras de Hoffmann, sua predileção pelo bizarro, excêntrico, fantasmagórico, inexplicável. Acho que tudo que disse servia para desper-

---

[*]. "Das dämonische Berlin", in GS VII-1, pp. 86-92. Tradução de Georg Otte. Palestra radiofônica para crianças datada de 25 de fevereiro de 1930. A cena da leitura infantil dos contos de E.T.A. Hoffmann, descrita neste texto, também aparece em *Infância em Berlim por volta de 1900*. [N. E.]

tar o interesse de nós meninos pelas histórias que iriam se seguir. Mas depois ele concluiu com a frase que não esqueci até hoje: "Na próxima vez, vou contar a vocês para que alguém escreve histórias desse tipo." Estou esperando por essa "próxima vez", e, como o bom homem faleceu nesse meio tempo, essa explicação só chegaria até mim se fosse de uma maneira um tanto amedrontadora, de modo que prefiro me antecipar a ela, tentando cumprir uma promessa que me fizeram 25 anos atrás.

Se eu quisesse trapacear um pouco, eu poderia facilitar as coisas para mim. Bastava trocar o "Para quê" pelo "Por quê" e a resposta seria muito simples. Por que o escritor escreve? Por mil motivos. Porque sente prazer em inventar alguma coisa; ou porque é tomado por ideias ou imagens tão impressionantes que só consegue se acalmar depois de colocá-las no papel; ou porque carrega consigo perguntas e dúvidas pelas quais encontra um tipo de solução no destino de pessoas fictícias, ou, simplesmente, porque aprendeu a escrever; ou, e infelizmente é um caso muito comum, porque não aprendeu nada. Não é difícil dizer por que Hoffmann escrevia. Ele pertence àqueles escritores que são possuídos pelas suas personagens: sósias, figuras assustadoras de toda espécie. Quando os colocava no papel, os via de fato à sua volta; não apenas quando escrevia, mas em meio à conversa mais inocente à mesa do jantar, ao tomar vinho ou ponche, e mais de uma vez aconteceu de interromper sua companhia de mesa com as palavras: "Desculpe-me por interromper, meu caro, mas está percebendo lá no canto, ao lado direito, esse menino enfezado amaldiçoado aparecendo por debaixo do piso? Observe apenas as cabriolas que o diabinho está fazendo! Olhe, olhe, agora sumiu! Oh, não faça cerimônia, meu mais amável pequeno polegar, por favor, fique com a gente... tenha a bondade de escutar a nossa conversa tranquila... O senhor nem acredita o prazer que nos daria com sua companhia altamente agradável... Ah, o senhor voltou... não gostaria de se aproximar um pouquinho?... como assim?... o senhor gostaria de tomar alguma coisa?... o que gostaria de dizer?... como?... o senhor se despede... seu criado obediente." Etc. etc. E mal falava essas coisas desvairadas com olhar fixo no canto, de onde tinha surgido a visão, ele levantava de repente o olhar, dirigindo-se aos seus companheiros de mesa e pedia para continuarem sossegadamente.

É assim que Hoffmann é descrito por seus amigos. E nós também nos sentimos contaminados por esse modo de ser quando lemos histórias como "A casa abandonada", "O morgado", "Os sósias" ou "A panela dourada". Havendo circunstâncias externas favoráveis, o impacto dessas histórias de fantasma pode chegar a um grau muito surpreendente. Eu mesmo passei por isso e a circunstância favorável, nesse caso, foi que os meus pais me proibiram a leitura. Quando era pequeno, só podia ler os contos de Hoffmann clandestinamente, de noite, quando saíam. Lembro-me de uma daquelas noites de leitura, quando, sentado sozinho debaixo da lâmpada da imensa mesa da copa — era na Rua Carmer —, o silêncio era completo. Enquanto lia "As Minas de Falun", todos os horrores se reuniam aos poucos, em volta da minha mesa na escuridão, como peixes com suas bocas mudas, de maneira que meus olhos se fixavam nas páginas do livro como se fossem uma ilha que me salvava, das quais, no entanto, era que saíam todos esses horrores. Ou, numa outra vez, era de dia e ainda me lembro que estava parado diante do armário de livros entreaberto e pronto para, ao mínimo barulho, jogar o volume de volta. Eu lia "O morgado", com o cabelo em pé e o medo redobrado tanto por causa dos horrores do livro quanto pelo perigo de ser pego de surpresa, de modo que não entendi nada de toda a história.

"O diabo não consegue escrever coisas tão diabólicas", dizia Heinrich Heine sobre os contos de Hoffmann. De fato: com o assombroso, fantasmagórico e amedrontador desses textos anda de mãos dadas algo satânico. E, se tentarmos ir atrás disso, certamente conseguimos passar da resposta do "porquê" dos contos de Hoffmann ao seu misterioso "para quê". Como se sabe, o diabo possui, ao lado de muitas outras peculiaridades, também aquelas da esperteza e do saber. Ora, quem conhece um pouco os contos de Hoffmann logo vai entender quando digo que, nessas histórias, o narrador sempre é um rapaz extremamente sensível que detecta os espíritos por trás de seus disfarces mais sutis. É com uma certa teimosia que esse narrador insiste em mostrar que todos esses honrosos arquivistas, conselheiros de medicina, estudantes, vendedoras de maçãs, músicos e filhas de boa família não são aquilo que aparentam, da mesma maneira que o próprio Hoffmann não era o magistrado meticuloso e pedante do qual tirava seu ganha-pão. Em outras palavras: as figuras assombrosas e fantasmagóricas que aparecem nas histórias de Hoffmann não foram simplesmente inventadas pelo contador de histórias consigo mesmo no silêncio de seu quarto. Como no caso de muitos grandes escritores, ele não via o extraordinário pairando livremente no espaço, mas em pessoas, coisas, casas, objetos, ruas etc. bem definidos. Talvez vocês saibam que a gente chama de fisiognomonistas aqueles que veem o caráter, a profissão, ou até mesmo o destino de outras pessoas no rosto, no andar, nas mãos ou na forma da cabeça delas. Por isso, Hoffmann era menos um vidente (*Seher*) do que um observador (*Anseher*), que é a tradução certa para fisiognomonista (*Physiognomiker*) em alemão. Um dos seus principais objetos de observação era Berlim, a cidade e as pessoas que moravam nela. Na introdução à "Casa abandonada", que, na verdade, era uma casa na Avenida *Unter den Linden*,[1] ele fala, com certo humor amargo, do sexto sentido que lhe fora dado, isto é: do dom de enxergar em qualquer fenômeno, seja ele uma pessoa, uma ação ou um acontecimento, aquela extravagância à qual nós, na nossa vida cotidiana, normalmente não temos acesso algum. Era sua paixão flanar pelas ruas, contemplar as figuras que encontrava e, quem sabe, fazer o horóscopo delas. Durante dias inteiros, ele andava atrás de pessoas que lhe eram desconhecidas, mas que tinham algo estranho no andar, na sua maneira de se vestir, no tom de sua voz ou no olhar. Ele se sente em contato permanente com o suprassensível e, ao invés de perseguir o mundo dos espíritos, é esse mundo que o persegue. Nessa Berlim tão racional, esse mundo põe-se no seu caminho ao meio-dia, vai atrás dele em meio ao barulho da Rua König, até chegar ao pouco que restou da Idade Média nas proximidades da Prefeitura em ruínas, o faz sentir um cheiro misterioso de rosas e cravos na Rua Grün e enfeitiça para ele o ponto de encontro da alta sociedade, *Unter den Linden*. Poderíamos chamar Hoffmann o pai do romance berlinense, cujos rastros se perderam mais tarde em generalidades, quando passaram a chamar Berlim de "capital", o Jardim Zoológico de "parque", o Spree de "rio", até surgir novamente em nossos dias — basta pensar em *Berlin Alexanderplatz*, de Döblin. Uma das suas figuras, entre as quais ele imagina a si mesmo, diz a outra: "Você

---

1. *Unter den Linden* (Sob as Tílias) é a avenida central de Berlim. [N. T.]

teve um motivo bem definido para localizar a cena em Berlim e para mencionar ruas e praças. A meu ver, não há mal nenhum em designar o cenário com exatidão. Além de conferir ao todo uma aparência de verdade histórica que estimula uma imaginação preguiçosa, ele também ganha consideravelmente em vivacidade e frescor, especialmente para alguém que o conheça."

Certamente eu conseguiria contar para vocês muitas histórias em que Hoffmann dá provas de sua qualidade de fisiognomonista de Berlim. Eu poderia nomear as casas que aparecem na sua obra, a começar pelo próprio apartamento na Rua Charlotte, esquina com a Rua Taube, até a "Águia de Ouro" na Praça Dönhoff, e Lutter & Wegner na Rua Charlotte etc. Mas acredito que seja mais vantajoso investigar a maneira como Hoffmann analisava Berlim e a impressão que disso restou em seus contos. Ele nunca foi muito amigo da solidão, nem da natureza livre. O homem, a comunicação com ele, as observações sobre ele, o mero olhar para as pessoas valiam mais para Hoffmann do que qualquer outra coisa. Quando dava um passeio no verão, algo cotidiano na parte da tarde quando o tempo estava bom, ele sempre ia a alguma praça pública para encontrar pessoas. Mesmo estando a caminho, dificilmente havia uma taberna ou uma confeitaria onde não entrava para ver se tinha pessoas e quem seriam. Mas não se tratava apenas de procurar nesses lugares por rostos novos que lhe dessem ideias curiosas: a taberna era antes para ele uma espécie de laboratório literário, uma sala de experimentos onde testava todas as noites com seus amigos o enredo emaranhado e os efeitos de seus contos. Pois Hoffmann não era um autor de romances, mas um contador de histórias e, até nos livros, muitas dessas histórias, talvez a maioria, apresentam um personagem em cuja boca ele as coloca para serem contadas. No fundo, claro, esse contador sempre é o próprio Hoffmann, que se senta com seus amigos à mesa, onde cada um, em sequência, conta o que tem de melhor. Por isso, um deles nos diz expressamente que Hoffmann nunca foi ocioso na taberna, como tantas outras pessoas que vemos sentadas, só bicando seu vinho e bocejando. Pelo contrário: ele ficava olhando à sua volta com seus olhos de falcão; tudo que observava de ridículo, de diferente e até de comovente nos clientes da taberna se transformou em um estudo para suas obras, ou então o colocava — Hoffmann era um desenhista muito hábil — com sua pena expressiva no papel. Mas ai quando as pessoas que se encontravam na taberna não lhe eram agradáveis; quando cabeças limitadas e mesquinhas na roda o perturbavam! Nesses casos, ele deve ter sido totalmente insuportável e fazia uso inteiramente temível de sua arte de fazer caretas, causar constrangimento e assustar pessoas. O cúmulo do horror, entretanto, eram para ele as chamadas tertúlias estéticas, que estavam na moda nessa época em Berlim e que eram reuniões de pessoas espirituosas, porém ignorantes e irrefletidas, muito presunçosas quanto ao seu interesse por arte e literatura. Uma dessas tertúlias ele descreveu de forma muito graciosa em suas *Fantasias*.

Chegando agora ao fim, não queremos que alguém nos critique por ter esquecido a pergunta pelo "para quê". Tão pouco a esquecemos que, de forma imperceptível, até já a respondemos. Para que Hoffmann escreveu essas histórias? Certamente ele não perseguia conscientemente determinados fins com elas. Contudo, podemos lê-las como se ele tivesse se proposto a tais fins. E esses fins não têm como ser outros a não ser fisiognomônicos, ou seja, para mostrar que essa Berlim rasa, sóbria, esclarecida e sisuda não reside apenas em seus cantos medievais, ruas afastadas e casas abandonadas, mas também em seus habitantes, trabalhadores de todas as classes, e em todos os bairros cheios de coisas que atraem um contador de histórias e que basta seguir-lhes os rastros e observá-las. E, como se Hoffmann realmente quisesse ensinar isso ao seu leitor com sua obra, uma de suas últimas histórias, que ditou no leito de morte, na verdade não é outra coisa senão um desses ensinamentos do olhar fisiognomônico. Essa história se chama *A janela de esquina do meu primo*.[2] O primo é o próprio Hoffmann, a janela é a janela de esquina do seu apartamento que dava para a *Gendarmenmarkt*.[3] Na verdade, essa história é um diálogo. Hoffmann, paralítico, sentado em sua cadeira de braços, olhando para a feira semanal lá embaixo, instrui seu primo, que estava de visita, sobre como se poderia rastrear na roupa, na velocidade e nos gestos das vendedoras e de suas freguesas uma série de coisas, e fantasiar e inventar mais coisas ainda. E depois de termos dito tanto em homenagem a Hoffmann, gostaríamos de deixar registrado, por fim, algo que os berlinenses nem suspeitam: ou seja, que ele foi o único escritor que tornou Berlim famosa no exterior e que os franceses o amavam e liam numa época em que na Alemanha e também em Berlim nem um cachorro aceitaria um pedaço de pão da sua mão. Hoje isso mudou, há uma grande quantidade de edições acessíveis e também mais pais do que em meu tempo que permitem aos seus filhos a leitura de Hoffmann.

---

2. Há edição brasileira. Cf. E.T.A. Hoffmann, *A janela de esquina do meu primo*. Tradução de Maria Aparecida Barbosa. São Paulo: Cosac Naify, 2010. [N. E.]

3. Praça do centro histórico de Berlim, nas proximidades da Avenida *Unter den Linden*. [N. E.]

Conto e crítica

Conversa assistindo ao corso
Ecos do carnaval de Nice[*]

Era terça-feira de carnaval em Nice. Em silêncio, eu já havia virado as costas para o carnaval e dava um passeio até o porto para descansar das impressões do dia anterior, assistindo ao movimento há muito costumeiro que sempre acompanha a chegada e a partida dos navios. Meio sonhando, acompanhava o trabalho dos estivadores que descarregavam o *Napoleão Bonaparte*, de Ajaccio, quando um tapa no ombro me surpreendeu.

— Que coincidência feliz encontrá-lo por aqui, Doutor! Queria mesmo localizá-lo de qualquer maneira. Quando perguntei pelo senhor no hotel, já tinha saído.

Era o meu velho amigo Fritjof, que mora em Nice há anos e que toma conta de mim nas minhas raras aparições nessa cidade, assim como faz com os forasteiros, aos quais, quando lhe são simpáticos, mostra a cidade velha e os arredores.

— Pois, há alguém esperando pelo senhor, ele explicou depois de nos cumprimentarmos.

— Mas onde? — perguntei um tanto desconfiado. Quem?

---

[*]. "Gespräch über dem *Corso*. Nachklänge vom Nizzaer Karneval", in GS IV-2, pp. 763-771. Tradução de Georg Otte. Texto publicado no *Frankfurter Zeitung* de 24 de março de 1935 sob o pseudônimo de Detlef Holz. [N. E.]

— Na cafeteria M., no *Casino Municipal*, como o senhor sabe, onde se tem a melhor vista para o corso.

Como já disse, eu estava pouco interessado na vista para o corso. Mas a descrição que Fritjof me dera de um amigo dinamarquês, ao qual havia prometido me apresentar e que foi o motivo por ter me procurado, deixou-me curioso.

— Ele é escultor, disse, um velho companheiro de viagem. Encontrei-o em 1924 na ilha de Capri, em 1926 na de Rodes, em 1927 na de Hiddensee e a última vez na de Formentera. Ele pertence à estranha espécie de pessoas que passa a maior parte de sua vida em ilhas e nunca se sente em casa quando está no continente.

— No caso de um escultor, esse tipo de vida me parece duplamente surpreendente, disse eu.

— Escultor, disse meu amigo, é assim que o chamei. Mas certamente não se trata de um escultor qualquer. Não acredito que, em algum momento, ele tenha assumido um serviço. Seus recursos lhe permitem uma vida muito independente. Aliás, nunca vi qualquer obra dele. Mas, onde o encontrei, todos falavam dele, principalmente os nativos. Circulava o boato de que esculpia suas obras diretamente no rochedo, ao ar livre e em regiões montanhosas distantes.

— Um artista da natureza, por assim dizer?

— Na ilha de Rodes o chamavam de "o bruxo". Não deve ser tão sério assim. Mas, com certeza, trata-se de um excêntrico. Aliás, o melhor mesmo é fingir que não sabe a profissão dele, pois não gosta de falar sobre si mesmo. Desde que o conheci, há dez anos, só me lembro de uma única conversa em que tocou nesse assunto. Na época, entendi pouca coisa, mas ficou claro que tudo que fazia tinha que beirar o gigantesco. Não sei bem o que achar disso, mas parece que as formações rochosas o inspiram. Mais ou menos como nos tempos antigos, quando inspiravam a fantasia dos camponeses ou dos pescadores, que viam nelas deuses, pessoas ou demônios.

Havíamos atravessado a Praça Massena, que, nesse dia do último cortejo, se mostrava livre de qualquer tráfego profano e que estava pronta para receber os carros alegóricos que vinham das ruas laterais.

No primeiro andar da cafeteria, o dinamarquês acenou de uma mesa. Ele era um homem pequeno, magro, porém com um aspecto agradável, com o cabelo encaracolado e ligeiramente ruivo. A informalidade da apresentação provavelmente era proposital da parte de Fritjof, e logo estávamos sentados em poltronas confortáveis, cada um com seu copo de whisky. Um vendedor de jornais com um chapéu pontudo de palhaço dava a volta pela cafeteria.

— Cada carnaval tem seu mote, Fritjof explicou, *Le cirque et la foire* é o mote deste ano, "A feira e o circo".

— Nada inábil, disse eu, aproximar as diversões do carnaval àquelas mais populares.

— Nada inábil, o dinamarquês repetiu, mas, mesmo assim, talvez um tanto inadequado. "A feira e o circo" — certamente são coisas próximas ao ambiente carnavalesco. Mas não seriam próximas demais? O carnaval é um estado de exceção, descendente dos dias das saturnais, quando o mais inferior se transmudava em superior e o escravo era servido pelo senhor. O estado de exceção, portanto, só se destaca claramente em oposição ao estado normal das coisas. Isso certamente não vale para a feira. Eu teria preferido outro mote.

— De onde o senhor tiraria esse mote? — Fritjof perguntou. Para onde for, o senhor esbarra no extraordinário, que se transformou no nosso prato de todos os dias. Sem falar das nossas condições sociais e econômicas. Basta olhar para o mais próximo: veja o tinhoso lá embaixo, com seu lápis de um metro atrás da orelha, que representa o "Cronista da Feira". Ele não teria mais semelhança com um boneco de propaganda de uma fábrica de lápis? Boa parte dessas criaturas gigantescas não passaria a impressão de que saíram do centro iluminado de uma loja de departamentos para se juntar a um cortejo de carnaval? Olhe apenas para o grupo de carros que se aproxima vindo da esquerda! O senhor deve admitir que representaria muito bem um exército na campanha publicitária de uma fábrica de sapatos.

— Aliás, não entendo o que esse grupo pretende representar, falei.

Uma série de carrinhos de mão se aproximava, cada um carregando uma figura superdimensionada; uma como a outra estava deitada de costas, esticando uma perna para o alto. Era a única perna que tinham, e no seu topo havia um pé deformado, largo e chato. Não dava para ver se estava calçado ou descalço, daquela distância.

— Também não saberia o que achar delas, respondeu o dinamarquês, se não tivesse tido contato com eles por acaso, no ano passado em Zurique. Eu estava fazendo estudos na biblioteca e encontrei a famosa coleção de gravuras avulsas, que é um dos tesouros daquela biblioteca. É de lá que conheço esses seres fabulosos. Pois é disso que se trata: seres fabulosos que eram chamados de "sciapodes": pés-guarda-sóis. Sabia-se que viviam no deserto, protegendo-se do sol incandescente com seu único pé gigantesco. Na Idade Média, provavelmente eram apresentados também nas feiras — ou melhor: prometiam apresentá-los aos curiosos, junto com as pessoas desfiguradas e os milagres da natureza.

Aos poucos, os carros passavam embaixo, seguidos por carros maiores, puxados por cavalos. Havia o "carro lotérico" que se movia sobre seis rodas da sorte; o "carro do domador de peixes", que fazia dançar seu chicote por cima de pequenas baleias e peixes ornamentais gigantescos de papel machê; o "carro do tempo", que, puxado por uma mula esquálida e guiado por Cronos, mostrava as estações do verão e do inverno, da Europa central e ocidental, na forma de senhoras farta e simbolicamente vestidas.

— Hoje, disse Fritjof virado para o dinamarquês, esses carros são apenas estrados em rodas. Mas o senhor deveria tê-los visto anteontem, quando se transformavam em baluartes. Entrincheirada atrás dos bonecos monstruosos, a tripulação travava uma batalha contra o público — contra os meros "espectadores", que, nessas ocasiões, se tornam alvo de todo o rancor que, no decorrer dos dias e dos anos, os eternamente relegados despertam naqueles que se engajam — mesmo que seja apenas como figurantes do carnaval.

— Os carros em si, disse o dinamarquês com um ar pensativo, simbolizam alguma coisa. Os carros evocam a ideia do longínquo; é ela, ao meu ver, que lhes confere seu poder, sua magia, e que um charlatão qualquer sabe explorar tão bem, quando, para vender seu remédio contra a calvície ou seu elixir da vida, monta sua venda num carro. Pois o carro é algo que vem de longe. Tudo que vem de longe tem um certo mistério.

Ao ouvir essas palavras, tive que pensar num pequeno livro curioso que, pouco tempo antes, havia encontrado num sebo de Munique, debaixo de uma pilha de outros livros que diziam respeito às técnicas de transporte e vinham da administração de uma antiga cavalariça. Era intitulado *O carro e suas formas no passar dos tempos*. Eu tinha comprado esse livro por causa de suas gravuras e de seu formato atraente, e raramente o deixava para trás. Nesse momento, ele também estava comigo. Cansado de assistir ao espetáculo embaixo, recostei-me na minha poltrona e comecei a folheá-lo.

Havia reproduções de todo tipo de carro e carruagens e, em um anexo, até o carro naval — o *carrus navalis*, do qual muitos acreditam derivar a origem da palavra tão discutida "carnaval". Certamente, essa derivação deve ser levada mais a sério do que a etimologia caseira dos monges, que via na palavra uma alusão à Quaresma e a lia como "*carne vale!*", "adeus carne!" Mais tarde, quando as coisas foram analisadas mais de perto, lembraram-se do velho costume de rebatizar as embarcações em cortejos solenes antes de colocá-las de novo na água após as tempestades de inverno, e é assim que se descobriu o carro naval latino.

Fritjof, que estava encostado no peitoril da janela junto com o dinamarquês, gritava de vez em quando algumas palavras na minha direção: os nomes das máscaras que passavam embaixo e que havia lido no programa do cortejo. Algumas das figuras fantásticas que passei a imaginar, sentado na frente do meu copo, provavelmente podiam concorrer com as que ficavam balançando lá embaixo — sem falar do fato de que não estavam deformadas por um número costurado nas costas como aqueles. Assim, entreguei à minha fantasia a tarefa de imaginar alguma coisa a respeito do "domador domado", dos "cangurus boxeadores", do "vendedor de castanhas" ou da "dama do Maxim", até que uma música estridente de uma banda de metais me assustou.

Ela anunciava a chegada do carro-chefe com o Príncipe Carnaval.

Para fazer jus ao mote do ano, haviam vestido o boneco gigantesco com um uniforme de domador. Em suas costas, um leão havia encostado suas patas dianteiras — o que não o impediu de maneira alguma de dar um sorriso com seus 32 dentes. Era o sorriso familiar do velho Quebra-Nozes. Mas senti subitamente a tentação de seguir seus rastros até o canibal quebra-ossos dos meus livros de infância, que também sorria mostrando sua dentadura inteira enquanto saboreava sua refeição.

— O sorriso exagerado desse boneco não é repugnante? — perguntou Fritjof a mim, apontando para o boneco cuja cabeça simplória acenava chegando até a altura da minha poltrona.

— O exagero, respondi, parece-me ser a alma das figuras carnavalescas.

— O exagero, replicou o dinamarquês, só nos é repugnante em alguns casos porque não temos força suficiente para apreendê-lo. A rigor, eu deveria ter dito que "não temos inocência suficiente".

Lembrei das excentricidades que o meu conhecido havia me contado sobre o trabalho do dinamarquês. Não foi, portanto, sem alguma esperança de despertar nele a discordância quando, do modo mais natural possível, disse: "O exagero é necessário; somente ele se faz crível aos bobos e desperta a atenção dos desatentos."

— Não, disse o dinamarquês, e vi que o havia atingido, as coisas não são tão simples assim. Ou será que deveria dizer "são mais simples do que isso"? Pois faz parte da natureza das coisas, mesmo quando não se trata de coisas cotidianas. Da mesma maneira que existe um mundo de cores além do espectro visível, há um mundo de criaturas além dos seres que conhecemos. Qualquer tradição popular as conhece.

Nesse meio tempo, ele havia se aproximado de mim e, sem interromper sua fala, sentou-se ao meu lado.

— Pense nos gigantes e nos anões. Se há uma maneira do corpóreo poder simbolizar algo espiritual, nada mais significativo do que nessas criaturas das lendas populares. Há duas esferas de inocência completa, e estas ficam nas duas fronteiras onde a nossa estatura humana normal, digamos, se altera em direção ao gigantesco ou ao minúsculo. Pois, tudo o que é humano carrega culpa. Mas as criaturas gigantescas são inocentes, e a grosseria de um Gargântua e de um Pantagruel, que, aliás, fazem parte da dinastia dos príncipes carnavalescos, é apenas uma prova excessiva disso.

— E a essa inocência corresponderia, disse eu, a inocência da pequenez? Isso me faz lembrar a "Nova Melusina", de Goethe,[1] aquela princesa na caixinha, cujo esconderijo, assim como seu canto mágico e sua natureza ínfima, sempre me pareceu incorporar da forma mais perfeita o reino da inocência — da inocência infantil, quero dizer, que certamente é diferente daquela do império dos gigantes.

— Olhem só, Fritjof nos interrompeu da janela, esse grupo inverossímil!

De fato, era um carro estranho que estava passando, ao cair do sol, diante das arquibancadas. Na frente de uma parede ou de um biombo, nas quais tinham pendurado algumas pinturas, estavam pintores com paleta e pincel, e parecia que estavam prestes a terminar sua obra. Mas um grupo de bombeiros, com a mangueira na mão, os acuou e ameaçou inundar as obras-primas e seus criadores.

---

1. Há tradução para o português. Cf. Johann Wolfgang Goethe, *A nova Melusina. Novela ou a história de uma caçada.* Tradução de Anneliese Mosch. Sintra: Colares Editora, 1997. [N. E.]

— Não faço a mínima ideia do que poderia se tratar, confessei.

— É o "*Car des pompiers*", disse Fritjof. Eles chamam um pintor acadêmico e arrogante de *pompier*, que também é a palavra para "bombeiro". Um jogo de palavras em cima de um carro — pena que é um caso isolado.

Nesse momento, ainda antes de escurecer, as fachadas em torno da Praça Massena começaram a se iluminar. A grade, com a qual a haviam cercado e que estava enfeitada com todo tipo de símbolos da feira e do circo, com peças de madeira recortadas e pregadas, de repente foi engolida pelo fogo de lanternas multicores. Onde antes havia um leão, agora tinha uma jaula com luzes amarelas e em sua silhueta duas lanterninhas avermelhadas insinuavam os movimentos da boca da fera. E a menina de madeira, que antes parecia tomar conta de uma barraca, agora tinha se transformado numa imagem da deusa Astarte. Mais estranho, entretanto, do que o jogo das luzes na fachada era o que elas tinham a dizer à própria Praça, pois eram elas que lhe proporcionavam seu verdadeiro destino. Logo ficou claro que ela fazia parte daquela série grande e nobre de praças europeias, em forma de sala, que começaram a surgir na Itália e graças às quais as festas italianas com seus *corsi* e procissões — sem falar do carnaval — se tornaram modelos para a Europa inteira. Essas praças tinham como função não apenas abrigar, nos dias úteis, as feiras e reuniões populares, mas de representar, nos dias de festa, a sala — uma sala solenemente iluminada debaixo do céu noturno, que não devia nada ao palácio do duque, com seu revestimento e seu telhado feito de materiais preciosos. Era uma praça dessas que estávamos olhando agora, calados.

Depois de um longo intervalo, o dinamarquês dirigiu-se a mim.

— O senhor falou antes do mundo do delicado e do diminuto que Goethe trabalhou na "Nova Melusina", e achou que esse, ao contrário do mundo dos gigantes, seria o mundo em que morasse a inocência infantil. Sabe que tenho lá as minhas dúvidas? A inocência da criança, a meu ver, não seria uma inocência humana, se não fizesse parte dos dois reinos, tanto dos gigantes quanto dos anões. Não pense apenas na delicadeza e em quão comovente é a cena de crianças fazendo uma hortinha na areia ou brincando com um coelho. Pense também no outro lado — na grosseria, no desumano que predomina nos seus livros infantis mais famosos e que não apenas fez o sucesso de *Max e Maurício* ou do *João Felpudo*,[2] mas também os tornou úteis. Pois essas características se apresentam nesses livros em sua inocência. Quero chamá-las de "canibalescas", que o senhor também pode detectar nos lábios do Príncipe Carnaval. O maravilhoso das crianças é que elas conseguem migrar, sem cerimônia, entre os dois reinos extremos do humano, permanecendo num ou noutro, sem

---

2. *Max und Moritz* (1865), do escritor e desenhista Wilhelm Busch, e *Struwwelpeter* (1845), do médico e psiquiatra Heinrich Hoffmann, tornaram-se os livros infantis mais populares da Alemanha. [N. T.] Há edições brasileiras. Em se tratando do primeiro, cf. Wilhelm Busch, *As travessuras de Juca e Chico*. Tradução de Claudia Cavalcanti. São Paulo: Iluminuras, 2012. Veja-se, igualmente, a conhecida tradução de Olavo Bilac, originalmente publicada em 1901 e muitas vezes reeditada, a exemplo de *Juca e Chico. História de dois meninos em sete travessuras*. São Paulo: Pulo do Gato, 2012. Quanto ao segundo, cf. Heinrich Hoffmann, *João Felpudo, ou histórias divertidas com desenhos cômicos do Dr. Heinrich Hoffmann*. Tradução de Claudia Cavalcanti. São Paulo: Iluminuras, 2011, para apenas referirmos uma edição recente. [N. E.]

fazer a mínima concessão ao reino contrário. Provavelmente é esse descomprometimento que perdemos mais tarde. Somos muito bem capazes de nos inclinar para o mundo minúsculo, mas não conseguimos mais nos perder nele. E podemos nos divertir com o mundo gigantesco, mas sempre com um certo embaraço. As crianças podem ser tímidas no contato com os adultos, mas se movem entre esses gigantes lá embaixo como se fossem seus pares. Para nós adultos, porém, pelo menos uma vez ao ano, o Carnaval deveria ser a oportunidade para nos comportarmos um pouco como os gigantes — mais desinibidos e ao mesmo tempo mais honestos do que somos, dia vai, dia vem.

Um foguete subiu ao céu; um tiro de canhão foi disparado: o sinal para a queima do 57.º Príncipe Carnaval, de cuja fogueira a última centelha tinha que se extinguir antes de começar a Quarta-Feira de Cinzas.

A mão de ouro
*Uma conversa sobre o jogo**

— Pois é, a gente tem que ter mão de ouro, falou o dinamarquês.

— Eu poderia contar-lhe uma história...

— Nada de histórias! — interrompeu o dono do hotel. Quero saber sua opinião: o senhor acha que, no jogo, tudo depende do acaso ou ainda há mais alguma outra coisa?

Éramos quatro. Meu velho amigo Fritjof, o romancista; o escultor dinamarquês, que Fritjof havia me apresentado em Nice; o sabido e viajado proprietário do hotel, em cujo terraço tomávamos o chá da tarde — e eu. Não me lembro mais como o assunto do jogo surgiu. Mal participava da conversa, pois estava me entregando ao sol da primavera e ao prazer de ter encontrado aqui, em Saint-Paul, longe de tudo, os meus amigos de Nice.

A cada dia que passava entendia melhor por que Fritjof havia escolhido esse lugar para retomar o trabalho no seu romance, que não tinha saído do lugar enquanto esteve em Nice. Pelo menos foi isso que deduzi do sorriso

---

*. "Die glückliche Hand. Eine Unterhaltung über das Spiel", in GS IV-2, pp. 771–777. Tradução de Georg Otte. Texto provavelmente escrito logo depois da publicação de "Conversa assistindo ao corso", como uma continuação para o *Frankfurter Zeitung*. O manuscrito foi assinado com o pseudônimo de Detlef Holz. [N. E.]

indefinido com que respondera naquela cidade semanas atrás a minha pergunta pelo romance: "Perdi minha caneta tinteiro".

Logo depois eu parti; tanto maior foi a minha alegria de rever Fritjof e seu companheiro dinamarquês aqui — uma alegria misturada com uma surpresa: será que Fritjof, um pobre diabo, havia conseguido mesmo se alojar nesse confortável hotel?

Agora estávamos sentados nesse pequeno refúgio, deixando, enquanto conversávamos, pairar os nossos olhares sobre os sinais de bandeiras balançando com o vento em um varal, estendido acima do portal da cidade ou das árvores escalonadas no vale.

— Se o senhor quiser ouvir a minha opinião, disse o dinamarquês, nada depende das coisas que comentamos até agora. Não depende do capital de jogo, nem dos chamados "sistemas", nem do temperamento do jogador — antes da falta de temperamento.

— Agora não entendo mesmo o que o senhor quer dizer com isso.

— Se tivesse acompanhado pessoalmente o que vivenciei no mês passado em San Remo, o senhor me entenderia imediatamente.

— Então? — perguntei intrigado.

— Eu entrei, começou a contar o dinamarquês, tarde da noite no cassino e me aproximei de uma mesa, onde uma partida de bacará tinha acabado de começar. Havia um lugar livre, que estava reservado, e os olhares que se dirigiam a ele davam a entender que alguém estava sendo aguardado. Eu já queria me informar sobre o cliente que parecia criar uma expectativa tão grande, quando alguém ao meu redor mencionou seu nome. No mesmo instante, apoiada pelo atendente do cassino de um lado e pelo seu secretário do outro, a Marchesina Dalpozzo se aproximou da mesa. Pelo visto, o trajeto do carro até sua poltrona havia custado à velha senhora muito esforço. Mal chegou e já se afundou na poltrona. Depois de um tempo, quando o embaralhador de cartas chegou-se até ela e era sua vez de gerir a banca, abriu sem pressa sua bolsa de mão para tirar uma pequena matilha de cachorrinhos de porcelana, vidro e jade, seus mascotes, que distribuiu em torno do si. Mais uma vez, reservando-se todo o tempo do mundo, enfiou novamente a mão na bolsa e tirou um maço de notas de mil liras. Deixou ao crupiê o trabalho de contá-las, distribuiu as cartas, mas, mal passou a última, afundou-se novamente na poltrona. Ela nem chegou a escutar o pedido de seu parceiro por mais uma carta para melhorar as chances do seu jogo, pois havia adormecido. Nesse momento, o secretário entrou em cena para, com muito respeito, acordá-la delicadamente com a mão, que estava visivelmente exercitada nessa prática. Devagar, a Marchesina virou seus *points* um após o outro. "*Neuf à la banque*", disse o crupiê; ela havia ganhado. Mas isso parecia apenas fazê-la adormecer e, por mais que ela tenha aumentado a soma das notas de mil liras administrando a banca, quase não houve uma única vez em que o secretário não tivesse que exortá-la para a sorte.

— A quem o ama, o Senhor concede o pão enquanto dorme.[1]

— Não seria melhor dizer: "Satanás"? — observou o dono do hotel sorrindo.

---

1. Trata-se de uma expressão proverbial em alemão, cuja origem está nos Salmos, e que é utilizada ironicamente em referência a pessoas que acumulam lucros "dormindo", sem trabalhar: "É inútil madrugar, deitar tarde, comendo um pão ganho com suor; a quem ama, o Senhor o concede enquanto dorme." (Sl 127, 2) [N. T.]

— Os senhores sabem, disse Fritjof sem dar qualquer resposta, que já me perguntei algumas vezes por que o jogo é tão mal-afamado? Claro que não há nenhum segredo nisso. Suicídios, desvios de dinheiro e o que mais tiver a origem no jogo não faltam. Mas, como já disse, isso é tudo?

— Há alguma coisa no jogo que é contra a natureza, disse o dinamarquês.

— Eu já o vejo muito próximo da natureza, observei. Acho-o tão natural quanto a incansável e inesgotável esperança na nossa felicidade.

— Esta é a palavra-chave, respondeu o dinamarquês: "Fé, amor — esperança." E agora o senhor entende o que sobrou disso!

— O senhor quer dizer que o assunto não é digno da esperança. "Vão dinheiro" ou algo parecido — se estou entendendo direito.

— Mas ele não me entende direito, disse o dinamarquês, virando de repente as costas para mim e dirigindo-se a Fritjof. O senhor já se encontrou alguma vez, ele prosseguiu, olhando-o fixamente, no metrô ou num banco do parque, na proximidade imediata de uma mulher atraente? Mas realmente na proximidade mais imediata?

— Quero lhe dizer uma coisa, disse Fritjof: se ela estiver sentada mesmo muito perto, o senhor dificilmente vai poder fazer uma ideia dela. Por quê? Porque, quando estivesse muito próximo, seria quase impossível olhá-la. De qualquer forma, se fosse comigo, acharia isso uma falta de vergonha.

— Então o senhor vai me entender tanto melhor se eu retomar agora a nossa questão: conversamos sobre a esperança. E comparei a esperança a uma mulher desconhecida jovem e bonita, sendo que captá-la com o olhar, ou mesmo abordá-la com o olhar, seria falta de pudor.

— Como assim, perguntei, pois estava perdendo o fio da meada.

— Eu estava falando da proximidade temporal, disse o dinamarquês. Quero afirmar que faz muita diferença se cultivo um desejo para o futuro longínquo ou para o momento. "O que se deseja para a juventude, ter-se-á em abundância na velhice", dizia Goethe. Quanto mais cedo na vida se tem um desejo, tanto maior a perspectiva dele se realizar... Mas estou divagando.

— Provavelmente, o senhor estava querendo dizer, comentou Fritjof, que aquele que aposta no jogo também tem um desejo.

— Sim, mas um desejo que o próximo momento deve realizar. E é isso que o transforma em mal-afamado.

— É um contexto estranho, disse o dono do hotel, em que coloca o jogo. E o contrário da bola de marfim na roleta, que acaba rolando em sua casa, seria a estrela cadente que cai ao longe para realizar um desejo.

— Sim, o desejo justo, que se dirige para algo longínquo, disse o dinamarquês.

Ditas essas palavras, houve um silêncio. Mas essas palavras haviam jogado uma nova luz no velho provérbio "Azar no jogo, sorte no amor". Como se quisesse intervir nas minhas divagações, Fritjof, com ar pensativo, comentou:

— Uma coisa é certa: no jogo há estímulos que vão além do ganho. Algumas pessoas não procurariam no jogo uma luta contra o destino? Ou uma oportunidade de cortejá-lo? Acredite, no pano verde são acertadas muitas contas às quais os outros nunca tiveram acesso.

— Deve ser mesmo uma tentação muito grande pôr à prova a aceitação do próprio destino.

— Isso pode ter um fim bastante ambíguo, disse o dono do hotel. Lembro-me de uma cena que observei em Montevidéu. Quando era jovem, passei boa parte da minha vida por lá. Montevidéu possui o maior cassino do Uruguai; as pessoas viajam oito horas de Buenos Aires até lá para passar o *weekend* jogando. Uma noite, estive no cassino para assistir aos jogos. Por precaução, não levei dinheiro nenhum. Na minha frente, havia dois jovens que jogavam com fervor. Faziam apostas pequenas, porém frequentes. Mas não davam sorte, e logo um dos dois tinha perdido tudo. O outro ainda tinha algumas fichas, que, no entanto, não queria arriscar. Portanto, deram fim ao jogo deles, mas permaneceram para observar o jogo dos outros. Assim, como muitos outros perdedores, ficaram parados em silêncio e numa atitude humilde, quando aquele que já não tinha mais nada se animou de repente e sussurrou ao seu amigo: "Trinta e quatro!" O outro se limitou a encolher os ombros. Mas, de fato, deu trinta e quatro. O nosso vidente, cujo sofrimento, naturalmente, era grande, fez outra tentativa. "Sete ou vinte e oito!", murmurou para seu companheiro, que sorriu sem emoção. Mas deu mesmo sete, e o outro começou a se irritar. Quase implorando, sussurrou "Vinte e dois", e o repetiu três vezes. Em vão: quando deu vinte e dois, a casa estava sem aposta. Parecia inevitável que se fizesse uma cena entre os dois. Mas, justo no momento em que o nosso homem dos milagres, trêmulo de excitação, queria novamente se virar para o amigo, este, para não ser mais uma entrave para a felicidade comum, passou-lhe o restante das fichas. O amigo apostou no quatro. Deu quinze. Apostou no vinte e sete. Deu zero. E apostou as últimas duas fichas e as perdeu de uma vez só. Abatidos e reconciliados, os dois desapareceram.

— Estranho, disse Fritjof. Podemos achar que o fato de segurar as fichas na mão o teria privado do seu dom de vidente.

— Da mesma maneira, explicou o dinamarquês, o senhor pode dizer que foi o dom de vidente que o privou do lucro.

— É um paradoxo um tanto volátil, repliquei.

— De maneira alguma, respondeu. Se existe algo como um jogador feliz, algo como um mecanismo telepático nos envolvidos com o jogo, isso está no inconsciente. É o saber inconsciente que se põe em movimento quando o jogador tem sucesso. Quando, porém, se desloca para a consciência, está perdido para a inervação. Embora o nosso jogador vá "pensar" o certo, "agirá" errado. Vai ficar parado como muitos perdedores, arrancar os cabelos e gritar "Eu sabia!"

— Na sua opinião, portanto, um jogador sortudo procede de forma instintiva? Como uma pessoa no momento do perigo?

— O jogo, o dinamarquês confirmou, é mesmo um perigo produzido artificialmente. E jogar é, por assim dizer, uma maneira blasfema de pôr a nossa presença de espírito à prova. Pois, no momento do perigo, o corpo comunica-se diretamente com as coisas, sem passar pela cabeça. Só quando estamos a salvo e respiramos aliviados, chegamos a nos dar conta do que aconteceu. Enquanto estávamos agindo, estávamos à frente do nosso saber. E o jogo é mal-afamado porque provoca de uma maneira inescrupulosa aquilo que o nosso organismo tem de mais refinado e preciso.

Deu-se um silêncio. "Tem que ter mão de ouro...", pensei. O dinamarquês não estava querendo contar uma história a respeito? Lembrei-o disso.

— Ah, sim, a história, disse ele sorrindo. Na verdade, já é meio tarde demais para ela. Aliás, conhecemos o herói dessa história. E todos nós gostamos dele. Apenas quero revelar que é escritor, pois isso é relevante, bem que... mas aí já estou quase tirando a graça da história.

Resumindo: o homem estava decidido a tentar sua sorte na Riviera. Não tinha noção nenhuma dos jogos de azar, tentou um ou outro sistema e acabou perdendo com todos eles. Depois desistiu dos seus sistemas e continuou perdendo. Logo seus recursos estavam esgotados, seus nervos muito mais, e um dia, além de tudo, aconteceu-lhe de perder também sua caneta tinteiro. Como os senhores sabem, os escritores às vezes são excêntricos, e o nosso amigo pertence aos mais excêntricos de todos. Ele precisa ter uma iluminação bem definida sobre sua escrivaninha, um papel bem definido e um formato bem definido para suas folhas de papel; caso contrário, ele não consegue trabalhar. Agora os senhores podem facilmente imaginar o que significava para ele a perda de uma caneta. Depois de desperdiçar o dia inteiro à procura de uma nova, demos um pulo no cassino. Como nunca jogo, contentei-me em acompanhar o jogo do nosso amigo. Em pouco tempo, não era apenas eu que o acompanhava, mas esse homem chamou a atenção de muitos frequentadores do cassino, pois ganhava todos os jogos. Depois de uma hora, partimos para garantir, pelo menos para aquela noite, o nosso patrimônio líquido. E o dia seguinte também não deu prejuízo, pois tanto mais passamos em vão a manhã em papelarias, tanto mais a noite resultou lucrativa. Claro que não se falava mais no romance, desde que a caneta tinha desaparecido. O nosso amigo, normalmente um homem assíduo, nem olhava mais para o manuscrito e deixou de escrever até as cartas mais curtas. Quando o lembrava de alguma correspondência urgente, ele se esquivava. Os seus apertos de mão se tornaram escassos; ele evitava carregar o mais leve pacote e mal tinha força para virar as páginas durante suas leituras. Era como se sua mão estivesse descansando numa bandagem que só era tirada de noite — no cassino, onde nunca ficamos por muito tempo. Já tínhamos juntado uma bela soma, quando, um dia, o porteiro do hotel trouxe a caneta. Alguém a havia encontrado entre as palmeiras do hotel. O nosso amigo deu uma boa gorjeta ao porteiro, e no mesmo dia partiu para finalmente escrever seu romance.

— Uma bela história, disse o dono do hotel, mas ela prova o quê?

Eu nem queria saber o que a história provava ou não provava, mas me regozijava em ver meu velho amigo Fritjof, para quem a sorte sorria muito pouco, feliz da vida na muralha de Saint-Paul, tomando seu chá da tarde.

Jakob Job, *Nápoles. Imagens de viagem e esboços.* Zurique: Rascher & Cia. A.-G. 1928. 255 p. 32 figuras[*]

Amar Nápoles olhando do mar é fácil. No entanto, basta pôr o pé em terra, descer do trem na estação labiríntica e incandescente, andar num carro destrambelhado, atravessando nuvens de poeira num pavimento que descansa tão pouco quanto o Vesúvio, chegando, em vão, numa casa de hóspedes superlotada, para que a página daquela primeira impressão vire. Acrescente-se a isso as experiências do primeiro dia para ver que poucas pessoas conseguem encarar, sem disfarce, a imagem dessa vida, dessa existência sem sossego nem sombra. Quem não se privar, ao pisar nesse solo, de tudo que for associado ao conforto, enfrenta uma batalha fadada à derrota. Já para os outros, que encontram nessa cidade a face mais suja, mas também mais passional e horrorizada, da qual jamais a pobreza olhou para sua libertação, a lembrança dela se resume a uma Camorra. Para tudo que se conta sobre carteiras furtadas, moças sequestradas e camas infestadas de percevejos só lhes resta um sorriso impassível. Caso estes últimos acolham o autor desse livro entre seus pares — tanto amor

---

[*]. "Jakob Job, *Neapel. Reisebilder und Skizzen*. Zürich: Rascher u. Cie. A.-G. 1928. 255 s., 32 Abb.", in GS III, pp. 132–135. Tradução de Georg Otte. Resenha crítica publicada no periódico *Die Literarische Welt* de 20 de julho de 1928. [N. E.]

emparelhado com tão pouca compreensão traz certas simpatias por ele —, então farão a inclusão dele nessa liga depender de um voto de silêncio eterno, ainda que seja pelo fato de seu alemão ser o mais incorreto que se possa imaginar.

Passamos as páginas e encontramos títulos promissores: "Camaldoli", "Sorrento", "Dias de outono em Seiano", "Ravello". Começamos a ler e o livro, talvez, continue agradando. Pois o que está escrito é tão irrelevante, tão comovente, tão seco quanto a folha prensada de uma videira qualquer do Golfo. Podemos nos entregar a sonhos maravilhosos enquanto estivermos com o livro em mãos. Leio "Positano" e me vejo de novo na rua que faz suas curvas pela cidade. É de noite. Formamos um pequeno grupo: Ernst Bloch, o filósofo, Tavolato, bom de copo, Alfred Sohn-Rethel, um dos membros mais jovens da família do pintor teuto-romano. A lua brilhava no céu, e era uma daquelas noites meridionais em que sua luz não parece cair sobre o cenário de nossa existência diurna, mas sim sobre uma terra oposta ou paralela.[1] Era outra Positano, que atravessamos. As partes abandonadas dessa grande cidade se destacavam mais daquelas onde hoje sobrevive o pequeno número de descendentes de uma população que, nos velhos tempos, já tinha chegado a quarenta mil, pois, na Idade Média, a cidade era enorme. Eu bem sabia das histórias que circulavam por aqui, mas não apreciava as histórias penetrantes de fantasmas, que sempre surgem quando um proletariado de intelectuais vagantes encontra com nativos primitivos, seja aqui, em Ascona, seja em Dachau. Portanto, certamente não foi a vontade de apren-

---

1. No original alemão, *Gegen-Erde* e *Neben-Erde*, neologismos criados por Benjamin. [N. T.]

der a lidar com o medo,² nem qualquer interesse sério que tomou conta de mim, quando, de repente, pedi aos meus companheiros que esperassem por mim na rua para que eu desse alguns passos morro acima e olhasse uma das casas abandonadas que, nesse momento, se erguiam ao meu lado. Os degraus de pedra cram gigantescos; sem pressa, subi um após o outro. Devo ter dado trinta passos grandes dessa maneira; o silêncio era geral e, da rua, ouvia as vozes dos que estavam à minha espera. Continuei sentindo vontade de prosseguir na minha subida. Mas logo ficou mais difícil. Sentia como estava me afastando dos amigos embaixo, apesar de permanecer bastante próximo a eles, podendo ser ouvido e visto. Fui cercado por um silêncio e uma solidão preenchidos de acontecimentos. Com cada passo, eu estava avançando fisicamente para um acontecimento que não conseguia imaginar, nem conceber, e que não queria me tolerar. De repente, parei entre muros e vãos de janelas, num mato espinhoso de sombras bem delineadas, projetadas pela lua. Por nada nesse mundo eu teria dado um passo a mais. Aqui, na presença dos meus companheiros totalmente despersonalizados, vivi uma experiência do que significa aproximar-se de um círculo mágico. Retornei.

Essa experiência não é uma simples curiosidade. Qualquer pessoa pode fazê-la nesse lugar. Por isso, é duplamente necessário preservá-la de clichês como: "De noite, andamos numa escuridão assombradora. Parece que, dos buracos estreitos, dos nichos apertados, das abóbadas ressoantes, seres fabulosos nos assaltam." Essa é a Positano

---

2. Alusão ao título do conto de fada dos irmãos Grimm, "Jemand, der auszog, das Fürchten zu lernen", "Alguém que saiu de casa para aprender a ter medo". [N. T.]

"tal como está no livro". Evidentemente, a aldeiazinha de papel, que o autor constrói para nós, também não sabe nada das energias que contribuíam para a construção da famosa torre de Clavel.[3] No próximo outono, fará um ano que esse inesquecível excêntrico da Basileia morreu. Um homem que construiu sua vida no interior da terra, que vivia criativamente nas fundações de sua torre e que, no grande *carrefour* dos tempos, dos povos e das classes, que é o Golfo de Sorrento, sabia dar informações como poucos e que diz mais, em sua breve carta,[4] da paisagem à sua volta do que o livro inteiro tratado aqui.

E mais, se o acervo de vivências e saberes é a condição de todos os relatos de viagem, onde se encontraria, na Europa, um objeto melhor que Nápoles, que de hora em hora transforma tanto o turista quanto o nativo numa testemunha que assiste à união da superstição mais antiga com a mais nova impostura para formar procedimentos úteis, dos quais é o usufruidor ou a vítima. De que maneira incomparável eles se fundem nas festas que essa cidade possui em número dez vezes maior, porque cada bairro comemora seu próprio santo, convidando os outros bairros em seu dia onomástico. Como seria fácil integrar na descrição dessas festas conhecimentos sólidos e enriquecedores sobre as localidades e os costumes da cidade — um aspecto ao qual o leitor alemão, quase cinquenta anos depois de Gregorovius e Hehn, teve que aprender a renunciar. Até o livro em questão retira suas melhores páginas da descrição das procissões solenes. Mas um único

---

3. Gilbert Clavel (1883–1927), artista plástico e escritor suíço, adepto do movimento futurista. [N. T.]

4. Gilbert Clavel, Carta a Carl Albrecht Bernoulli, de 27/08/1927. *Die Annalen. Eine schweizerische Monatsschrift*, Horgen-Zürich, 1927, pp. 953–955. [N. de W.B.]

costume entre todos os dessa festa não teria expresso mais do que a descrição meticulosa, demasiadamente incolor e imparcial do milagre do sangue de São Januário? Quando, ao chegar o dia, a multidão fica ajoelhada hora após hora, rezando fervorosamente dentro e fora da catedral à espera do milagre, então aqueles entre os napolitanos cuja árvore genealógica remonta à família do santo têm o direito de cobrar seus favores aos seus apadrinhados, com maldições ruidosas e vociferações imperiosas, até o acenar de um lenço do altar anunciar que o milagre aconteceu, que o sangue se tornou líquido. Por que não ficamos sabendo da *Piedigrotta*, do barulhento culto orgiástico da noite do oito de setembro e das festanças gigantescas para as quais os napolitanos pagam semanalmente alguns *soldi* em suas mercearias como os nórdicos pagam o seguro de vida para, ao chegar a época, poder beber e comer além da medida e além de suas condições. Tradicionalmente, o festim é encerrado por um frasco de óleo de mamona. Mas o barulho pagão da noite de *Piedigrotta* se perpetua nas festas cotidianas que o napolitano comemora com a técnica. Quando chega perto da realização do seu desejo de adquirir uma motocicleta, experimenta todas que estão ao seu alcance para ficar com a mais barulhenta. Nunca vou esquecer a inauguração do metrô, que, durante dias, não podia ser utilizado porque todos os guichês estavam ocupados pela rapaziada da cidade que superava o barulho retumbante do trem se aproximando com uma gritaria mais retumbante ainda e que, durante as viagens, fazia ecoarem os túneis com um uivo estridente. E até o "passeio no campo", a viagem de carro em caravana para Sto. Elmo ou subindo o Vomero, tem que ser banhada em poeira e estrépitos para proporcionar a devida alegria.

Para tudo isso, o autor do livro não abre as portas. Mesmo assim, aquele leitor lhe agradecerá, pois, conduzido para o tema, é abduzido de si mesmo como nesta resenha. E pensando por um momento nas suas fotos excelentes, podemos nos juntar sem ironia a esse leitor.

Anedotas desconhecidas de Kant[*]

As seguintes anedotas são de textos que, como tais, não possuem nenhuma relação com Kant, isto é, são de almanaques desaparecidos, revistas etc. Apenas o sexto texto é exceção; ele foi tirado da coletânea *Immanuel Kant. Sua vida em testemunhos de contemporâneos*,[1] que representa um verdadeiro tesouro não apenas para o leitor de Kant, mas sobretudo para o fisiognomonista. Algumas dessas histórias sinalizam a postura graças à qual os ensinamentos de Kant, ainda antes de chegarem à sua completa penetração e apropriação filosófica, foram percebidos como uma nova potência vital, da qual ninguém tinha como escapar.

I ANEDOTAS DESCONHECIDAS

Uma história na qual Kant é breve

---

[*]. "Unbekannte Anekdoten von Kant", in GS IV-2, pp. 808–815. Tradução de Georg Otte. Em uma carta a Scholem, datada de 28 de outubro de 1931, Benjamin afirma trabalhar numa tentativa fisiognomônica de expor a relação entre o enfraquecimento mental de Kant na velhice e sua filosofia. Essas anedotas, que foram publicadas anonimamente no periódico *Die Literarische Welt*, constituem provavelmente um resultado de tal projeto. [N. E.]

1. Cf. Ludwig Ernst von Borowski, Reinhold Bernhard Jachmann e Ehregott Andreas C. Wasianski, *Immanuel Kant. Sein Leben in Darstellungen von Zeitgenossen*. Organização de Felix Groß. Berlin: Deutsche Bibliothek, s. d. [1912]. [N. T.]

Seu fâmulo, um teólogo que não conseguia conciliar a filosofia com a teologia, pediu o conselho de Kant para saber o que deveria ler.
Kant: Leia relatos de viagem.
O fâmulo: Há coisas na dogmática que não entendo.
Kant: Leia relatos de viagem.

Uma história na qual Kant recorre a uma comparação
Numa conversa com um filósofo famoso de Königsberg, Kant acabou falando do belo sexo.
"Uma mulher", disse Kant, "tem que ser como o relógio de igreja para fazer tudo pontualmente e no minuto certo, mas também não deve ser como um relógio de igreja, para não espalhar todos os segredos em voz alta. Ela tem que ser como um caracol, doméstica, mas também não deve ser como um caracol, para não carregar tudo sobre o próprio corpo."

Um relato que mostra que Kant, já que não conseguia ver nada de positivo no casamento, pelo menos tirou dele uma bela expressão
"Vale a regra: não se deve casar, exceto um casal muito digno." É o final de um poema de casamento de Michael Richey, Hamburgo, 1741. Kant gostava de citá-lo diversas vezes quando se tratava de falar de uma exceção a ser considerada como raridade, independentemente da questão de se o assunto era o casamento ou o celibato ou ainda outra coisa.

Uma história em que Kant não é elegante
"Mulheres eruditas", Kant observou, "usam seus livros como seu relógio; elas o carregam para todo mundo ver que têm um relógio, apesar de normalmente estar parado ou não estar ajustado de acordo com a posição do Sol."

ANEDOTAS DESCONHECIDAS DE KANT

Uma história que mostra existirem dois tipos de citação: aquelas que possuem aspas e aquelas que as receberão mais tarde

Numa roda de eruditos, a conversa acabou se voltando para a maioria dos filósofos alemães, sendo que, evidentemente, também se falou em Kant e suas obras.

"Meu Deus", disse o Conselheiro Oelrich, "como se pode vangloriar tanto as obras de Kant? Qualquer um pode escrevê-las numa ilha deserta — não contém nem dez citações."

Uma história sem a qual ninguém entenderá a *Crítica da faculdade de julgar*

Durante um verão mais fresco, quando havia poucos insetos, Kant tinha percebido uma abundante quantidade de ninhos de andorinhas no grande armazém de farinha perto do distrito de Lizent[2] e encontrado alguns filhotes espatifados no chão. Admirado com isso, repetiu sua investigação com atenção redobrada e fez uma descoberta que custou a acreditar: as próprias andorinhas jogavam seus filhotes dos ninhos. Muito surpreso com esse impulso natural, que, como se fosse fruto do entendimento, ensinava as andorinhas a sacrificar alguns para preservar outros na falta de alimentação suficiente para todos, Kant disse: "Nesse momento, meu pensamento parou e nada mais pude fazer a não ser cair de joelho e orar." Disse isso de uma maneira indescritível e inimitável. A profunda devoção que ardia no seu rosto, o tom da voz, suas mãos em posição de oração, o entusiasmo que acompanhava essas palavras — tudo isso era único.

---

2. Distrito mercantil e alfandegário no centro de Königsberg. [N. E.]

Uma história com algumas palavras novas

Quando, em uma roda de conversa, falava-se sobre a diversidade dos caracteres nacionais, Kant descreveu as nações europeias mais importantes com as seguintes palavras:

"Os franceses são polidos, vivos, levianos, volúveis, libertários. Os ingleses são perseverantes, ativos, avarentos, orgulhosos e antissociais. Os espanhóis são moderados, orgulhosos, religiosos, majestosos, ignorantes, cruéis e preguiçosos. Os italianos são alegres, firmes, afetuosos e assassinos. Os alemães, por fim, são caseiros, honestos, constantes, fleumáticos, trabalhadores, modestos, resistentes, hospitaleiros, eruditos, gostam de imitar os outros e cobiçam títulos.

Disso deduz-se", acrescentou de maneira lacônica, "que a França é o país da moda, a Inglaterra o país do humor, a Espanha o país dos ancestrais, a Itália o país da suntuosidade e a Alemanha o país dos títulos."

Uma história em que Kant dá uma lição a alguns oficiais

Embora Kant não tivesse o mau hábito de muitos outros eruditos que consistia em direcionar a conversa sempre para a sua ciência, ele gostava de falar sobre assuntos que diziam respeito à Filosofia. Alguns oficiais do quartel sabiam disso. Uma vez estava jantando com o chefe do batalhão, o conde Henkel. Então alguns senhores resolveram fazer troça da sua ciência. Iniciaram, portanto, a conversa nesse sentido, mas de uma forma tão inábil que o filósofo logo percebeu a intenção. Não notaram que agora era ele quem puxava os fios da conversa quando passou a falar de cavalos e cachorros, isto é, do assunto preferido desses senhores. Estes começaram a brigar a respeito e a discussão ficou acalorada. "Os senhores pegaram fogo", disse Kant, "isso me surpreende, pois o assunto não é da Filosofia."

Um silogismo que não é de Kant, mas sobre Kant

Uma vez, quando estava lecionando Lógica, Simmel queria mostrar aos seus ouvintes que duas premissas falsas podem gerar uma conclusão verdadeira:

Premissa maior: Todos os índios usam tranças.
Premissa menor: Kant era índio.
Conclusão: Logo, Kant usava uma trança.

II KANT COMO CONSELHEIRO DO AMOR[*]

Diferentemente da "Senhora Cristine", que, no Jornal da Tarde da Editora Ullstein, resolve, a cada sábado, os problemas eróticos mais complicados que as assinantes magoadas e os assinantes desesperados apresentam, Kant, provavelmente, teve apenas uma vez a oportunidade de fazer o papel de um conselheiro do amor de uma mulher e seu amor infeliz. Tratava-se de Maria von Herbert, a irmã de um discípulo talentoso de Kant, que lhe escreveu em agosto de 1791 uma carta dilacerante. O primitivismo selvagem e a ortografia totalmente confusa dessa carta, provavelmente nada de muito surpreendente para o leitor da época, causa ao leitor de hoje a impressão quase insuportável de uma derradeira agonia desesperada.

Diante dessa carta, Kant reservou-se um tempo, até a primavera de 1792, para então responder. O arroubo inesperado das paixões parece tê-lo impressionado bastante. A resposta que escreveu então certamente pode ser chamada de a carta mais comovente de um filósofo. Comovente pela clareza monumental de conteúdo e forma,

---

[*]. Segundo os editores alemães dos *Gesammelte Schriften*, a segunda parte das anedotas, "II. Kant como conselheiro do amor", não pode ser atribuída com certeza a Benjamin, mas foi certamente elaborada a partir de sugestão dele. [N. E.]

mas, mais ainda, pela total ingenuidade na análise das relações entre os sexos e pela total ignorância quanto às reações do erotismo, que hoje em dia causaria risadas em qualquer adolescente de quatorze anos: como se a erradicação dos "vestígios daquela resistência conforme as regras e baseados em conceitos da virtude" pudessem reacender no homem amado um amor uma vez extinto! A Senhora Cristine entende muito mais do assunto. — Mas é exatamente esse muro pétreo e impenetrável, que se ergue entre o mundo do espírito e o imoralismo da natureza, que parece ser o comentário mais sublime sobre a figura humana de Kant.

Reproduzimos em seguida a carta completa da mulher e o fragmento essencial da resposta de Kant.

Sobre essa mulher e sua história de amor, Kant escreve em 17 de janeiro de 1793 a Ehrhard: "Ela fracassou no recife do qual eu escapei, talvez mais por sorte do que por mérito, ou seja, do amor romântico. — Para viver um amor ideal, ela se entregou primeiro a um homem que abusou de sua confiança, e em favor de outro amor ideal ela confessou isso a um segundo amante." Em 11 de fevereiro, Kant envia a carta dessa mulher a Elisabeth Motherby, finalizando o bilhete que a acompanha com as seguintes palavras: "A sorte da educação da senhora dispensa a intenção de oferecer essa carta como exemplo de alerta para esses desvios de uma fantasia sublimada, mas ela pode servir assim mesmo para a senhora sentir essa sorte de uma maneira ainda mais viva."

Em agosto do ano 1791, Kant recebeu a seguinte carta:

Grande Kant,
Chamo-lhe como um crente clama pela ajuda do seu Deus, clamo por consolo ou por uma solução na morte, sem-

pre suas razões em suas obras me satisfaziam para a vida futura, daí refugio-me em você, mas para essa vida não encontrei nada, nada mesmo, que pudesse substituir meu bem perdido, pois eu amava uma coisa que, na minha visão, reunia tudo em si, de maneira que só vivia por ela que era o oposto a todo o restu [übrüg], *pois todas as outras coisas para mim eram futilidades e todas as pessoas realmente eram para mim como um caldo aguado, acontece que ofendi essa coisa com uma mentira* duradora [langwirig] *que lhe revelei agora, mas, para o meu caráter, não vi nada de prejudicial nisso, pois nunca tive que esconder qualquer erro na minha vida, mas essa mentira apenas foi motivo suficiente para ele, e o amor dele desapareceu, ele é um homem honesto, por isso não me nega sua* amisade [Freindschaft] *e sua fidelidade, mas aquele sentimento intenso que nos uniu sem fazer qualquer esforço não existe mais, oh meu coração que explode em mil* pedaço [Stük], *se já não tivesse lido tanta coisa do senhor, certamente teria cometido uma violência contra a minha vida, mas assim a conclusão que tive que tirar de sua* tiuria [Tehorie] *me segurou, que não deveria morrer por causa dos tormentos da minha vida, mas que deveria viver por causa da minha existência, agora* coloqe-se [sich sezen] *no meu lugar e me dê consolo ou me condene, li a metafísica dos costumes, inclusive o imperativo categórico, mas não adianta, a minha razão me abandona quando mais preciso dela, uma resposta lhe imploro ou você mesmo não* concegue [kanst] *agir conforme seu imperativo* estabelesido [aufgeseten].[3]

---

3. Com os erros ortográficos deste trecho, procurou-se recriar de forma aproximada em português símiles das confusões e incorreções ortográficas em que, conforme explicitado previamente no texto, o alemão da referida carta de Maria von Herbert incorre. [N. E.]

Kant respondeu na primavera de 1792:

Sua carta afetuosa, nascida de um coração que deve ter sido feito para a virtude e retidão, uma vez que é tão receptivo para uma teoria das mesmas, que não tem nada de envolvente, leva-me para o lugar onde a senhora me quer ver, isto é, no seu lugar, para assim refletir sobre o meio de acalmá-la por vias puramente morais, que são as únicas verdadeiras...

Em primeiro lugar, aconselho que reflita sobre a questão de se as repreensões que dirige a si mesma por causa de uma mentira, que, aliás, não usou para esconder qualquer vício, são resultado de uma mera falta de raciocínio, ou representam uma acusação interior por causa da imoralidade que reside na própria mentira. No primeiro caso, a senhora apenas repreende a si mesma pela sinceridade de tê-la revelado, ou seja, se arrepende de ter cumprido com seu dever (pois é disso que se trata quando se engana alguém propositalmente — porém sem prejudicá-lo, mantendo-o nesse engano durante um tempo — e quando se livra essa pessoa desse engano). E por que a senhora se arrepende com essa revelação? Porque dela resultou a desvantagem, certamente considerável, de perder a confiança do seu namorado. Ora, esse arrependimento não contém nada de moral em seu motivo porque não foi gerado pela consciência do erro, mas pelas suas consequências. Mas se a repreensão que preocupa a senhora se basear mesmo num julgamento exclusivamente moral de seu comportamento, seria um mau médico aquela pessoa que lhe aconselhasse, uma vez que o acontecido não pode mais ser anulado, a extinguir essa repreensão de sua mente e a munir-se, desde já, de alma inteira, de uma sinceridade correta. A consciência moral é obrigada a guardar todas as transgressões como um juiz que não extingue o processo por causa de delitos já julgados, mas o guarda no arquivo para, em caso de uma nova acusação por causa de delitos semelhantes, ou ainda diferentes, reforçar ainda mais o julgamento, de acordo com os critérios de justiça. Ora, ficar cismando sobre um arrependimento e, depois de ter decidido a mudar a maneira de pensar, ficar continuamente se repreendendo por causa de erros antigos irreparáveis torna-se inútil para a vida. Seria (desde que se tenha certeza de ter melhorado) a posição fantasiosa de uma autoflagelação merecida que como tantos outros recursos supostamente religiosos, que consistem na súplica de favores junto a poderes superiores, sem que se tenha nenhuma necessidade de se tornar um ser humano melhor, não podem nem ser considerados como parte da responsabilidade moral.

Mas, se essa mudança na maneira de pensar se tornou evidente para seu namorado — tendo em vista que a sinceridade fala uma língua inconfundível —, basta que se tenha tempo suficiente para aniquilar aos poucos os vestígios daquela resistência do mesmo, que, por sua vez, se baseia em conceitos morais, e para transformar a frieza em afetos ainda mais sólidos. Todavia, se este último caso não acontecer, isto significa que o calor afetivo anterior foi mais físico do que moral e, devido à natureza passageira do mesmo, teria desaparecido de qualquer maneira com o passar do tempo. Tal infelicidade ocorre várias vezes na nossa vida e temos que nos resignar a ela com desprendimento, mesmo porque o valor da vida, enquanto aquilo que podemos desfrutar de bom, é demasiadamente valorizado pelas pessoas; mas enquanto aquilo que é apreciado de acordo com o que podemos fazer de bem, é digno do maior respeito e esmero para ser conservado e utilizado de forma serena para os melhores fins. — Nesta resposta, querida amiga, a senhora encontra, portanto, como costuma acontecer nos sermões, ensinamento, punição e consolo, e peço que se detenha um pouco mais nos primeiros do que no último, pois quando os primeiros surtirem efeito, o último e a paz perdida da vida, com certeza, se encontrarão por si mesmos.

Posfácio

O crítico e o contador de histórias

PATRÍCIA LAVELLE

A CRÍTICA: ENTRE LITERATURA E FILOSOFIA

A geração de intelectuais alemães que ainda fora à escola num bonde puxado por cavalos e se formara no rigor sistemático do neokantismo, acedeu à maioridade intelectual depois da catástrofe representada pela Primeira Guerra e pelas transformações sociais e econômicas que dela decorreram. Marcada pela guerra e pela inflação, essa geração se confrontou com o fracasso dos grandes sistemas do século XIX e da concepção, de cunho hegeliano, da modernidade como ponto culminante do progresso da razão na história. O novo interesse pelo tema da vida e da experiência vivida e o retorno a ideias e formas pré-modernas, evocados pelo próprio Benjamin em "Experiência e pobreza", acompanha assim a descrença na exposição demonstrativa da reflexão filosófica e o interesse por novas formas de apresentação do pensamento. Nesse sentido, a obra de Benjamin é emblemática de uma atitude intelectual compartilhada por outros pensadores de sua geração, como Ernst Bloch ou Theodor w. Adorno, embora tenha também afinidades com projetos literários contemporâneos que enfatizam, inversamente, a reflexividade contida na obra de arte.

Em "Experiência e pobreza", ele se refere à aparição de temas e formas pré-modernas nas ruas das grandes cidades pintadas por Ensor, qualificando tal efeito como fantasmagoria:

> Uma nova miséria surgiu com esse monstruoso desenvolvimento da técnica, sobrepondo-se ao homem. A angustiante riqueza de ideias que se difundiu entre, ou melhor, sobre as pessoas, com a renovação da astrologia e da ioga, da *Christian Science* e da quiromancia, do vegetarismo e da gnose, da escolástica e do espiritualismo, é o reverso dessa miséria. Porque não é uma renovação autêntica que está em jogo, e sim uma galvanização. Pensemos nos esplêndidos quadros de Ensor, nos quais uma grande fantasmagoria enche as ruas das metrópoles: pequenos burgueses com fantasias carnavalescas, máscaras disformes brancas de farinha, coroas de folhas de estanho, rodopiam imprevisivelmente ao longo das ruas. Esses quadros são talvez a cópia da Renascença terrível e caótica na qual tantos depositaram suas esperanças.[1]

Podemos comparar as fantasmagorias de Ensor, tal como Benjamin as apresenta aqui, à sua própria atitude diante do contador de histórias, compreendido como uma figura arcaica, pré-moderna — espectro que faz aparição e deixa traços na modernidade de sua obra. Ora, se em "Experiência e pobreza" ele valoriza positivamente a barbárie moderna, propondo um construtivismo vanguardista capaz de partir do ponto zero de experiência, o ensaio sobre Leskov, que abre este volume, assume um tom inegavelmente nostálgico que parece contradizer a primeira posi-

---

1. Walter Benjamin, "Experiência e Pobreza", in _____. *Magia e técnica, arte e política*. Tradução de Sergio Paulo Rouanet. São Paulo: Brasiliense, 1993, p. 115 (Obras Escolhidas, v. I); Walter Benjamin, "Erfahrung und Armut", in _____. *Gesammelte Schriften* [daqui em diante: GS], v. II-1. Frankfurt a. M.: Suhrkamp, 1991, p. 214.

ção. Entretanto, o novo bárbaro disposto a construir com pouco e o contador de histórias que encontra na riqueza da experiência transmissível a matéria de sua arte, são as duas faces de um mesmo.[2] Ao evocar o arcaísmo da narrativa que se inscreve na tradição oral, Benjamin tem o projeto de construir uma nova forma, profundamente moderna. De fato, ele não tematiza a narração tradicional apenas teoricamente, no gênero do ensaio crítico, mas também numa produção ficcional na qual as estratégias tradicionais da arte de contar histórias são mobilizadas, discutidas e ironizadas. Como mostra Marc de Launay no estudo que acompanha uma coletânea de contos de Benjamin por ele traduzidos para o francês,[3] tais textos ficcionais se caracterizam pelo efeito de choque causado pela evocação nostálgica e pela brusca denúncia da nostalgia, pelo uso de formas narrativas tradicionais e por sua ironização pelo contista moderno, que não pode aderir substancialmente a estas.

Em sua reflexão teórico-literária, essa forma arcaica aparece como uma fantasmagoria capaz de reatualizar algo que o sistema filosófico do século XIX negligencia, apontando para um projeto alternativo de modernidade também ao nível do pensamento. Assim, a interrogação sobre a arte de contar, que Benjamin ao mesmo tempo teoriza e pratica, pressupõe a compreensão prévia da fe-

---

2. Para uma confrontação entre as teses, apenas aparentemente antagônicas, apresentadas nesses dois textos, ver o ensaio de Jeanne Marie Gagnebin, "Não contar mais?", in _____. *História e narração em W. Benjamin*. São Paulo: Perspectiva: Editora da Unicamp, 1994.

3. Ver "Préface", in Walter Benjamin. *N'oublie pas le meilleur et autres histoires et récits*. Tradução, apresentação e notas por Marc de Launay. Paris: L'Herne, 2012.

cundidade das passagens entre literatura e filosofia exploradas por seus trabalhos.

É na perspectiva da relação entre literatura e filosofia que, numa carta de 1920, endereçada a Ernst Schoen, antigo camarada de estudos, Benjamin circunscreve o vasto campo da crítica:

> Muito me interessa, efetivamente, o princípio do grande trabalho crítico-literário: o campo compreendido entre arte e filosofia propriamente dita, que compreendo apenas como o pensamento ao menos virtualmente sistemático. É preciso conceber um princípio perfeitamente originário de uma forma literária a qual pertencem grandes obras como o diálogo de Petrarca sobre o desprezo do mundo ou os aforismos de Nietzsche ou as obras de Péguy. Nestas últimas, por um lado, e por outro no devir e nas relações de uma jovem pessoa minha conhecida, tal questão se colocou sob meus olhos. Além disso, tornei-me consciente do fundamento originário e do valor da crítica também em meu próprio trabalho. Nesse sentido, a crítica de arte, cujas fundamentações me ocuparam, é apenas uma parcela deste vasto domínio.[4]

Ao apresentar a crítica como o princípio de um gênero ou um campo de pesquisa, Benjamin nele situa seus próprios trabalhos. Desse campo limítrofe entre literatura e filosofia, a crítica de arte — que procurara conceitualizar em sua tese de doutorado sobre o primeiro romantismo, defendida em 1919, e no ensaio sobre *As afinidades eletivas* de Goethe, publicado em 1922, — seria apenas uma parte. Entretanto, essa parte indica o princípio da zona limítrofe entre literatura e filosofia que constitui o gênero crítico, pois pressupõe a correlação entre a dimensão teórica ine-

---

4. Walter Benjamin, *Gesammelte Briefe* [daqui em diante: GB], vol. II. Edição de Christoph Gödde e Henri Lonitz. Frankfurt a. m.: Suhrkamp, 2000, p. 71 (252).

rente à arte e o elemento estético no discurso filosófico. O conceito benjaminiano de crítica, que se inspira diretamente nos românticos, seria fundamentalmente tributário da estética kantiana, isto é, da correlação descoberta por Kant entre a produção simbólica do gênio e a apresentação das ideias da razão, entre criação artística e reflexão teórica.

Na *Crítica da razão pura*, Kant estabelece uma rigorosa distinção entre os conceitos do entendimento, que podem ser conhecidos objetivamente e determinados através de uma exposição direta, esquemática, e os conceitos da razão, isto é, as ideias, cuja realidade não pode ser demonstrada, mas apenas pensada. Ora, se as ideias racionais não podem ser conhecidas objetivamente, elas também não são meras ilusões, mas correspondem à esfera do questionamento metafísico que confere sentido à experiência e ao conhecimento possíveis. É no entanto na *Crítica da faculdade de julgar* que Kant tematiza o modo de apresentação próprio às ideias. Este implica uma construção simbólica na qual a ideia é pensada por analogia com um objeto empírico qualquer, processo no qual se produz uma afinidade entre as regras de reflexão sobre esse objeto e a reflexão sobre o conceito racional do qual ele é apenas o símbolo. Assim, a exposição da esfera do questionamento filosófico requer, ao menos parcialmente, a intervenção do gênio artístico.

Definido no § 49 da terceira crítica como a faculdade de criar "ideias estéticas", o gênio corresponde ao talento de articular princípios racionais a representações da imaginação em configurações sensíveis que, abrindo perspectivas à perda de vista para o pensamento, constituem o contrário e o correlato das ideias racionais. Se as ideias estéticas são representações sensíveis às quais nenhum conceito determinado pode corresponder, as ideias da razão são conceitos indeterminados aos quais nenhuma representação sensível pode ser adequada. Assim, ao explicitar a dimensão estética ou simbólica de toda reflexão filosófica, Kant chama a atenção também para a dimensão reflexiva da arte, sua abertura ao pensamento.

A tese de doutorado de Benjamin, que se apoia sobretudo em Friedrich Schlegel e em Novalis, define o conceito romântico de crítica como autoconsciência da reflexão que se coloca em forma numa formação artística. Assim, criticar significa desenvolver a reflexão que já se encontra na obra, isto é, despertar e completar o pensamento nela colocado em forma. Segundo a interpretação de Benjamin, para os românticos a crítica não é um julgamento sobre a obra, mas um método de seu acabamento, pois deve ultrapassá-la em sua própria reflexão, torná-la absoluta. Assim, o conceito romântico de crítica de arte se funda sobre a dimensão reflexiva imanente à formação artística, sua criticabilidade essencial. Nesta perspectiva, aquilo que os românticos chamavam de ironia corresponde à exacerbação formal do elemento crítico contido na própria forma da obra de arte, isto é, à acentuação reflexiva de sua reflexividade.

O ensaio sobre *As afinidades eletivas* de Goethe funciona como uma crítica paradigmática na qual Benjamin elabora o seu próprio conceito de crítica. A terceira parte desse texto é dedicada ao problema da relação entre arte e filosofia. Segundo Benjamin, as obras de arte são figuras nas quais aparece o Ideal do problema filosófico definido como o conceito de uma pergunta inexistente sobre a unidade da filosofia, isto é, como fundamento unitário de todo questionamento filosófico. De acordo com ele, o Ideal do problema não se encontra numa multiplicidade de problemas, mas está encerrado na pluralidade das obras de arte e sua extração seria tarefa da crítica. Assim, em cada obra de arte verdadeira pode ser encontrada uma manifestação do Ideal do problema filosófico e a crítica o apresenta ao se confrontar com o mistério de sua beleza.

Diante (...) de todo belo, a ideia do desvelamento converte-se naquela da impossibilidade de desvelamento. Essa é a ideia da crítica de arte. A tarefa da crítica de arte não é tirar o envoltório, mas antes elevar-se à contemplação do envoltório enquanto envoltório.[5]

A crítica não desvela um conteúdo qualquer que estaria escondido na forma artística, mas ela revela precisamente a dissolução dessa dicotomia na contemplação do belo.

A doutrina kantiana de que o fundamento da beleza é um caráter relacional impõe portanto, com pleno êxito, as suas tendências metodológicas numa esfera muito mais elevada do que a psicológica. Toda beleza, assim como a revelação, conserva em si regras histórico-filosóficas. Pois a beleza não torna a ideia visível, mas sim o seu segredo.[6]

Tais formulações, que se referem ao conceito do Belo em Kant, se inscrevem no horizonte inaugurado pela correlação que a *Crítica da faculdade de julgar* estabelece entre ideia estética e ideia racional, representação artística e questionamento filosófico. Entretanto, Benjamin a considera do ponto de vista de uma teoria da linguagem que compreende a ideia como nome, isto é, como algo

---

5. Walter Benjamin, "Sobre *As afinidades eletivas* de Goethe", in _____. *Ensaios reunidos: escritos sobre Goethe*. Tradução do ensaio de Mônica Krausz Bornebusch. São Paulo: Editora 34: Livraria Duas Cidades, 2009, p. 112; GS I-1, p. 195.

6. Idem, p. 113; GS I-1, p. 195.

que diz respeito à dimensão simbólica da linguagem. Pois, de acordo com o "Prefácio epistemo-crítico" de seu livro sobre o drama barroco, a cristalização da reflexão sobre aquelas questões fundamentais, embora sem resposta, que a filosofia coloca sempre de novo, se apresenta em configurações discursivas historicamente condicionadas nas quais o elemento conceitual se articula necessariamente a construções poético-literárias. Nesta perspectiva, seu segredo, que se enraíza na vida do pensamento, remete à unidade de forma e conteúdo que também caracteriza a beleza da obra de arte. A crítica de arte expõe assim o problema da apresentação do pensamento em sua relação com a capacidade da linguagem de se articular poeticamente; problema que, embora tenha sido indicado por Kant, é negligenciado pela exaustividade demonstrativa do sistema filosófico do século xix.

Nesse sentido, o conceito de crítica de arte leva-nos a pensar a fecundidade da interseção entre literatura e filosofia que constitui o princípio do trabalho crítico-literário evocado por Benjamin. A arte de contar histórias, abordada tanto no ensaio crítico sobre Leskov quanto em sua produção ficcional, se inscreve nesse horizonte de problematização da apresentação do pensamento que busca em elementos arcaicos uma alternativa ao projeto de modernidade baseado na ideia de progresso racional e na instrumentalização da linguagem no sistema.

Ora, essa forma pré-moderna, já evocada no ensaio sobre *As afinidades eletivas* através da história contada aos personagens de Goethe — conto dentro do romance ao qual Benjamin atribui uma grande importância, considerando-o como uma chave de leitura para a compreensão da obra —, nos coloca diante da questão moral. Nesta forma mais arcaica representada pela narrativa, Benjamin identifica o "núcleo luminoso" que se abre à esfera da liberdade da qual os personagens do romance, cativos das convenções como de uma segunda natureza mítica, estão excluídos. Nesse sentido, a conclusão do conto é significativa: o jovem enamorado não hesita em mergulhar em águas agitadas para salvar a moça que, num ato desesperado, joga-se do barco. Ao interpretar esse ato heroico — e o episódio no qual o rapaz desnuda o corpo da amada, não para contemplar sua beleza, mas no intuito de salvar-lhe a vida —, Benjamin chama a atenção para o abandono da esfera do belo em função de uma ordem mais alta. Como veremos, tanto sua reflexão teórica sobre a narração tradicional quanto o recurso ficcional a estratégias próprias à arte de contar se inscrevem na perspectiva do enraizamento de todo pensar na esfera da liberdade e na interrogação sobre o sentido da ação humana.

NOSTALGIA E MODERNIDADE: O ENSAIO SOBRE LESKOV

Contemporâneo de Dostoiévski e de Tolstói, Nikolai Leskov viveu e escreveu na época de apogeu do romance russo do século XIX. Entretanto, ao caracterizá-lo, logo nas primeiras linhas do ensaio de 1936, Benjamin o assimila à figura arcaica do contador de histórias, cujas origens pré-modernas se encontram na tradição oral, na transmissibilidade da experiência da vida, irremediavelmente perdida no mundo moderno. Assim, ele situa Leskov num passado anterior ao da modernidade que, no século XIX, encontra sua expressão literária no romance burguês e sua forma filosófica no sistema. O anacronismo não é arbitrário — o contista russo se serve efetivamente de formas narrativas tradicionais que se alimentam de um farto material popular e da tipologia do conto de fadas —, mas indica, entretanto, a orientação mais geral do estudo como caracterização da figura arcaica do contador de histórias em sua relação com a modernidade.

O contador é um espectro. Aparição do passado no presente, essa figura construída em torno de Leskov no ensaio de 1936 não é uma simples metáfora, mas possui uma certa materialidade que se encarna não apenas no escritor russo, mas também na obra de Hebel, de Poe ou de Kipling, entre outros autores citados. Sobre o projeto do ensaio acerca do contador, que pode ser compreendido como a produção de uma fantasmagoria, Benjamin se exprime em duas cartas de 1936.

"Tenho me ocupado sobretudo com um estudo sobre Nikolai Leskov no qual falo menos sobre este grande contista russo do que sobre o tipo do contador de histórias em geral, sua relação com o romancista e com o jornalista e seu lento desaparecimento da face da Terra", afirma numa carta de Paris, endereçada a Werner Kraft.[7] Uma semana mais tarde, torna a escrever sobre o assunto, desta vez dirigindo-se a Adorno: "Escrevi nos últimos tempos um trabalho sobre Nikolai Leskov o qual, sem se referir, nem mesmo de longe, à teoria da arte, contém alguns paralelos com a 'perda da aura' no que esta diz respeito à arte do contador de histórias".[8]

Apresentada como uma forma fundamentalmente aurática cujo declínio no mundo moderno estaria relacionado à emergência do romance, e sobretudo da informação, o conto tem um caráter artesanal. Isto significa que se alimenta da experiência de vida (*Erfahrung*) do contador,

---

7. GB V, p. 289 (1041).
8. GB V, p. 307 (1047).

cuja marca se imprime na história contada "como o oleiro deixa a impressão de sua mão na argila do vaso".[9] A experiência transmissível da tradição é, segundo Benjamin, a fonte a que recorreram todos os contadores. O senso prático é uma característica dessa figura cuja autoridade se funda na sabedoria, "o lado épico da verdade".[10] Assim, a arte de contar pressupõe a capacidade de aconselhar, compreendida como o talento para sugerir uma continuação para uma história que está se desenvolvendo. O declínio da arte de contar estaria relacionado ao empobrecimento dessa experiência de vida que outrora garantia o valor dos conselhos e se exprimia em provérbios e ensinamentos morais.

Benjamin caracteriza tal crise através do contraste com o romance e com a informação. Se os contos podem ser compartilhados e transmitidos oralmente, a recepção do romance implica a leitura silenciosa pelo indivíduo isolado. É também a perplexidade diante da singularidade individual que orienta o romance; este se interroga fundamentalmente sobre a inefabilidade do sentido de uma vida e sua conclusão corresponde simbolicamente à morte do personagem. O conto, ao contrário, coloca a questão moral de tal modo que a história não se acaba com o seu fim, mas suscita a interrogação sobre o que aconteceu depois, abrindo-se assim a outras histórias. Segundo Benjamin, o declínio da arte de contar que se enraíza na tradição oral corresponde à emergência do romance, mas se acentua com a própria crise deste, associada à importância crescente da informação que encontra seu espaço nos jornais. Ora, esta se caracteriza pela proximidade, pela plausibi-

---

9. *Supra*, p. 32 (GS II-2, p. 447).
10. *Supra*, p. 25 (GS II-2, p. 442).

lidade e pela explicação dos fatos. O saber que vem de longe para se transmitir misteriosamente nos contos não tem nenhum valor informativo. O interesse da informação está na proximidade, no aqui e agora de eventos que nunca vêm sem numerosas explicações. Nela, nada é deixado ao julgamento do leitor. Por outro lado, segundo Benjamin, a "metade da arte de contar está em despojar de explicações a história contada".[11]

A ausência de explicações psicológicas é uma característica fundamental do conto e remete às suas fontes antigas. Benjamin menciona a propósito disto a história, contada por Heródoto e comentada por Montaigne, do faraó egípcio Psaménito. Segundo Benjamin, tal relato conserva suas forças depois de tanto tempo justamente porque renuncia a nos dizer o que se passa no coração e no pensamento do rei deposto. É sua concisão, aliada à ausência completa de explicações psicológicas, que nos deixa pensativos. Abrindo-se a uma pluralidade de interpretações e comentários que procuram, em vão, extrair da história uma moral ou um sentido, o conto não se explica numa frase, mas nos leva à multiplicidade difusa de representações que constitui aquilo que Hans Blumenberg chama de "pensatividade".

Em um pequeno texto intitulado "Pensatividade" (*Nachdenklichkeit*),[12] Blumenberg evoca uma fábula de Esopo para refletir sobre esse estado de espírito ao qual nos leva o conto. Ele o caracteriza como um momento de hesitação no qual nos confrontamos confusamente com aquelas

---

11. *Supra*, p. 28 (GS II-2, p. 445).
12. Hans Blumenberg, "Pensivité", tradução de Denis Trierweiler, *Cahiers philosophiques* (Dossier Blumenberg), n.° 122, 3.° trimestre de 2010, pp. 83–87. O original, em alemão, encontra-se disponível em: *www.deutscheakademie.de/de/...blumenberg/dankrede*.

questões que não podemos responder, mas às quais também não devemos renunciar. Entretanto, a pensatividade se distingue do pensamento porque não conclui, não resolve nenhum problema, é apenas uma disposição, um espaço de jogo. Nesse sentido, a pensatividade seria, segundo Blumenberg, um adiamento, um prazo dado contra os resultados banais e decepcionantes que o pensamento ordenado pode nos dar quando se interroga sobre a vida e a morte, o sentido e a ausência de sentido, o ser e o nada. Ora, se a filosofia passa por saber disciplinar com método tais questões — e por vezes as proíbe em razão do caráter inatingível de suas respostas —, a pensatividade suscitada pelo conto estaria em sua origem. Assim, a conclusão de Blumenberg nos parece extremamente significativa para compreendermos o recurso à narrativa na perspectiva desse gênero crítico que Benjamin situa entre literatura e filosofia.

Blumenberg afirma que a filosofia deve conservar, senão renovar, algo da origem, vinda do mundo da vida, que encontra na pensatividade. Pois, segundo ele, a filosofia representa uma constatação mais geral de toda cultura, isto é, que devemos respeitar as questões às quais não podemos atribuir uma resposta. Ora, ao evitar explicações, o conto nos ensina tal respeito — e a palavra respeito é aqui significativa pois nos remete aos objetos da razão prática. Diante do conto moderno que se alimenta de fontes pré-modernas, como a fábula ou o conto de fadas, se descortina a esfera da liberdade na qual esses questionamentos aos quais não podemos dar uma resposta adequada encontram sua fonte.

No ensaio sobre o contador, Benjamin afirma que o conto de fadas revela as primeiras medidas tomadas pela humanidade para libertar-se do pesadelo mítico. Dirigindo-se às origens do homem, o conto de fadas apresenta a figura do justo que não se identifica ao místico asceta, mas ao homem simples e ativo, capaz de enfrentar as adversidades com bondade e astúcia. Benjamin identifica tais elementos na produção de Leskov, o que lhe permite delinear os contornos da figura do contador, fantasmagoria na qual "o justo se encontra consigo mesmo".[13] Segundo ele, o primeiro contador verdadeiro é e continua sendo o do conto de fadas, que sabia dar um bom conselho e oferecer sua ajuda na necessidade provocada pelo mito.

> O conto de fadas ensinou há muito tempo à humanidade e ainda hoje ensina às crianças que o mais aconselhável é enfrentar o mundo do mito com astúcia e ousadia. (...) A magia liberadora do conto de fadas não coloca em cena a natureza de um modo mítico, mas indica a sua cumplicidade com o ser humano liberado.[14]

Levando-nos de volta à infância e aos primeiros esforços da humanidade para libertar-se do mito, o contador de histórias nos conduz à origem da filosofia na pensatividade — esse espaço de jogo, essa vivência de liberdade que se abre à esfera da razão prática na qual o questionamento metafísico se enraíza. Assim, a nostalgia inerente ao ensaio sobre o contador não diz respeito apenas ao declínio da arte de contar e ao empobrecimento da experiência que constitui sua fonte, mas concerne também à pensatividade que se instala no sonho acordado, no devaneio — essa face interior do tédio que Benjamin associa ao ritmo do trabalho artesanal. "O tédio é o pássaro de sonho que choca o ovo da experiência",[15] diz ele ao afirmar que as

---

13. *Supra*, p. 57 (GS II-2, p. 465).
14. *Supra*, p. 48 (GS II-2, p. 458).
15. *Supra*, p. 31 (GS II-2, p. 446).

atividades artesanais que o propiciavam, prestando-se ao dom de ouvir e à arte de contar, estão em vias de extinção.

O CONTO COMO GÊNERO CRÍTICO

Vivenciamos o surgimento da *short story*, que se emancipou da tradição oral e não mais permite essa lenta sobreposição de camadas finas e transparentes que oferece a melhor imagem da maneira pela qual o conto perfeito vem à luz do dia a partir das camadas acumuladas por suas diferentes versões.[16]

Grande parte da produção ficcional de Benjamin se inscreve nesse novo gênero literário que surge, por assim dizer, nas ruínas da arte de contar. Estes textos curtos, escritos ao longo dos anos vinte e trinta, utilizam elementos que caracterizam a tradição narrativa, tal como é apresentada no ensaio sobre Leskov. Entretanto, se o uso de tais recursos provoca em nós a nostalgia da origem do pensamento na pensatividade, o recurso à ironia marca a distância entre o contista moderno e as formas tradicionais das quais ele se serve, criando assim um efeito de choque. Nesse sentido, a barbárie construtivista e a nostalgia da arte de contar histórias correspondem a dois aspectos de um mesmo projeto filosófico-literário no qual o recurso ao arcaico visa encontrar uma alternativa para a imanência radical do mundo moderno.

Encontramos um exemplo disso em "A sebe de cactos", onde o personagem principal, o irlandês O'Brien, encarna a figura do bárbaro moderno, disposto a começar do zero. O conto, escrito na primeira pessoa, narra o encontro, em Ibiza, com esse excêntrico solitário cujas ocupações — a pesca, a caça e a arte de fazer e desfazer nós — remetem a um mundo arcaico. Da África, onde

---

16. *Supra*, p. 34 (GS II-2, p. 448).

convivera com uma tribo primitiva, trouxera uma bela coleção de máscaras, que fora entretanto furtada, há muitos anos, por um amigo seu. Assim, o narrador do conto se admira ao contemplar um impressionante conjunto de máscaras africanas reunidas na casa de O'Brien, que lhe conta como vieram parar ali numa dessas noites em que o luar e o tédio estimulam a faculdade de produzir e de perceber semelhanças. Ele vira pela janela a sebe de cactos ganhar vida e, como um grupo de guerreiros africanos, avançar usando as máscaras desaparecidas. Resolve então esculpir suas visões oníricas na madeira.

Mas a história não termina com essa invocação nostálgica, na qual o arcaico perdido reaparece no arcaísmo do sonho. A ironia fica reservada a um reencontro posterior com três dessas máscaras numa galeria de arte de Paris, onde especialistas garantem sua antiguidade e autenticidade. Como sugere o narrador do conto, elas "inspirariam nossos jovens artistas a fazer suas próprias tentativas interessantes".[17] Os contos de Benjamin são como essas máscaras primitivas esculpidas pelo excêntrico O'Brien.

Retorno do passado no presente, a fantasmagoria do contador constitui o próprio tema de "O lenço". Neste conto, um marinheiro, o Capitão O..., possui todos os traços que compõem a figura do contador de histórias, exceto um que aparece como fundamental: a faculdade de contar sua própria vida. Tal faculdade, que implica a ligação intrínseca entre a vida do contador e a matéria de suas histórias, corresponde à transmissão da experiência tradicional, essa *Erfahrung* que não se confunde com as vivências (*Erlebnisse*) radicalmente individuais e interio-

---

17. *Supra*, p. 89 (GS IV-2, p. 754).

rizadas do homem moderno. Ora, o desenrolar do conto contradirá e confirmará essa constatação inicial.

Encontrado por acaso durante uma escala, o Capitão O... conta ao narrador que, há muitos anos, teve como passageira uma moça tão linda quanto discreta e silenciosa. Um dia, ela deixou cair no convés um lenço e, quando ele o apanhou, agradeceu seu gesto como se tivesse salvo sua vida. O marinheiro-contador descreve minuciosamente o lenço, que era ornamentado com um escudo bordado de estrelas, mas nada diz sobre seus próprios sentimentos e impressões. Conta apenas que, quando o barco estava para atracar, a bela passageira precipitou-se, sem uma palavra, no mar, justamente no pequeno espaço que restava entre a quilha e o cais. O perigo era grande e a moça teria sido rapidamente esmagada se, num átimo de segundo, alguém não tivesse se prontificado a salvá-la. O episódio faz pensar na pronta decisão do rapaz que salva sua amada das águas geladas na pequena novela que constitui, segundo Benjamin, o núcleo luminoso de *As afinidades eletivas* de Goethe. O relato do marinheiro, no entanto, todo na terceira pessoa, não inclui nenhuma alusão aos sentimentos, pois não dá lugar a nenhuma explicação psicológica. Neste ponto, a história do Capitão O... é tão reservada e discreta quanto a moça, e sua beleza delicada vem justamente dessa extrema concisão. É a figura arcaica do justo que vemos surgir em sua simplicidade proverbial.

Na contramão do romance psicológico do início do século XX, a *short story* de Benjamin nada diz sobre a interioridade dos personagens. Sua modernidade radical está na evocação irônica e nostálgica do relato arcaico que apenas expõe, sem nada explicar. Se no final ficamos sabendo que o herói da história é o próprio contador, isso se deve a uma única frase em primeira pessoa: "Quando a segurei assim (...), ela sussurrou 'obrigada' como se eu tivesse lhe estendido um lenço que caíra ao chão".[18] E a última palavra do conto é confiada justamente a esse objeto cuja presença dispensa maiores explicações: o narrador reconhece o pequeno escudo bordado no lenço que o capitão agita ao longe, ao despedir-se.

Ao tematizar o próprio contador de histórias, evocando o seu espectro, Benjamin ironiza a forma narrativa. Penso aqui no conceito romântico de ironia como um recurso formal, um distanciamento crítico que se inscreve na própria forma da obra, explicitando a reflexão nela contida e relativizando o seu caráter condicionado.

Não é por acaso que esse conto acerca do contador se abre com a interrogação sobre o declínio da própria arte de contar. O narrador da pequena ficção começa por relacionar a morte da narração tradicional com o desaparecimento das atividades manuais e repetitivas que outrora deixavam tempo para o tédio. Assim, ao incluir no conto a própria teoria de seu declínio, distancia-se da simplicidade "ingênua" (no sentido de Schiller) que nos toca no relato de Heródoto, ou mesmo nos contos de Leskov ou de Hebel. A *short story* do início do século xx, tal como Benjamin a inventa, é um gênero "sentimental". Isto quer dizer que, nele, a ironização dos procedimentos tradicionais da arte de contar histórias implica não apenas a consciência de seu fim, e portanto uma certa nostalgia, como também a reflexão sobre sua reflexividade.

---

18. *Supra*, p. 66 (GS IV-2, p. 744).

HEDRA EDIÇÕES

1. *Don Juan*, Molière
2. *Contos indianos*, Mallarmé
3. *Triunfos*, Petrarca
4. *O retrato de Dorian Gray*, Wilde
5. *A história trágica do Doutor Fausto*, Marlowe
6. *Os sofrimentos do jovem Werther*, Goethe
7. *Dos novos sistemas na arte*, Maliévitch
8. *Metamorfoses*, Ovídio
9. *Micromegas e outros contos*, Voltaire
10. *O sobrinho de Rameau*, Diderot
11. *Carta sobre a tolerância*, Locke
12. *Discursos ímpios*, Sade
13. *O príncipe*, Maquiavel
14. *Dao De Jing*, Lao Zi
15. *O fim do ciúme e outros contos*, Proust
16. *Pequenos poemas em prosa*, Baudelaire
17. *Fé e saber*, Hegel
18. *Joana d'Arc*, Michelet
19. *Livro dos mandamentos: 248 preceitos positivos*, Maimônides
20. *O indivíduo, a sociedade e o Estado, e outros ensaios*, Emma Goldman
21. *Eu acuso!*, Zola | *O processo do capitão Dreyfus*, Rui Barbosa
22. *Apologia de Galileu*, Campanella
23. *Sobre verdade e mentira*, Nietzsche
24. *O princípio anarquista e outros ensaios*, Kropotkin
25. *Os sovietes traídos pelos bolcheviques*, Rocker
26. *Poemas*, Byron
27. *Sonetos*, Shakespeare
28. *A vida é sonho*, Calderón
29. *Escritos revolucionários*, Malatesta
30. *Sagas*, Strindberg
31. *O mundo ou tratado da luz*, Descartes
32. *Fábula de Polifemo e Galateia e outros poemas*, Góngora
33. *A vênus das peles*, Sacher-Masoch
34. *Escritos sobre arte*, Baudelaire
35. *Cântico dos cânticos*, [Salomão]
36. *Americanismo e fordismo*, Gramsci
37. *O princípio do Estado e outros ensaios*, Bakunin
38. *Balada dos enforcados e outros poemas*, Villon
39. *Sátiras, fábulas, aforismos e profecias*, Da Vinci
40. *O cego e outros contos*, D.H. Lawrence
41. *Rashômon e outros contos*, Akutagawa
42. *História da anarquia (vol. 1)*, Max Nettlau
43. *Imitação de Cristo*, Tomás de Kempis
44. *O casamento do Céu e do Inferno*, Blake
45. *Flossie, a Vênus de quinze anos*, [Swinburne]
46. *Teleny, ou o reverso da medalha*, [Wilde et al.]
47. *A filosofia na era trágica dos gregos*, Nietzsche
48. *No coração das trevas*, Conrad
49. *Viagem sentimental*, Sterne
50. *Arcana Cœlestia e Apocalipsis revelata*, Swedenborg
51. *Saga dos Volsungos*, Anônimo do séc. XIII
52. *Um anarquista e outros contos*, Conrad
53. *A monadologia e outros textos*, Leibniz
54. *Cultura estética e liberdade*, Schiller

55. *Poesia basca: das origens à Guerra Civil*
56. *Poesia catalã: das origens à Guerra Civil*
57. *Poesia espanhola: das origens à Guerra Civil*
58. *Poesia galega: das origens à Guerra Civil*
59. *O pequeno Zacarias, chamado Cinábrio*, E.T.A. Hoffmann
60. *Entre camponeses*, Malatesta
61. *O Rabi de Bacherach*, Heine
62. *Um gato indiscreto e outros contos*, Saki
63. *Viagem em volta do meu quarto*, Xavier de Maistre
64. *Hawthorne e seus musgos*, Melville
65. *A metamorfose*, Kafka
66. *Ode ao Vento Oeste e outros poemas*, Shelley
67. *Feitiço de amor e outros contos*, Ludwig Tieck
68. *O corno de si próprio e outros contos*, Sade
69. *Investigação sobre o entendimento humano*, Hume
70. *Sobre os sonhos e outros diálogos*, Borges | Osvaldo Ferrari
71. *Sobre a filosofia e outros diálogos*, Borges | Osvaldo Ferrari
72. *Sobre a amizade e outros diálogos*, Borges | Osvaldo Ferrari
73. *A voz dos botequins e outros poemas*, Verlaine
74. *Gente de Hemsö*, Strindberg
75. *Senhorita Júlia e outras peças*, Strindberg
76. *Correspondência*, Goethe | Schiller
77. *Poemas da cabana montanhesa*, Saigyō
78. *Autobiografia de uma pulga*, [Stanislas de Rhodes]
79. *A volta do parafuso*, Henry James
80. *Ode sobre a melancolia e outros poemas*, Keats
81. *Carmilla — A vampira de Karnstein*, Sheridan Le Fanu
82. *Pensamento político de Maquiavel*, Fichte
83. *Inferno*, Strindberg
84. *Contos clássicos de vampiro*, Byron, Stoker e outros
85. *O primeiro Hamlet*, Shakespeare
86. *Noites egípcias e outros contos*, Púchkin
87. *Jerusalém*, Blake
88. *As bacantes*, Eurípides
89. *Emília Galotti*, Lessing
90. *Viagem aos Estados Unidos*, Tocqueville
91. *Émile e Sophie ou os solitários*, Rousseau
92. *Manifesto comunista*, Marx e Engels
93. *A fábrica de robôs*, Karel Tchápek
94. *Sobre a filosofia e seu método — Parerga e paralipomena (v. II, t. 1)*, Schopenhauer
95. *O novo Epicuro: as delícias do sexo*, Edward Sellon
96. *Revolução e liberdade: cartas de 1845 a 1875*, Bakunin
97. *Sobre a liberdade*, Mill
98. *A velha Izerguil e outros contos*, Górki
99. *Pequeno-burgueses*, Górki
100. *Primeiro livro dos Amores*, Ovídio
101. *Educação e sociologia*, Durkheim
102. *A nostálgica e outros contos*, Papadiamántis
103. *Lisístrata*, Aristófanes
104. *A cruzada das crianças/ Vidas imaginárias*, Marcel Schwob
105. *O livro de Monelle*, Marcel Schwob
106. *A última folha e outros contos*, O. Henry
107. *Romanceiro cigano*, Lorca
108. *Sobre o riso e a loucura*, [Hipócrates]
109. *Hino a Afrodite e outros poemas*, Safo de Lesbos
110. *Anarquia pela educação*, Élisée Reclus
111. *Ernestine ou o nascimento do amor*, Stendhal

112. *Odisseia*, Homero
113. *O estranho caso do Dr. Jekyll e Mr. Hyde*, Stevenson
114. *História da anarquia (vol. 2)*, Max Nettlau
115. *Sobre a ética — Parerga e paralipomena (v. II, t. II)*, Schopenhauer
116. *Contos de amor, de loucura e de morte*, Horacio Quiroga
117. *Memórias do subsolo*, Dostoiévski
118. *A arte da guerra*, Maquiavel
119. *Elogio da loucura*, Erasmo de Rotterdam
120. *Oliver Twist*, Dickens
121. *O ladrão honesto e outros contos*, Dostoiévski
122. *Sobre a utilidade e a desvantagem da história para a vida*, Nietzsche
123. *Édipo Rei*, Sófocles
124. *Fedro*, Platão
125. *A conjuração de Catilina*, Salústio
126. *O chamado de Cthulhu*, H. P. Lovecraft

METABIBLIOTECA

1. *O desertor*, Silva Alvarenga
2. *Tratado descritivo do Brasil em 1587*, Gabriel Soares de Sousa
3. *Teatro de êxtase*, Pessoa
4. *Oração aos moços*, Rui Barbosa
5. *A pele do lobo e outras peças*, Artur Azevedo
6. *Tratados da terra e gente do Brasil*, Fernão Cardim
7. *O Ateneu*, Raul Pompeia
8. *História da província Santa Cruz*, Gandavo
9. *Cartas a favor da escravidão*, Alencar
10. *Pai contra mãe e outros contos*, Machado de Assis
11. *Iracema*, Alencar
12. *Auto da barca do Inferno*, Gil Vicente
13. *Poemas completos de Alberto Caeiro*, Pessoa
14. *A cidade e as serras*, Eça
15. *Mensagem*, Pessoa
16. *Utopia Brasil*, Darcy Ribeiro
17. *Bom Crioulo*, Adolfo Caminha
18. *Índice das coisas mais notáveis*, Vieira
19. *A carteira de meu tio*, Macedo
20. *Elixir do pajé — poemas de humor, sátira e escatologia*, Bernardo Guimarães
21. *Eu*, Augusto dos Anjos
22. *Farsa de Inês Pereira*, Gil Vicente
23. *O cortiço*, Aluísio Azevedo
24. *O que eu vi, o que nós veremos*, Santos-Dumont

«SÉRIE LARGEPOST»

1. *Dao De Jing*, Lao Zi
2. *Escritos sobre literatura*, Sigmund Freud
3. *O destino do erudito*, Fichte
4. *Diários de Adão e Eva*, Mark Twain
5. *Diário de um escritor (1873)*, Dostoiévski

«SÉRIE SEXO»

1. *A vênus das peles*, Sacher-Masoch
2. *O outro lado da moeda*, Oscar Wilde
3. *Poesia Vaginal*, Glauco Mattoso
4. *Perversão: a forma erótica do ódio*, Stoller
5. *A vênus de quinze anos*, [Swinburne]
6. *Explosao: romance da etnologia*, Hubert Fichte

COLEÇÃO «QUE HORAS SÃO?»

1. *Lulismo, carisma pop e cultura anticrítica*, Tales Ab'Sáber
2. *Crédito à morte*, Anselm Jappe
3. *Universidade, cidade e cidadania*, Franklin Leopoldo e Silva
4. *O quarto poder: uma outra história*, Paulo Henrique Amorim
5. *Dilma Rousseff e o ódio político*, Tales Ab'Sáber
6. *Descobrindo o Islã no Brasil*, Karla Lima
7. *Michel Temer e o fascismo comum*, Tales Ab'Sáber
8. *Lugar de negro, lugar de branco?*, Douglas Rodrigues Barros

COLEÇÃO «ARTECRÍTICA»

1. *Dostoiévski e a dialética*, Flávio Ricardo Vassoler
2. *O renascimento do autor*, Caio Gagliardi
3. *O homem sem qualidades à espera de Godot*, Robson de Oliveira

«NARRATIVAS DA ESCRAVIDÃO»

1. *Incidentes da vida de uma escrava*, Harriet Jacobs
2. *Nascidos na escravidão: depoimentos norte-americanos*, WPA
3. *Narrativa de William W. Brown, escravo fugitivo*, William Wells Brown

COLEÇÃO «WALTER BENJAMIN»

1. *O contador de histórias e outros textos*, Walter Benjamin
2. *Diário parisiense e outros escritos*, Walter Benjamin

Adverte-se aos curiosos que se imprimiu este livro em nossas oficinas, em 8 de dezembro de 2020, em tipologia Libertine, com diversos sofwares livres, entre eles, LuaLaTeX, git & ruby.
(v. 769c943)